한국 근대 신문 최초 연작 장편소설 자료집

황원행 荒原行 上

감수

김영민(金榮敏, Kim, Young Min)
연세대 국어국문학과 및 동 대학원 졸업. 문학박사, 문학평론가. 전북대 조교수와 미국 하버드대 옌칭 연구소 객원교수, 일본 릿교대 교환 교수 역임. 현 연세대 교수. 연세학술상, 한국백상출판문화상 저작 상 수상. 주요 논저로『한국문학비평논쟁사』(한길사, 1992),『한국근대소설사』(솔출판사, 1997),『한 국근대문학비평사』(소명출판, 1999),『한국현대문학비평사』(소명출판, 2000),『한국 근대소설의 형 성 과정』(소명출판, 2005),『한국의 근대신문과 근대소설1-대한매일신보』(소명출판, 2006),『한국의 근대신문과 근대소설2-한성신보』(소명출판, 2008),『문학제도 및 민족어의 형성과 한국 근대문학 (1890~1945)』(소명출판, 2012),『한국의 근대신문과 근대소설3-만세보』(소명출판, 2014),「한국 근 대 초기 여성담론의 생성과 변모-근대 초기 신문을 중심으로」(『대동문화연구』95권, 2016) 등이 있다.

배정상(裵定祥, Bae, Jeong Sang)
연세대 문리대 국어국문학과 및 동 대학원 졸업. 문학박사. 성균관대 국어국문학과 박사후연구원 역 임. 현 연세대 원주캠퍼스 국어국문학과 조교수. 주요 논저로『이해조 문학 연구』(소명출판, 2015), 「근대 신문 '기자/작가'의 초상」(『동방학지』171집, 2015),「개화기 서포의 소설 출판과 상품화 전략」 (『민족문화연구』72집, 2016) 등이 있다.

교열 및 해제

배현자(裵賢子, Bae, Hyun Ja)
연세대 문리대 국어국문학과 및 동 대학원 졸업. 문학박사. 현 연세대 강사. 주요 논문으로「근대계몽 기 한글 신문의 환상적 단형서사 연구」(『국학연구론총』9집, 2012),「이상 문학의 환상성 연구」(연세 대, 2016) 등이 있다.

이혜진(李惠眞, Lee, Hye Jin)
연세대 문리대 국어국문학과 및 동 대학원 수료. 현 연세대 강사. 주요 논문으로「1910년대 초『매일신 보』의 '가정' 담론 생산과 글쓰기 특징」(『현대문학의 연구』41집, 2010),「신여성의 근대적 글쓰기-『여 자계』의 여성담론을 중심으로」(『동양학』55집, 2014) 등이 있다.

황원행荒原行 **上**

초판인쇄 2018년 2월 1일 초판발행 2018년 2월 10일
엮은이 연세대학교 인문예술대학 국어국문학과 CK사업단
펴낸이 박성모 펴낸곳 소명출판 출판등록 제13-522호
주소 서울시 서초구 서초중앙로6길 15, 1층
전화 02-585-7840 팩스 02-585-7848 전자우편 somyungbooks@daum.net 홈페이지 www.somyong.co.kr

값 25,000원 ⓒ 연세대학교 인문예술대학 국어국문학과 CK사업단, 2018
ISBN 979-11-5905-254-5 94810
ISBN 979-11-5905-253-8 (세트)

연세CK자료총서 03

한국 근대 신문 최초 연작 장편소설 자료집

황원행 荒原行 上

THE FIRST RELAY FEATURE-LENGTH NOVEL IN
KOREAN MODERN NEWSPAPER *HWANGWONHAENG*

교열 및 해제_ **배현자 · 이혜진**
감수_ **김영민 · 배정상**

소명출판

일러두기

1. 이 책은 1929년 6월 8일부터 10월 21일까지『동아일보(東亞日報)』에 총 131회 연재된 연작 장편소설「황원행」을 모은 자료집이다.
2. 원문에서 소설 중간에 배치한 삽화를 자료집에서는 본문 앞으로 배치하였다.
3. 표기는 원문에 충실하되, 띄어쓰기만 현대 어문규정에 맞게 고쳤다.
4. 들여쓰기와 줄바꾸기는 원문에 충실하되, 오류가 있는 경우에는 바로잡아 표기했다.
5. 본문 가운데 해독 곤란한 글자는 □로 표기하였고, 기타 부호와 기호는 원문을 그대로 따랐다.
6. 원문에서 해독 불가능한 글자 중 추정 복원이 가능한 경우와 명백한 인쇄상의 오류인 글자는 주석을 통해 바로잡았다.

한국 근대 신문 최초의 연작 장편소설 「황원행(荒原行)」

배현자 · 이혜진

1. 게재 현황 개괄

「황원행(荒原行)」은 1929년 6월 8일부터 10월 21일까지『동아일보(東亞日報)』에 총 131회 연재된 장편소설이다. 이 작품의 특기할 점은 5인의 작가와 5인의 삽화가가 참여한 연작소설[1]이라는 점이다. 참여한 작가는 최상덕(崔象德), 김기진(金基鎭), 염상섭(廉尙燮), 현진건(玄鎭健), 이익상(李益相)이며, 삽화가는 이승만(李承萬), 안석주(安碩柱), 이용우(李用雨), 이상범(李象範), 노수현(盧壽鉉)이다. 다섯 작가가 각기 25회씩을 담당하여 125회로 연재할 계획이었으나, 마지막 부분을 담당한 이익상이 6회분을 더 쓰면서 총 131회를 연재하였다. 작가가 바뀔 때 삽화가 역시 교체되었다. 이들이 담당한 회차와 게재명은 다음과 같다.

---

[1] '연작소설'의 사전적 의미는 '여러 작가가 나누어 쓴 것을 하나로 만들거나 한 작가가 같은 주인공의 단편 소설을 여러 편 써서 하나로 만든 소설'이라고 되어 있다. 현대에는 후자의 경우로 더 많이 쓰이지만 근대 초기에는 전자의 경우로 많이 쓰였다. 즉 여기서의 '연작소설'은 현대에 통용되는 '릴레이 소설'이라는 개념과 같다.

회차	작가		삽화가	
	본명	게재명	본명	게재명
1~25	최상덕(崔象德)	최독견(崔獨鵑)	이승만(李承萬)	이승만(李承萬)
26~50	김기진(金基鎭)	김팔봉(金八峯)	안석주(安碩柱)	안석영(安夕影)
51~75	염상섭(廉尙燮)	염상섭(廉想涉)	이용우(李用雨)	이묵로(李墨鷺)
76~100	현진건(玄鎭健)	현빙허(玄憑虛)	이상범(李象範)	이청전(李靑田)
101~131	이익상(李益相)	이성해(李星海)	노수현(盧壽鉉)	노심산(盧心汕)

「황원행」은 한국 근대 신문 최초의 연작 장편소설이다. 이전에 연작소설이 발표되기도 했지만, 단편에 해당되는 작품들이었다. 한국 근대 신문에 연작의 형태로 처음 등장한 작품은 『매일신보(每日申報)』 1926년 11월 14일부터 12월 19일까지 일요일마다 총 6회 연재된 「홍한녹수(紅恨綠愁)」[2]이다. 그 다음으로 등장한 작품이 『동아일보』에 1929년 5월 24일부터 6월 1일까지 매일 총 9회 연재된 「여류음악가(女流音樂家)」[3]였다. 이 두 작품은, 한 작가가 한 회씩 담당하여 연재한 단편이었다. 『동아일보』는 연작 단편인 「여류음악가」의 연재를 끝내고 그 일주일 뒤 연작 장편인 「황원행」 연재를 시작한다. 연작으로 시도한 장편소설로는 「황원행」이 최초였다. 이후로도 연작소설이 간간 발표되기는 했지만, 이만큼 긴 장편으로 연작소설이 발표된 것은 「황원행」이 유일하다.

『동아일보』는 연작 단편인 「여류음악가」를 게재하는 동안 다음으로 연재할 「황원행」의 소설예고를 시작한다. 「황원행」의 소설예고는 1929년 5월 30일, 5월 31일, 6월 1일, 6월 7일, 이렇게 총 4회에 걸쳐 상당한 지면을

---

[2] 참여한 작가는 회차별 게재명 순으로, 서해 최학송(曙海 崔鶴松), 최승일(崔承一), 김명순(金明淳), 이익상(李益相), 이경손(李慶孫), 고한승(高漢承)이다. 이 작품의 삽화는 사진과 그림이 결합된 형태인데, 삽화가에 대한 정보는 따로 주어지지 않는다.

[3] 여기에 참여한 작가는 서해 최학송(曙海 崔鶴松), 팔봉 김기진(八峯 金基鎭), 방춘해(方春海), 이은상(李殷相), 최독견(崔獨鵑), 양백화(梁白華), 주요한(朱耀翰), 현빙허(玄憑虛), 이성해(李星海)이며, 삽화는 청전 이상범(青田 李象範)이 도맡아 그렸다.

할애해 이루어졌다. 「여류음악가」 소설예고의 경우, 연작 단편이 연재된다는 정보와 집필진 이름 정도를 간단하게 1회 제시하는 것에 그쳤던 것과는 대비된다. 장편 연작으로 최초의 시도였던 만큼 소설예고도 대대적으로 한 셈이다.

『동아일보』, 1929년 5월 31일자·6월 1일자 소설예고

5월 30일의 첫 소설예고에서는 위 예고문의 오른편에 해당하는 부분만 게재되었다. 이 예고문은 큼지막한 글씨로 '연작 장편 황원행'이라는 제목을 배치한다. 그 오른쪽에 '5작가 집필, 5화백 삽화'라는 문구를 강조하고, 제목 왼쪽에 언제부터 게재되는가를 밝힌다. 그 아래에는 무엇을 중심으로 이야기가 펼쳐지는가, 그리고 그것을 5작가가 어떻게 그려가는가를 간략하게 밝힌다. 여기에서도 '5작가의 특수한 필치', '5화백의 각이한 필치' 등의 문구를 넣어가며 연작소설의 강점을 최대한 부각하고자 애를 쓴 흔적이 보인다. 첫 소설예고를 게재한 다음 날부터 이틀 연속 게재한 5월

① 『동아일보』, 1929년 6월 8일자 3면

② 『동아일보』, 1929년 6월 9일자 4면

③ 『동아일보』, 1929년 6월 11일자 3면

④ 『동아일보』, 1929년 6월 14일자 3면

31일과 6월 1일의 소설예고에는 첫 소설예고문의 왼편에 5작가와 5화백의 특징을 조금 더 상세하게 제시한다. 또한 각자의 특징을 제시하기 전 다음과 같은 문구를 서두에 배치하여 독자의 기대감을 고취하고자 한다. 집필 5작가에 대해서는 '연작소설『황원행』의 흥미는 무엇보다도 창작계의 권위요 중진인 작가들이 그 붓을 경쟁하게 된다는 점이다.'라는 문구, 삽화 5화백에 대해서는 '『황원행』에 금상첨화가 될 것은 조선 화단에 신진 기예한 화백들이 책임을 가지고 번갈아 삽화를 그리게 된 것이다'라는 문구가 그것이다. 소설 연재가 시작되기 바로 전날인 6월 7일의 소설예고에는 '연작 장편소설 황원행'이 다음 날부터 연재될 것이라는 것과 집필 순서대로 작가와 화백을 밝히는 것으로 간략하게 게재한다.

연재를 시작한 「황원행」은 주로 3면에 배치된다. 간혹은 4면, 5면, 혹은 7면에 배치되는 때가 있었으나 대부분은 3면에 게재되었다. 『동아일보』는 당시 일반적으로 6면 12단 발행이었다. 3면은 문화면에 해당한다. 작품 게재 단은 고정적이지 않으나, 5단 이하에 2단에 걸쳐 게재되었다. 분량은 보통 2,000자 내외였다. 삽화는 2단에 걸쳐 그려지기도 하지만, 문자 텍스트와는 달리 3단에 걸쳐 그려질 때도 많았다.

신문 예시 ①과 ②의 경우는 삽화가 3단에 걸쳐 그려진 것, ③과 ④는 2단에 걸쳐 그려진 것이다. 신문 소설에 삽화가 삽입될 경우 ③의 방식으로 게재되는 것이 보편적이다. 하지만 이 작품은 삽화와 문자 텍스트의 게재 단수를 일치시키지 않는 경우도 많았다. 그 이유는 회차의 길이 편차 혹은 기사 배치의 수월성 등 여러 가지가 있겠으나, 결과적으로 삽화를 도드라지게 보이게 하는 효과를 가져왔다. 당시 신문에 상당히 긴 장편소설이 연재가 된다 할지라도 삽화는, 부득이하게 교체되는 경우가 아니면 한 화백이 도맡아 그리는 것이 보편적이었다. 「황원행」 이전에 연재된 연작 단편 「여류음악가」의 경우는 연작임에도 삽화는 이상범이 전적으로 담당했다. 반면에 이 작품에서는 당대 주목 받던 화가들을 섭외하여 삽화 역시 연작의 형태로 진행시켰다.

2. 연작의 묘미 : 10인 10색의 작품 전개

「황원행」의 집필에 참여한 작가들이 어떤 배경에서 참여했는지를 알 수 있는 자료가 많지 않아, 이에 대해 명확하게 말할 수는 없다. 하지만 집필진의 한 사람으로 참여했던 팔봉 김기진의 회고에서 그 단서를 찾아볼 수 있다.

동아일보 학예부장 성해 이익상이 날더러 5인의 작가가 한 사람 앞에 25회씩 총 125회로 결말을 짓는 연작소설을 신문에 게재하고 싶으니 이에 참가해 달라는 부탁을 한다. 그래 나는 이 연작소설에 참가하기로 했다. 제목은 「황원행(荒原行)」이라고서 제1회서부터 제25회까지를 독견 최상덕(獨鵑 崔象德)이 쓰고, 제26회서부터 제50회까지 내가 쓰고, 제51회서부터 제75회까지는 횡보 염상섭, 제76회로부터 제100회까지는 빙허 현진건, 제101회로부터 제125회까지를 성해가 맡아가지고 끝을 맺는다는 계획이었다. 먼저 등장한 인물을 죽이거나 살리거나…… 또 새로운 인물 하나를 등장시키거나 열 명을 등장시키거나 자기가 책임 맡은 회수 안에서 자연스럽게 또 리얼하게 맘대로 처리하며 스토리의 발전도 맘대로 처리한다는 자유를 각자가 가지고서 집필하는 것이었다.

이렇게 되어서 5인의 집필자가 한번 명월관에 집합해 간단한 회합을 마치고 난 다음 나는 독견과 함께 동대문 밖 탑골승방으로 원고를 쓰러나갔다. 날마다 두 사람은 자기가 쓰는 내용을 피차에 아르켜주면서 써나아가야 일이 편하고 또 이렇게 해야만 하루속히 함경도로 내려가야 할 내가 짐을 벗어놓게 되기 때문이다. 그래서 독견과 나는 밥장수하는 집 바깥채의 따로 떨어져 있는 방을 두 개를 빌어가지고 그 집에 묵으면서 원고를 쓰기 시작했었다. (…중략…) 애초에 두 사람이 3,4일간에 원고를 써치우기로 작정했던 것인데, 이같이 밤마다 찾아오는 손님 때문에 우리는 1주일 이상 탑골승방에서 시내로 돌아오지 못했었다.[4]

이 회고록에는 몇 가지 정보가 주어져 있다. 우선 제안자, 계획 당시의 집필 횟수와 순서, 집필 재량 권한, 50회까지의 집필 시간, 환경[5] 등이 그것이다. 이에 따르면 「황원행」의 연재는 당시 『동아일보』 학예부장이었던 성해 이익상의 제안으로 이루어졌다. 이익상은 최초의 신문 연작 소설로 『매일신보』에 게재된 1926년 작품 「홍한녹수」에도 참여했었던 작가였다. 그것을 발판 삼아 『동아일보』의 학예부장이라는 직위에서 1929년에 연작소설을 기획한 것으로 보인다. 「황원행」 집필자 5인 중 염상섭을 제외한 최상덕, 김기진, 현진건, 이익상은 모두 이 작품 이전에 『동아일보』에 연재된 연작 단편 「여류음악가」에 참여한 작가들이다. 「여류음악가」가 연재되는 동안 장편 「황원행」의 얼개와 집필진을 소개하는 소설예

4　홍정선 편, 『김팔봉문학전집』 II (회고와 기록), 문학과지성사, 1988, 210쪽.
5　「황원행」은 한 작가에서 다른 작가로 넘어가면 모두 소제목을 새로 시작한다. 반면, 최상덕에서 김기진으로 넘어가는 경계에서만 '조그만 악마'라는 소제목이 연결된다. 최상덕이 '조그만 악마 1'로 자신의 분량을 마무리하고, 김기진이 '조그만 악마 2'로 자신이 담당한 분량을 시작한다. 이러한 까닭을, 최상덕과 김기진이 같은 공간에서 서로 의견을 나누며 함께 집필했다는 정보를 통해 유추할 수 있다.

고가 나오는 것으로 보아 이익상은 「여류음악가」 연재 이전에 이 「황원행」을 구상했던 것으로 보인다. 즉 연작 장편을 연재하기 전, 연작 단편으로 분위기를 고조시킨 것으로 볼 수 있다.

「황원행」의 기획 의도에 대해서 알 수 있는 단서 역시 많지 않다. 이 작품의 소설예고를 통해 그 일단을 엿볼 수 있을 따름이다. 1929년 5월 30일부터 4회에 걸쳐 진행된 소설예고 중 첫 날부터 3회 연속 나타난 이야기의 얼개를 보면 다음과 같다.

頑固한 家庭에서 자라난 不運兒와 虛榮과 淪落의 구렁으로 彷徨하는 『모던 女性』을 中心삼아 愛慾의 葛藤, 不合理의 世相, 制度의 缺陷 等을 五作家의 特殊한 筆致로 或은 堅實하게, 그러고도 如實하게 그려낸 朝鮮現代相의 縮小圖이다 그리고 五畫伯의 各異한 筆致는 錦上添花가 될 것이다

이 예고에는 크게 세 가지 정보가 주어져 있다. 먼저 소설의 주인공이 될 두 인물의 특징이 드러나 있다. '완고한 가정에서 자라난 불운아', 그리고 '허영과 윤락의 구렁으로 방황하는 모던 여성'이 주인공이다. 다음에는 줄거리의 중심축이 제시된다. '애욕의 갈등, 불합리의 세상, 제도의 결함' 등을 토대로 '조선현대상의 축소도'를 보여준다는 것이다. 마지막으로, '5작가가 참여하여 견실하고 여실하게 그려낸다는 것, 5화백의 각기 다른 필치는 금상첨화가 될 것' 등으로 여러 작가와 화백이 참여하는 연작소설이라는 점을 강조한다.

1929년 5월 31일자부터 6월 1일자에 걸쳐 이틀 연속으로 작품에 참여한 작가와 화가군에 대해 소개하는 소설예고를 게재하는데, 그 내용을 보면 다음과 같다.[6]

執筆 五作家 연작소설『황원행』의 흥미는 무엇보다도 창작계의 권위 요 중진인 작가들이 그 붓을 경쟁하게 된다는 점이다 이제 각인의 특색을 들어보자면

◀想涉 廉尙燮氏 건장한 문장과 치밀한 해부로 가장 특색 있는 작품을 발표하여 왔고 신문소설에 있어서도 이미 독자와 낯이 익은 이다 한낱의 성격을 붙들어다가 그 발전을 그려내는 데는 문단에서 가장 권위 있는 이라 할 것이다. 섭으면 섭는 대로 맛나는 것은 씨의 문장이다. 정독을 요구하는 작가다

◀星海 李益相氏 어떤 때는『로맨틱』하게, 어떤 때는 현실적으로, 그러면서도 시종이 여일하게 건실한 작품을 보여주는 성해도 역시 오랜 침묵을 비로소 연작소설로 깨트리게 되었으니 씨의 무게 있는 글을 좋아하는 독자들은 오랜 주림을 만족할 수 있을 것이다

◀獨鵑 崔象德氏 대중소설가로서의『독견』의 근래의 진출은 실로 놀랠 만하다 파란중첩한『플롯』과 현실을 숨김없이 그대로 그리는 대담한 필치는 많은 독자를 울리고 웃게 하였다. 작품이 나올 때마다 새 것이 발견되는 그의 소설이 연작소설에서는 과연 또 어떠한 재필을 휘두르는지

◀八峯 金基鎭氏 평론으로 많이 알리워진 팔봉은 동시에 시인이요 또 소설가다. 힘 있는 문장, 사회에 대한 열렬한 비판력 그런 것이 지면을 통하야 나타날 때에 미상불 재래의 소설 독자에게 어떤 새로운 무엇을 주지 않을 수 없을 것이다, 누구보다도 씨에게 기대하는 것이 큰 것은 그 까닭이라고 할 것이다

◀憑虛 玄鎭健氏 재료를 취하는 데는 자연주의의 철저하고 문장으로는 육감적이라고 할 만큼 치밀하고도 생기 잇는 붓대를 가진 씨는 이미 침묵을 지

6 이 인용문은 현대 어법에 따라 수정하였다.

킨 지 오래다 이번에 오랜 침묵을 깨트리고 연작소설에 그의 찬란한 붓을 들 때는 미상불 어떠한 진보가 있을는지 괄목상대할 만하다

挿畵五畵伯 『황원행』에 금상첨화가 될 것은 조선화단에 신진기예한 화백들이 책임을 가지고 번갈아 삽화를 그리게 된 것이다

◀夕影 安碩柱氏 재주 있는 필치와 새로운 감각이 조선화단에 늘 새로운 자극을 줄 뿐 아니라 풍자와 야유에 풍부한 그의 만화는 사계에 정평이 있다

◀心汕 盧壽鉉氏 특색 있는 씨의 화풍은 나날이 진경(進境)을 보일 뿐 아니라 삽화에 치밀한 관찰과 대담한 생략은 보는 사람으로 아니 놀라게 할 수 없다

◀靑田 李象範氏 한적하고 쇄락한 붓은 노대가를 능가할 만한 구상을 보이 며 미전(美展)에서든지 협전(協展)에서든지 늘 이채를 보이는 조선화단의 중 진이다

◀李承萬氏 서양화에 있어서 그 중진되는 이를 든다면 누구든지 씨를 꼽을 것이다 그만큼 씨는 조선화단의 보배이다 주밀한 관찰과 여유 있는 붓끝이 소설삽화계에 이채를 보이는 중이다

◀墨鷺 李用雨氏 씨는 언제든지 상징적(象徵的)의 화풍을 보인다 상징에 배미(俳味)를 섞은 삽화는 사계에 이채가 될 것이다

이 소개글에는 간략하지만 5작가 5화백의 특징이 무엇인가를 단적으로 짚어주고 있다. 염상섭은 '건장한 문장과 치밀한 해부', 이익상은 '로맨틱 하면서도 현실적인 필치', 최상덕은 '파란중첩한 플롯 구성', 김기진은 '사 회에 대한 열렬한 비판', 현진건은 '치밀하면서도 육감적인 필치' 등이 5작 가의 특징이다. 아울러 안석주는 '풍자와 야유가 풍부한 새로운 감각', 노

수현은 '치밀한 관찰과 대담한 생략', 이상범은 '한적하고 쇄락함', 이승만은 '주밀한 관찰과 여유', 이용우는 '상징적이면서도 코믹함'이 5화백의 특징이다. 이는 각 작가의 특징을 언급한 것이기도 하지만, 기획자가 각각의 작가에게 기대하는 특성일 수도 있다. 즉 그러한 특성들이 있기에 '연작'의 기획에서 선택된 것일 수 있다는 것이다.

소설예고에서 밝히고 있는 기획 의도나 작가들의 특징이 작품에 그대로 다 재현되었는지는 조금 더 면밀한 분석이 뒤따라야 한다. 또한 보는 시각에 따라 그 평가는 달라질 수 있다. 하지만 분명하게 말할 수 있는 점은 「황원행」에는 5작가 5화백의 각기 다른 성향과 필치가 드러나 있다는 점이다.

「황원행」에 참여한 5작가 5화백의 각기 다른 성향을 표출하며 드러내는 이 불균질한 특징은 통일성 면에서 본다면 하나의 결함으로 볼 수도 있다. 「황원행」에 대한 연구는 많지 않은데,[7] 여기에도 불균질함으로 인한 통일성의 결여를 이 작품의 한계로 지적하는 견해가 존재한다. 하지만 독자와의 관계 속에서 본다면, 작품의 불균질한 특성이 과연 결함으로만 작동했겠는가에 대해서는 재고해볼 여지가 있다. 오히려 「황원행」처럼 긴 장편에서 각기 다른 색채로 접근하는 재미를 줄 수 있고, 이는 다양한 독자의 취향에 부합하는 흥미 요소가 될 수 있기 때문이다.

「황원행」의 연재가 1929년 10월 21자로 완료된 후, 11월 7일부터 10일

7　지금까지 나온 「황원행」에 대한 연구는 다음과 같다.
　　곽근, 「일제강점기 장편 연작소설 『황원행』 연구」, 『국제어문』 29집, 국제어문학회, 2003, 361~389쪽.
　　이효인, 「연작소설 『황원행』의 집필 배경과 서사 특징 연구」, 『한민족문화연구』 38집, 한민족문화학회, 2011, 217~252쪽.
　　이유림, 「한국 신문연작소설 『황원행』의 일러스트레이션 연구」, 『조형미디어학』 19권 2호, 한국일러스아트학회, 2016, 231~239쪽.

까지 4회에 걸쳐 '원호어적(元湖漁笛)'이라는 이가 쓴 독후감이 실린다. 「『애라』의 길과 남, 여성의 생활철학」이라는 제목으로 연재된 이 독후감에는 「황원행」에 대해 '없는 시간이나마 일부러 만들어서라도 한번 읽으시기를', '누구에게나' 권할 만큼 극찬하는 내용들이 나온다. 특히 '시대를 대표할 수 있는 인물의 창조', '새로운 가치를 부여한 대중문학의 계몽적 표본물'이라는 등의 언급은, 글쓴이의 이 작품에 대한 호의적 평가를 단적으로 보여준다. 이 독후감 외에도, 출판에 대해 묻거나, 재독하고 싶다는 등 여러 차례에 걸쳐 독자의 언급이 기사들[8]에 나타난다. 이 기사들은 당시 「황원행」이 독자들에게 큰 반향을 불러일으켰음을 짐작하게 한다.

「황원행」에 대한 이러한 독자의 호의적인 반응들로 말미암아, 여러 작가들이 참여하여 하나의 소설을 완성시킨다는 연작소설의 형태가 당시 꽤나 흥미로운 글쓰기 방식으로 여겨졌을 수 있다. 1929년 『동아일보』에 「황원행」이 연재된 다음 해인 1930년에는 『조선일보』에 연작으로 소년소설이 연재되기도 한다. 1930년 10월 10일부터 12월 4일까지 총 38회에 걸쳐 연재된 「소년기수」가 이에 해당한다. 잡지에서도 연작소설을 게재한다. 『신동아』는 작가와 독자의 공동 제작으로 1931년 11월부터 1932년 3월까지 5회에 걸쳐 「연애의 청산」을, 『신가정』은 1933년에 총 5회짜리 「젊은 어머니」를, 1936년에 총 6회짜리 「파경」이라는 연작 소설을 연재한다. 심지어 연작소설의 '모방'이 이루어지면서 다른 이의 창작물을 표절하는 사태[9]까지 일어나기도 한다.

당시 유행한 연작소설이라는 글쓰기 방식에 대해 부정적 시선도 존재

---

8 『동아일보』, 1929년 11월 19일자·12월 1일자·12월 24일자·1930년 2월 2일자.
9 『동아일보』 1931년 2월 3일부터 18일까지 총 10회에 걸쳐 '소년연작소설'로 연재된 「마지막 웃음」은 1926년에 잡지 『신소년』을 통해 발표된 '권경안'이라는 이의 작품을 표절한 것이라고, 동신문 1931년 4월 22일자에 기사가 났다.

했다. '연작소설이란 저널리즘에 영합하는 일종의 기형적 산물'[10]로 규정되는가 하면, '일반적 호기(好奇)를 끌기 위하여 합작이니 연작이니 하면서 생명 없는 소설을 당당하게 발표하는 판'[11]이라는 조롱 섞인 시평(時評)을 받기도 하였다. 하지만 이들 역시 대중적 흥미를 유발한다는 점에 대해서는 인정하고 들어간다. 즉 '대중적 흥미 유발'에만 치중하는 것이 비판의 요소가 될지언정, 그 점까지 부정하지는 않는다는 점이다.

요컨대 1929년 『동아일보』에 연재된 『황원행』은 작가뿐만 아니라 삽화가까지 다수가 참여한 한국 최초의 연작 장편소설이다. 이 작품에는 당대의 시대상이 반영되어 있다. 특히 근대적 문물이 유입되어 변화한 경성 분위기의 일단이나, 당시 '모던걸', '모던보이'로 지칭되던 그 시대 인물의 단면을 엿볼 수도 있다. 아울러 지식인, 카페 여급, 형사, 신문 기자 등 다양한 직업군의 면모를 당시 작가들이 어떻게 그려내고 있는가를 볼 수 있는 소설이기도 하다. 뿐만 아니라 이 작품은 당대 주목받던 화백들을 투입하여 문자 텍스트로 표현된 내용을, 담백하거나 혹은 정밀하게, 때로는 육감적이거나 추상적으로 그린 삽화를 아울러 게재하여 보는 재미를 더한 작품이다. 이를 통해 당대 독자들의 큰 반향을 일으킨 작품이다. 이 작품을 정독하여, 연작의 형태로 진행된 장편소설 「황원행」의 성과와 한계를 조금 더 면밀하게 짚어낸다면, 현대 대중과 만나는 창작 문화의 진전에 이바지하는 측면이 있으리라 본다.

---

10 윤기정, 「문단시언」, 『조선지광』, 1929년 8월호.
11 대동강인(大同江人), 「서고엽기(書庫獵奇)」, 『동아일보』, 1931년 9월 21일.

3. 주요 등장인물

이철호

소설의 주인공. 부잣집의 서자로 태어나 핍박받다 일본 유학을 한 뒤 경성에 돌아와 시국표방설교강도가 되어 장안을 떠들썩하게 한다. 경찰에 쫓기는 동안 애라와 한경 사이에서 삼각관계를 형성하다 홍한경과 함께 국외로 탈출한다.

이애라

소설의 주인공. 카페의 여급으로 모던보이들의 사랑을 한 몸에 받는 인물이다. 형사과장 홍면후의 애정 갈구에도 불구하고 철호를 사랑하여 쫓기는 철호에게 도움을 주지만, 한경과 철호가 함께 도피하자 질투심에 불타오른다.

홍한경

이철호의 여자친구이자 형사과장 홍면후의 동생. 일본에서 유학하는 동안 이철호를 만나 사귀게 되고, 경성에서 시국표방설교강도가 된 철호의 일을 돕게 된다. 이후 철호와 국외로 탈출하지만 철호와 헤어져 혼자 국내로 들어오게 된다.

홍면후

이철호를 쫓는 형사과장이자 홍한경의 오빠. 카페 여급 이 애라를 사랑하여, 애라의 요구에 따라 홍한경을 춘천으로 보 내는가 하면, 자신이 쫓던 철호의 도피 행각에 기여를 하게 된다.

고순일

이철호가 일본 유학 시절 흑생동맹이라는 단체에서 만난 동 지. 홍한경이 춘천으로 내려간 뒤, 한경과 철호 사이에 소식 을 전해 주다 경찰에 붙잡히게 된다.

김준경

이철호의 친구. 서울신문사의 기자로서, 시국표방설교강도 에 얽힌 이야기를 기사화함으로써 애라와 대면하고 철호의 입장을 애라에게 대변해주는 역할을 한다.

4. 줄거리

■ 1~25회 : 최상덕 집필분

　모든 것을 빼앗겨 더 빼앗길 것조차 없는 불행한 시대, 조선 땅의 중심 경성에서 대담하고 교묘한 강도 사건이 일어나 신문 호외로 보도되며 경성을 떠들썩하게 한다. 한 청년이 부잣집에 들어가 위협을 하는 것도 아니고 빛나는 눈빛과 설교만으로 돈을 내주게 만든다고 해서 '시국표방설교강도'라는 명칭을 얻게 된 사건이었다. 연달아 이 시국표방설교강도 사건이 발생하는 와중에 빈민굴 집집마다 현금 봉투가 들이치는 괴이한 사건까지 발생한다. 이렇게 전달된 현금이 앞선 강도 사건의 피해금과 관계 있는 것으로 보고, 형사들은 강도 사건을 불령분자의 소행으로 짐작하며 불안해한다. 그리하여 경성 일대를 물샐 틈 없이 수색하지만 범인의 종적이 묘연한 채, 평양에서도 같은 사건이 발생하고, 범인이 평양에서 보낸 투서가 날아든다. 그런데 투서 필적이 형사과장 홍면후의 누이동생 한경의 것과 같아 홍면후는 고심을 하다 동생에게 직접 물어보지만 한경은 시치미를 뗀다.

　홍면후는 동생에 대한 의심을 거두고, 카페 백마정으로 향한다. 백마정은, 여학교를 졸업하고, 성악에도 뛰어나며, 매력적이고 아름다운 육체를 겸비한 25세의 '이애라'라는 여급으로 인해 더욱 유명해진 곳이다. 홍면후는 애라에게 매혹되어 이 카페의 단골이 되어 있다. 그런데 애라는, 카페 단골 중 하나인 '이철호'를 좋아한다. 애라가 사랑을 고백하지만, 철호에게 거절당한다. 그 후 애라는 철호가 홍면후의 여동생 한경과 교제 중이라는 사실을 알게 되어 질투를 느끼고, 또 범인이 보낸 편지의 글씨가 한경의 필체라는 것까지 알게 되어 철호가 강도 사건과 연루되어 있다는 것을 눈치챈다. 한편 시국표방설교강도인 철호는 강탈한 돈을 한경에게 맡기고 앞일을 계획하려 하지만 한경이는 철호에게 결혼을 재촉한다.

■ 26~50회 : 김기진 집필분

애라는 철호를 졸라 온천 여행을 한다. 이때 철호에게 한경이와 관계를 끊어달라고 요구해 보지만 철호가 그러지 않으리라고 짐작한다. 한편 홍면후는 애라에게 반지를 선물하며 환심을 구하는데, 애라는 도리어 한경이를 시집보내면 반지를 받겠다고 한다. 결국 한경이를 시골로 보내는 것으로 합의하고 애라는 면후가 주는 반지를 낀다. 애라의 모의에 따라 한경이는 춘천으로 보내진다. 한경이 떠나면서 남긴 편지를 받은 철호는 경찰의 정세를 알려주던 한경의 빈자리에 아쉬움을 느끼면서도, 한편으로 애라를 생각한다.

철호는 본래 안성의 큰 지주이자 양반인 이진규의 서자로 태어났다. 철호와 그의 어머니는 본처의 모진 핍박 속에서 살았다. 철호의 나이 열여섯 살 때 그의 어머니는 핍박을 못 견뎌 작은 바늘 한 쌈을 삼키고 자결하면서 부자, 양반, 세력 있는 놈 등에게 자신의 원수를 갚아달라는 유언을 남긴다. 총명했던 철호는 본실에게서 태어난 형들의 핍박을 피해 일본으로 건너가 갖은 고생을 하며 낮에는 일하고 밤에 야학을 다녀 법대를 간다. 대학 시절 아나키스트 단체인 '흑색동맹' 활동을 한다. 거기에서 한경이를 만나 연인이 된다. 한경이는 철호에게 청혼을 하고, 철호는 마지못해 한경에게 결혼을 약속한다. 이후 한경이는 할아버지 병환으로 먼저 귀국을 하고, 철호 역시 흑색동맹이 유야무야되면서 이것저것에 흥미를 잃어 칠 년 만에 귀국을 한다. 귀국 후 한경을 만나고, 강도 사건을 일으킨

다. 이때 강탈한 돈을 맡기고, 편지 대필을 하게 하는 등 한경의 도움을 받은 것이다.

한편 한동안 잠잠하던 시국표방설교강도 사건이 경성에서 또다시 일어난다. 십중팔구 철호가 범인이라고 믿는 애라는 은근슬쩍 그것을 흘리며 철호에게 매달리고, 철호는 애라가 눈치 챈 것을 알고 불안해 한다.

■ 51~75회 : 염상섭 집필분

애라는 철호가 범인이라도 그를 사랑하겠다는 의지를 다진다. 하지만 한편으로는, 범인을 찾는 데 도움을 준다면 큰 돈을 준다는 면후의 제안에, 철호가 자신의 구애를 끝내 거절한다면 그를 팔아넘길 수도 있다는 생각을 하기도 한다. 철호는 애라와 산보를 하던 중 불심검문을 당하고, 그 위기를 넘기는 중에 애라가 자신의 일을 알고 있다는 확신을 갖고 남산장에 간다. 거기서 애라는 자신이 홍면후의 끄나풀이 아니라는 것을 증명하기 위해 손가락을 깨물어 '단심무이심(丹心無二心)'이라는 혈서를 쓰고, 그에 감동한 철호 역시 그 옆에 '이혈보혈(以血報血)'이라는 혈서를 쓴다.

남산장에서 돌아온 애라는 홍면후를 만나 범인 찾는 일을 도와주기로 하고 계약된 돈의 일부를 받는다. 홍면후의 조력 제안을 역으로 이용할 계획을 세운 것이다. 애라는 홍면후에게 소개장을 얻어 철호를 국경 밖으로 내보낼 계획까지 세운다.

한편 일본 흑색동맹 활동 시절 동지였던 고순일이 귀국하여 있다가 한경의 소식과 편지를 가지고 철호를 찾아온다. 한경의 편지에는 철호의 가명이 탄로났다는 것, 자신도 갈 터이니 어서 국경을 벗어나 봉천의 자기 친구 집으로 가라는 내용이 쓰여 있다. 철호는 애라를 속이는 것에 마음이 쓰이지만, 서울을 떠나는 쪽으로 마음이 기울고, 고순일에게 한경이를 봉천으로 보내달라고 부탁한다.

그러나 홍면후는 한경, 철호, 애라의 삼각관계를 의심하여 철호에게 소개장을 써주기로 한 날 백마정에서 삼자대면을 시키고자 한경을 서울로 올라오게 한다. 여차하면 덮치게끔 형사들까지 잠복시켰으나 셋은 이 계획을 미리 알고 대비하여 위기를 무사히 넘기고, 홍면후는 애라의 의형제로 꾸민 철호에게 소개장을 써주게 된다.

■ 76~100회 : 현진건 집필분

애라가 넣은 최면제에 취해 홍면후가 깊이 잠든 사이, 신의주 경찰이, 홍면후의 명함을 가진 청년을 수상하게 보고 경성 경찰서로 전화를 하지만, 홍면후와 연락이 닿지 않아 놓아주게 된다. 뒤늦게 깨어난 홍면후는 한경이가 편지를 써놓고 도망간 사실을 알고 당황한다.

한편 철호를 떠나보낸 애라는 철호가 남기고 간 옷을 정리하다 한경이 철호에게 보낸 편지를 발견하고, 또 홍면후를 통해 한경이 달아났다는 말을 듣고는 자신이 속은 것에 분해 한다. 이것을 지켜본 홍면후는 전후 사정을 볼 때 애라가 그들과 한통속이라고 짐작하고 애라를 잡아들인다. 애라가 남겼던 혈서를 들이밀고, 공범으로 지목하고 잡아들인 고순일까지 대면시키며 애라를 취조하지만 애라는 모든 것을 부인한다. 홍면후는 직감으로 모든 사정을 알아챘지만, 애라의 질투심을 이용하기 위해 애라를 어르고 달랜 뒤 내보낸다. 풀려난 애라는 질투심에 결국 홍면후에게 협력하고, 한경의 방을 뒤져 은신처로 정한 봉천 주소를 알아 낸다.

■ 101~131회 : 이익상 집필분

백마정으로 돌아온 애라는 신문기자로 보이는 낯선 사내가 자신을 찾아와 홍면후의 끄나풀이냐고 묻는 것에 발끈한다. 취조하듯 묻던 사내가 싱겁게 훌쩍 돌아가자 애라는 불안해하며 홍면후와 상의하지만 뾰족한 수가 없다. 게다가 홍면후에게서 봉천 수배령을 내렸다는 말을 듣고는 자신이 한 일을 후회한다. 때마침 온 철호의 편지를 읽은 애라의 후회는 더욱 깊어간다. 그러던 중 신문의 머릿기사에서 설교강도 사건 관련 기사를 보게 된다. '사실'이 아니라 '가정'의 형식으로 난 기사지만 내막을 알고 쓴 기사였다. 이를 통해 애라는 자신을 찾아왔던 낯선 사내가 그 신문사의 기자라는 걸 알고 그를 찾아간다. 애라는 그가 철호의 친구 김준경이라는 것과, 또 철호의 부탁으로 신문기사를 써 애라를 도우려 했다는 것까지 알게 된다. 철호의 진심을 전해 들은 애라는 철호에 대해 토라졌던 마음을 완전히 푼다.

애라는 김준경이 써 준 소개장을 가지고 몸을 피했다. 이후 애라는 한경이 봉천에서 붙들려 왔으나 공범이라는 증거 불충분으로 석방되었고, 홍면후는 사직원을 제출했으나 공이 많다 하여 지방 경찰서로 전직되었으며, 고순일만 예심에 넘겨졌다는 소식을 듣는다. 하지만 철호의 행방은 듣지 못한다.

여러 궁금증을 안고 한경을 찾아간 애라는 그간의 정황을 듣게 된다. 철호와 함께 떠났지만, 곧바로 만주에서 헤어졌다는 것과, 한경이만 봉천 친구의 집에 있다가 붙들려 온 것, 한경이 철호의 아이를 가졌다는 것을 알고, 애라는 같은 여자로서 그의 처지와 동일시하며 한경을 불쌍하게 생각한다. 이때 애라의 향방을 탐사하던 형사가 들이닥친다. 애라는 자신의 죄값을 치를 수밖에 없음을 직감하며 붙들려 간다.

차례

한국 근대 신문 최초 연작 장편소설 자료집

황원행(荒原行) 上

1회 ~ 25회

최독견崔獨鵑 作

이승만李承萬 畵

1929.6.8 (1)

一
서곡(序曲) 一

인생이라는 거츤 들을 걸어가는 자 — 잇서 가르되 ——

『긋업는 사막에도 짜스한 태양이 빗나고 사람의 그림자조차 비춰어 본
적이 업는 험한 들에도 종달새 놀애가 구을러 나리며 가시덤불 우거진
어두운 골작이에도 맑은 샘이 소리처 흐르건만 인생의 거리는 웨 이다
지도 악착하냐? 고달프냐? 쓸쓸하냐? 울다 못하야 웃고 살기 위하야 사
는 어리석은 자들이어 우리는 모두 사람이라는 동물들이다 스스로 약
다고 생각하는 어리석은 동물들이다 하로에도 몇 번씩 발미테 가로눕
는 죽엄의 긔회를 피하고 피하야 마치 줄 타는 광대 모양으로 이리 비
틀 저리 비틀 걸어가는 긔교 부족한 원숭이들이어 우리는 누구의 힘에
슬리어 무엇하러 어대로 가는가?……』

이러한 신음 속으로부터 좀 더 날칼오운 하소연이 잇서 가르되 —

『아서라 팔자 조흔 인생의 낮잠고개를 집어치워라 살기 위하야 사는
사람은 죽지 못하야 사는 사람보다 그 얼마나 행복된 사람일가보냐 울
다 못하야 웃는 사람은 눈물이 말라서 울지도 못하는 사람보다는 그 얼
마나 시원할까 보냐 남의 것을 쌔앗고 쌔앗어도 오히려 부족하야 한숨
짓는 사람보다는 쌔앗기고 쌔앗기어 이제는 쌔앗기려 하야도 쌔앗길
것이 업서서 하얀 쌔를 들어내 보이고 몸부림치는 사람은 그 얼마나 애
달프랴! 우리의 이름은 조선 사람이로다 사람이란 불행한 동물이다 조
선 사람이란 불행한 사람 중에도 불행한 사람이다!』

날칼오운 부르지즘이 지내간 뒤에 무서운 침묵이 엉커인다 폭풍우가 지내간 거츤 들의 그것 가튼 침묵이……

『그러나!』

어대서인지 보담 더 우렁찬 호통이 들린다 폭풍우 쯰테 굿게 다친 침묵의 성벽이 와르르 문허지는 음향이다 『다이나마이트』다!

『그러나 나는 불평 속에 잠긴 리상(理想)을 파내야 한다 약한 이가 가진 굿센 힘을 차저내야 한다 학대밧는 무리만이 볼 수 잇는 진리를 차저내야 한다 깨달아야 한다 묵고 묵은 폐허에 파란 새싹을 도처야 한다 영원히 슬어지지 안는 아름다운 꼿을 피워야 한다 나는 거츤 들 중에도 거츤 들인 조선이라는 쌍에서 나서 조선이라는 쌍을 밟고 지내가는 흰 옷 님은 불행한 젊은이로다!¹

×　　　×

×　　　×

여긔는 서울이다 마비하야 갈망정 조선의 염통이다 이씨(李) 씨인 남대문은 마비되어 가는 조선의 심장의 긔능(機能)을 아조 일허버리지 안키 위하야 미약하나마 새로운 긔운을 쌀아들인다 그 째문에 금시에 말라버릴 것 가튼 쌔쏘다공원에도 봄이 오면 그래도 새싹이 돗고 꼿이 피고 영양부족에 걸린 조선 사람들의 혈관에도 쌀간 피가 오르고 나린다

서울은 고요하다 죽은 듯이 고요하다 송장만을 싸하 두엇기로니 이다지도 고요하랴 독한 마취약에 일제히 잠이 들엇기로서니 이다지도 고요하랴 잠고대조차 업스랴 숨결조차 업스랴 그러고도 만일 그들이 살아잇다면 그것은 숨 못 쉬고 사는 긔이한 사람늘이 아니냐

---

1 '』' 누락.

× × ×

× × ×

호외! 호외!

신문 배달부의 방울이 서울의 구석구석을 고로 고로 구을럿다 호외(號外)[2]다

경성 시내에서 발행하는 닐곱 개의 신문은 시각을 다투어서 미증유의 대사건을 호외로 보도하얏다

『백주에 대경성을 습격한 대담하고 교묘한 시국표방강도』이니 『○○○○단의 출현』이니 하는 주먹 가튼 활자의 뎨목 미테 신출귀몰한 그 행동을 보도하얏다

모자 쓴을 턱밋까지 나린 정복 순사의 쎄 —— 털긋까지에도 신경이 날 칼어워지는 형사의 무리 — 고요하든 대경성 일대는 마치 계엄령이나 편 듯이 수선거리엇다 각 신문이 그날 해 지기까지에 보도한 긔사를 종합하야 보면 다음과 갓다

---

2   호외(號外). 특별한 일이 있을 때에 임시로 발행하는 신문이나 잡지.

1929.6.9 (2)

二

소란한 서울 ―

　그늘[3] 오정 째쯤이엇다 시내 계동(桂洞) 사는 조선의 귀족이오 갑부인 ××은행 두취[4] 자작[5] 정완규(鄭完圭)의 집에는 년령 삼십 세가량 되여 보이는 미목[6]이 청수한[7] 조선 청년 한 명이 미소를 씌우고 주인을 방문하야 별로이 몸서리나는 위협이나 시위도 하지 안코 장시간의 담화로써 주인 대감으로부터 현금 삼천 원을 쌧어가지고 침착하고 긔민한[8] 동작으로 자최를 살아털엇다는 것이다 그런데 괴상한 청년의 입으로 주인에게 들려준 담화는 당국이 가장 긔휘하는[9] 「불온」한[10] 말이엇기 째문에 ×표로 감추어 버리엇슴으로 신문을 닑는 독자도 그것이 무슨 말이엇든지는 모른다 그리고 괴상한 것은 싹장새[11]요 고집불통으로 귀족들 중에서로[12] 유명한 정 자작이 경관에게

　『글세 무슨 무긔를 내서 위협을 한다거나 하지도 안코 설교만을 하는

3　문맥상 '날'의 오류로 추정.
4　두취(頭取). 예전에, '은행장'을 이르던 말.
5　자작(子爵). 다섯 등급으로 나눈 귀족의 작위(爵位) 가운데 넷째. 백작(伯爵)의 아래, 남작(男爵)의 위이다.
6　미목(眉目). 얼굴 모습을 이르는 말. 눈썹과 눈이 얼굴 모습을 좌우한다고 하여 이르는 말이다.
7　청수(淸秀)하다. 얼굴이나 모습 따위가 깨끗하고 빼어나다.
8　긔민(機敏)하다. 눈치가 빠르고 동작이 날쌔다.
9　긔휘(忌諱)하다. 거리고 싫어하다.
10　불온(不穩)하다. 사상이나 태도 따위가 통치 권력이나 체제에 순응하지 않고 맞서는 성질이 있다.
11　싹장대. 성질이 온순한 맛이 없이 딱딱한 사람.
12　문맥상 '도'의 오류로 추정.

데 무슨 리유로 그러케 만흔 돈을 내주셧단 말이오』

하고 마치 네가 그 청년의 어썬 일을 일부러 도아주기 위하야 그 돈 삼천 원을 내주지나 안흔 것이냐 하는 듯한 날칼어운 질문에 대하야

『아니오 그런 게 아니오 그랫스면이야 내가 주고 나서 그 길로 로형들에게 뎐화를 걸엇슬 리가 잇소 그런 게 아니라 나는 그 청년의 명석한 리론을 들을 째에는 어썬지 마음이 찔렷단 말이오 금방 륙혈포[13]를 내대고 죽인다는 것보다도 훨신 무서웟단 말이오 그래서 도뎌히 거절할 용긔가 나지를 안트구려 그래 주어 보내는 노코도 뒤로 생각하니 준 돈이 앗갑기도 하고 쏘는 로형들에게라도 혹시 그 청년의 하는 일을 찬성이나 하지 안햇는가 하는 의심을 밧게 된다면 그것도 실업스운 일이고 해서 즉시 고발을 한 것이 아니오』

하는 솔즉한 대답 쯰테 정 자작은 다시 부연을 달아서

『그러니 말하자면 그 돈을 쌔앗겻다고 할른지 혹은 내가 내 마음으로 주엇다고 해야 올흘른지도 량심대로 말하자면 미상불[14] 몽롱한 일이오 허허』

하고 그야말로 몽롱한 진술을 하얏다

그러고 괴청년의 인상을 뭇는 경관에게 대한 정 자작의 대답은 듯는 사람을 웃기는 바가 잇섯다

『그 젊은 사람이 어쩌케 생겻드냐구요…… 내 참 그러케 빗나는 사람의 눈을 륙십 평생에 본 적이 업소 바로 주정[15] 불이 —— 알지오 알콜 불 말이오 그 불이 타오르는 것 갓드구려 그래서 지금도 빗나든 그 눈만이

---

13 육혈포(六穴砲). 탄알을 재는 구멍이 여섯 개 있는 권총.
14 미상불(未嘗不). 아닌 게 아니라 과연.
15 주정(酒精). 에탄올.

긔억되구는 수염이 낫든가 아니 낫든가 코가 넙적하든가 되쑥하든가도[16] 도무지 생각이 안 나는구려 이럴 쎄가 잇소? 내가 아모리 나히는 늙엇서도 한 번 본 사람의 얼굴이면 니저본 적이 업는데 그 사람의 얼굴은 캄캄하거든 아무튼지 희한하게 총명한 눈이야』

이리하야 그들이 알고저 하는 괴청년의 인상은 눈이 희한하게 총명하다는 것밧게는 짐작도 할 수 업섯다

만일 피해자가 당국에서 가장 신임하는 정 자작이 아니라면 범인의 수색의 단서를 주지 안키 위한 거짓진술이라고 인증하야 눈을 부리댓슬른지도 모를 것이다

경찰은 정톄 모를 괴청년의 그 행위를 이름하야 시국표방설교강도(時局標榜說教強盜)라는 길다란 명칭을 부첫다

어쨋든지 쇠스트머리[17] 하나 번득이지 안흐며 정연한 리론으로 설복하고 총명한 눈으로 위협 아닌 위협을 하야 부호에게서 거액의 돈을 쌔앗어 간다는 것은 가장 발달된 지능범(智能犯)으로써 경찰 당국의 두통거리가 되지 안흘 수 업섯다

경찰이 그러케 중대시하느니만큼 신문 호외 재료가 되고 사회의 커다란 이야ㅅ거리[18]가 되엇다

범인 톄포는 단서도 엇지 못한 채로 수사대가 불면불휴[19]로 마지한 그 이튿날 아츰이엇다

아모리 직업덕으로 단련된 형사대들로도 입을 싹 벌리고 놀래지 안코

---

16 되뚝하다. 날카롭고 우뚝하다.
17 쇠끄트머리. 쇠끄트러기. 물건을 만들고 남은 쇠 부스러기나 동강.
18 문맥상 '이야기ㅅ거리'의 오류로 추정.
19 불면불휴(不眠不休). 자지도 않고 쉬지도 않는다는 뜻으로, 조금도 쉬지 않고 힘써 일함을 이르는 말.

는 박일 수 업는 고발이 동대문 밧게 사는 부호 진응상(秦應相)의 집으로부터 던화로 들어왓스니 그것은 어제ㅅ날 정 자작 집에서 생긴 일과 쪽가튼 그것이엇다

수사대의 신경은 그야말로 머리털 씃까지 날칼어워젓다

그러고 돈냥이나 가진 경성 내외에 거주하는 부자들은 언제 그 희한히 총명한 눈을 가진 괴청년이 자긔 집으로 차저올른지 모르는 공포에 가슴을 졸이고 지내엇다

1929.6.11 (3)

소란한 서울 二

　　진응상의 피해금은 마츰 집안에 잇든 것이 그밧게 되지 아니하야 금고 밋창과 조씨 털음까지를 하야 내준 것이 사백오십 원이엇다 피해는 적은 셈이나 범인은 도뎌히 안심할 수 업는 다음과 가튼 말을 남기고 갓다

　　『댁에서 부담하는 돈으로는 넘우 액수가 적소 지금은 이것밧게 업다니까 이대로 가오마는 만일 댁에서 성의가 잇거든 돈을 좀 당신네 정도에 맛도록 마련해 가지고 기다리시오 내가 다시 한 번 오든지 내가 못 오게 되면 다른 동무를 보내든지 하리다』

　　그런데 진 부호의 말을 들으면 범인의 인상은 그 런[21]날 정 자작의 집에 들어갓든 괴청년과는 싼판이엇다 우선 년령이 사십 세가량쯤 되어 보이는 싸푸린 수염을 깍근 중년 신사이엇다는 것이다 닙기는 조선옷을 닙엇스며 자동차를 타고 대문 안까지 들어와서 마치 늘 들어 다니든 손님처럼 서슴지 안코『영감 계시우』하고 정확한 경언을 쓰며 주인이 잇는 방으로 들어왓다는 것이다

　　『그래 눈이 어써케 생겻서요』

　　진 부호의 공술[22]을 듯고 잇든 경관은 정 자작이 말하든 그 유명하다는 눈을 물어보앗다

20　원문에는 '4'로 되어 있음. '3'의 오류.
21　문맥상 '전'의 오류로 추정.
22　공술(供述). 진술(陳述).

『눈이오 눈은 국다란 대모테[23] 안경을 썻는데 매우 바투보기[24](近視眼)

인지 도수가 어지간히 집혼 안경을 써서 눈이 가늘게 보이드군요』

진 부호의 이 말은 경관들로 하야금 변장이라는 것을 직각케[25] 하얏다

범인이 자긔의 특증 잇는 눈을 보이지 안키 위하야 도수 놉흔 근시 안경

을 쓴 것이라고 판단하얏다 그러면 조선 옷을 닙은 사십 세가량의 중년

신사라는 것은 곳 양복을 닙은 미목이 청수한 청년의 변장이라고 추측하

기에 어렵지 안햇다 그러나 이 뒤ㅅ날 내가 다시 오든지 하겟다고 말한 것

을 밀우어 혹은 쏙가튼 수단과 목뎍 하에 움즉이는 그런 단톄가 잇는 것

이 아니라고도 단뎡할 증거는 업섯다

어쌧든지 범죄수사에 잇서서 가장 먼저 알지 안흐면 아니 될 범인의 인

상은 묘연하얏다 만일 여러 사람이 닛지 안코 한 사람의 변장 출몰이라고

본다면 정 자작 집에 들어왓든 것이 진정한 것이오 진 부호의 집에 들어

갓든 것은 변장이라고 볼 수밧게 업스니까…

쏘 그날 해도 다 가서 아츰부터 단독으로 시내로 범죄수사를 나갓든 구

한국 시대의 총순[26]을 단긴[27] 것은 그만두고라고[28] 일본 경찰 미테서 이

십여 년 동안이나 『스파이』(密偵) 생활을 하야 온 늙은 원숭이가티 생긴 ×

×서 사법계에 근무하는 동료들에게 한아버지 별명을 듯는 오 형사(吳刑

事)가 이마의 쌈을 썻으며 ××경찰서 안에 잇는 수사본부로 돌아와서 수

사대를 지휘하고 안젓는 형사과장 홍면후(洪冕厚) 경시에게 보고한 것은

---

23 대모(玳瑁)테. 대모갑으로 만든 안경테.

24 바투보기. 근시(近視).

25 직각(直覺)하다. 보거나 듣는 즉시 곧바로 깨닫다.

26 총순(總巡). 구한말에, 경무청에 속한 판임관. 고종 32년(1895)에 두었는데, 경무관 다음 서
    열로서 30명 이하의 정원을 두었다.

27 단기다. 다니다.

28 문맥상 '도'의 오류로 추정.

정 자작이나 진 부호가 손해를 당하얏다는 것보다 한 층 더 공긔를 긴장케 하는 것이엇다

보고의 내용은

오늘 새벽에 로동자 비슷한 청년 한 명이 수재 통에 쫓겨 와서 쌔락크(假家)를 짓고 모여 사는 효창원 빈민굴에 나타나서 집집의 거적문을 들치고 『편지 들어가우』 하고 소리를 치고 아모것도 쓰지 안혼 누런 봉투를 들이치고 돌아갓는데 그 속에는 쌍그리 현금 백 원씩이 들어 잇섯다 한다 그 돈은 암만해도 이 사건의 피해금과 관계가 잇는 듯하야 그대로 압수를 해가지고 그들을 호출하려 하얏스나 우선 상사의 명령을 기다리어 어쎠케든지 하려고 우선 돌아온 것이라는 것이엇다

보고를 들은 형사과장은 어대까지나 잔인해 보이는 그 얼굴을 신경덕으로 썰며 불룩 나온 광대쌔를 주먹으로 바치고 입술을 쌔물엇다

이 보고는 수사상 가장 주목할 단서이엇다 그리고 그 행동은 그 범행의 단순성을 흐리어 버리는 시컴은[29] 공포를 던지는 것이엇다 쌜간 불령분자[30]의 마수[31]가 대 경성을 건들이는 것이 아닌가 하는 위협까지를 늦기겟다 조선의 치안을 근본덕으로 보장하기 위하야는 무엇보다 이 범죄를 검거해야 된다고 결심하얏다

---

29 시컴하다. '시꺼멓다'의 방언(경남, 전남).
30 불령분자(不逞分子). 나라에 대하여 불만이나 불평을 품고 제 마음대로 행동하는 무리.
31 마수(魔手). 음험하고 흉악한 손길.

1929.6.12 (4)

소란한 서울 (三)

초조하면 초조할스록, 서들면 서들스록 범인의 자최는 묘연하얏다

지금까지 순사를 칼로 찔러 죽이고 달아낫는지 뎐당포를 습격하얏는지 하는『테로』── 이른바 저들이 말하는 모모 시국표방강도라도 모종 단톄의 그것과는 그 수단이며 방법이 근본덕으로 달랏다

짤하서 그 범인을 검거하는 데도 지금까지의 털통 가튼 경계이니 물샐틈업는 수색이니 하는 것으로는 아모 소용도 업섯다 더욱이 긔마 순사의 요란한 말발굽 소리는 간접으로 돈 만흔 사람들에게 공포관념을 더[32]질 쑨이엇다

피로와 실망만을 남기고 일주일이 지냇다

경성 일대의 비상선(非常線)[33]은 썩은 새끼ㅅ줄처럼 헐게[34]가 늦기 시작하얏다

『젠장 범인이 안즌방이라도 벌서 어대로 달아낫지 이째 서울에가 잇서 어림도 업지 이 사람『다씨노미[35](목로[36]술)이나 한잔하고 어대 가서 낫잠이나 자세 암만 싸대도[37] 별수 업겟네』

---

32 문맥상 '던'의 오류로 추정.
33 비상선(非常線). 뜻밖의 긴급한 사태가 일어낫을 때에 비상경계를 하는 구역. 또는 그런 구역을 둘러싼 선.
34 헐게. 매듭·사개·고동·사북 따위를 단단하게 조인 정도나, 어떤 것을 맞추어서 짠 자리.
35 다치노미(たちのみ). '선 채로 술이나 음료수를 마심'을 뜻하는 일본어. 단어 뒤 'ㅣ' 누락.
36 목로(木壚). 주로 선술집에서 술잔을 놓기 위하여 쓰는, 널빤지로 좁고 기다랗게 만든 상.
37 싸대다. 싸다니다.

『암 여부 잇나 그래버리세 이게 생각하면 우스운 일이야 사람을 죽엿다거나 혹은 상하얏다거나 한 것도 아니고 쓰고 쓰고도 남는 부자ㅅ집 돈을 몃천 원 몃백 원을 가저갓는데 이러케 우리가 수백 명이 밤잠을 못 자고 써든다는 것도 생각하면 쑥스러운 일이 아닌가 그런 집에서 돈 천 돈백이나 쌔앗긴대야 그건 우리네 친구 맛나서 목로 한 잔 쌔앗긴 폭도 안 되네 그러고 그 돈을 쌔서다가 사복(私腹)[38]을 채우지도 안는 모양이데그려 가난한 사람과 논하[39] 쓰는 모양이 아니야 어제 오 형사의 보고를 들어보니……』

『아짜 그런 경위까지야 우리네 발순사가 캐볼 필요 잇는가 ── 자네도 어쌔 차차로 『주의자[40]』 물이 들어가는 모양일세그려 우리는 그저 월급 바다먹고 사는 턱으로 물이고 불이고 가릴 것 업시키는[41] 대로 쒸어 들 쑨이지 그러치 안혼가 이 사람 밥 굶어 죽으나 직무에 희생하야 죽으나 죽기는 마찬가지니까 피 무든 칼을 서리가티 번득이며 달아가서 목숨 내노코 격투라도 해보는 것이 아닌가…… 참 내야말로 쓸데업는 연설일세 아무튼지 한잔하고 자야 살겟네』

이번 사건 째문에 림시로 사복근무배치(私服勤務配置)를 당한 순사들이 행랑[42] 뒤ㅅ골목 어썬 목로술집을 들어서며 주거니 밧거니 하는 소리다

모주[43] 먹으로 들어가는 순사의 하든 말처럼 범인은 그동안 서울을 벗어나서 평양으로 가잇는 것을 수사본부에 들어온 괴상한 투서 한 장으로

---

38 사복(私腹). 개인의 사사로운 이익이나 욕심.
30 '노나다. '나누다'의 방언(충남).
40 주의자(主義者). 어떤 주의를 믿고 따르는 사람.
41 문맥상 '업시 시키는'의 오류로 추정.
42 행랑(行廊). 대문간에 붙어 있는 방.
43 모주(母酒). 재강에 물을 타서 뿌옇게 걸러낸 탁주. 또는 약주를 뜨고 난 찌끼 술. 밑술.

써 의심하게 되엇다 그 투서를 원문대로 옴겨 적어보면

『어리석은 친구들이어 군국[44]을 위하야 다할 충성이 아즉도 남아 잇거
든 그대들의 쓸대업는 희생하기 위하야 타고난 그 몸둥이의 건강을 위
하야 낫잠이라도 자게나 이곳에 잇는 나를 위하야 그곳에서 잠 못 자고
찻는다는 것은 남의 다리를 극는 것보다도 승거운[45] 일이 아닌가 이곳
이 어대인 것은 일부인(日附印)[46]을 자세히 보아주게 그러나 어리석은
친구들이어 이곳에 잇다고 한다고 이곳으로 쪼차온다면 그것은 머리
우에서 울리는 날개ㅅ소리를 들으며 발미틀 굽어보며 종달새를 잡으
려는 것이나 다름이 업는 어리석은 짓일세 장차 내가 어대로 간다는 것
은 나의 것고 잇는 두들어진 발자최를 살피어 알아주게……

어리석은 친구들에게』

이 투서를 의심하기에는 삼 전 우표 우에 씩힌 일부인의 『평양』이라는
활자가 매우 선명하고 그것을 어썬 작난군이의 『히아까시[47]』로 보기에는
그날 오후에 평안남도 경찰부로부터 경무국[48]에 걸려온─평양 상수구
리(上需口里)에 사는 부호 김만일(金萬鎰)의 집에 서울의 그것과 쪽가튼 시
국을 표방하는 설교강도가 들어와서 천여 원 현금을 쌔아서 갓다는 놀라
운 뎐화가 잇섯다─서울 갓지는 안타 할지라도 시절이 시절인 만큼 상당
한 경계를 게을리하지 안코 잇는 평양에 그런 일이 잇섯다는 것은 가히
놀랠 만한 일이엇다

이것보다도 저것보다도 긔괴한 현상을 발견한 것은 형사과장 홍면후

44　군국(軍國). 군무(軍務)와 국정(國政)을 아울러 이르는 말.
45　승겁다. '싱겁다'의 옛말.
46　일부인(日附印). 서류 따위에 그날그날의 날짜를 찍게 만든 도장.
47　히야카시(ひやかし). '놀림', '놀리는 사람'을 뜻하는 일본어.
48　경무국(警務局). 일제 강점기에, 총독부에 속하여 경찰 사무를 맡아보던 관청.

가 발견한 투서의 필적이엇다 그는 누구에게 말도 못 하고 혼자서 입맛을
다섯다

　홍면후가 그러케 괴상히 생각하는 것도 무리는 아니엇다 평양으로부
터 온 그 투서를 들여다보는 좌우의 사람들이 투서하는 사람이 자긔의 필
적을 감추기 위하야 일부러 녀자의 필적을 숭내[49]내엇다는 그 필적이 암
만 보아도 자긔의 누이동생의 그것이엇다

49　숭내. '흉내'의 방언(경상, 전라, 충청, 함경).

1929.6.13 (5)

소란한 서울 (四)

『그럴 리가 잇나?』

홍면후는 그것을 의심하기를 의심하얏다

『업서 업서 그럴 까닭이 업서 서울에 안젓는 그 애가 평양서…… 아니 그것보다 내 누이동생이 범인 자신이 쓰는 이 편지를 쓴다는 그런… 에이…』

그는 련일 불면불휴로 애를 썻기 째문에 던긔다리미에 눌리는 것가티 싸갑고 아픈 뒤통수를 말라쌔진 주먹으로 툭툭 첫다

『착각이야 착각』

그 필적이 자긔의 직업덕 신경과민으로 그 누이동생의 그것과 쪽가티 보이는 것을 시신경(視神經)의 착각이라고 생각하얏다

그러나 아모리 신경과민으로 널어나는 착각이라 할지라도 혐의를 던질 만한 곳에 던지게 될 것인데 말하자면 어느 정도까지 리론을 근거로 한 사실 자톄의 정도 이상으로 인증하는 경우를 말할 것인데 쉬운 례를 들어서 어썬 피의자(被疑者)를 취됴하는데 사실 본인은 넘우도 쯧밧기오 억울하기 째문에 낫빗이 변하는 것을 이편에서는 량심에 가책이 되어 그런 것이라고 단뎡해 버리고 점점 가혹한 고문을 하야 그 입으로부터 자백을 강제하는 경우라든지 살인범을 추격하든 쓰테 지내가는 사람의 옷에 붉은 잉크가 무든 것이 곳 물뎍 증거로 보인다든지 하는 것을 말하는 것일 것이다 —— 이러케 생각할 째에 면후는 그것을 단순한 신경과민덕 착

각으로 돌릴 수가 업는 것 가탓다 다시 말하면 착각으로 인증할 만한 리론이 다치를 안햇다 세상에 아모리 쯧밧긔ㅅ일이 만타 할지라도 이 긔괴한 범죄 리면에 아즉 시집도 안 간 규중[50]에 잇는 자긔 누이가 그림자라도 비취리라는 것은 사십 평생에 이십여 년을 그 생애에 종사하야 온 형사과장 홍면후로도 도뎌히 혐의해 볼 여듸가 업섯다

그러나 싄적싄적한 그의 직업 심리는

『만일에 그 애가 이 범죄의 배후에 무슨 관련으로 그림자를 던젓다면?』

하고 한걸음 더 나아가 혐의하야 보고 쏘는 자긔로써 취할 태도까지를 생각하야 보앗다

『만일 그러타면 수사는 용이하게 될 터이지 내 누이동생인 만큼 아무의 손도 빌지 안코 긔적 가튼 성공을 할 수가 잇슬 터이지』

그는 족으만 공명심[51]까지가 머리 우에 써올랏다 조선 사람으로서는 그리 흔치 못한 형사과장이라는 자긔의 디위와 밥싄이 좀 더 구더지고 오래 갈 것까지가 생각키엇다[52]

『그러나 그 째문에 내 누이동생을 희생하게 된다면? 그 애가 법망을 벗어나지 못하게 된다면?』

직업의 중독으로 거의 긔계화(機械化)한 그의 머리에도 어여쓴 막내 누이동생을 어르만지는 싸쯧한 자극을 밧지 안흘 수 업섯다

『그러나 할 수 업지 사실이구만 보면이야 누이동생이라고 용서할 수는 업지 누이동생 아니라 부모라도 무가내하[53]요 내 자식이라도 할 수 업지 공(公)과 사(私)는 절대로 혼동할 수 업지 —— 그보다도 사회의 안령

---

50 규중(閨中). 부녀자가 거처하는 곳.
51 공명심(功名心). 공을 세워 자기의 이름을 널리 드러내려는 마음.
52 생각키다. 생각나다.
53 무가내하(無可奈何). 달리 어찌할 수 없음. 막무가내.

질서와 국가의 행복이라는 큰 것을 위하야서는 그것쯤을 희생하는 것은 백 원짜리 지전으로 일 원짜리 동전 한 푼을 밧구는 폭이지』

그는 얼토당토안혼 대에 사회와 국가를 내세우고 가슴을 내밀엇다

그러나 면후는 극히 간단한 것을 이저버리고 엉터리업는[54] 공상의 롱락을 밧는 것을 쌔닷고 어린애 모양으로 돌이돌이를 첫다

『이 세상에는 필적이 가튼 사람도 만홀 것이다』

용의주도(用意周到)한 범인이 극히 평범하고 웃으운 단서 째문에 발각 테포가 되는 것가티 경관이나 탐정도 가장 비근한[55] 곳에 주의를 게을리 하야 실수하는 수가 만혼 례의 한 가지로 자긔가 그 투서[56]를 누이의 필적으로 보는 것을 착각이라고까지 생각을 하면서도 세상에는 가튼 글시가 잇스리라는 것을 생각치 못하고 우겨 파든 것을 웃지 안흘 수 업섯다

『필적이 갓다기로서니 이러케 가틀 수야 잇슬가?』

그는 자세 자세 들여다보며 작년까지 일본 류학을 하든 그 누이동생으로부터 한 달에도 몃 번씩 바다보든 편지ㅅ글시와 머리ㅅ속으로 비교해 보며 탄복하얏다[57]

『어대 이것을 그 애에게 한번 보여 볼 일이다 그러면 내 눈의 착각 여부는 판명될 터이지⋯⋯』

그는 마음속으로 중얼거리며 투서를 책상 설합에다 집어너코 좌우를 돌아보앗다

---

54 엉터리없다. 정도나 내용이 전혀 이치에 맞지 않다.
55 비근(卑近)하다. 흔히 주위에서 보고 들을 수 있을 만큼 알기 쉽고 실생활에 가깝다.
56 투서(投書). 드러나지 않은 사실의 내막이나 남의 잘못을 적어서 어떤 기관이나 대상에게 몰래 보내는 일. 또는 그런 글.
57 탄복(歎服)하다. 매우 감탄하여 마음으로 따르다.

1929.6.14 (6)

소란한 서울 (五)

『이 투서를 혹시 남자로써 녀자의 필적을 숭내낸 것이라고 볼 수도 잇 겟지마는 대톄로는 녀자의 필적이라고 생각하는 것이 조켓습니다 쌀 하서 이 범죄 뒤에는 녀자가 어썬 활동을 하고 잇는 것이라는 혐의를 가지는 것도 수사상 큰 참고가 될 것입니다──그리고 이 사건만은 이러케 경계 엄중한 종래의 남산을 포위하든 그런 수사 방법만으로는 목덕을 달하기 용이치 안흐리라고 생각합니다 웨 그러냐 하면 범인의 범죄의 경로라든지 방법은 우리의 상상하는 이상으로 교묘한 것이라 는 것을 생각하여야 할 것이니짜… 쌀하서 이 사건이야말로 우리 경관 과 범인의 지혜의 비교일 것입니다 요컨대 머리의 경쟁이란 말입니다 그럼으로 수사 범위와 그 방법도 밧구어야 할 것입니다 언제 쏘 서울에 나타날른지 모르지마는 우선은 우리가 이러케 서드는 것은 범이 쌔저 나간 함정을 지키고 잇는 폭이나 되게 쑥스러운 일입니다 그 대신 사건 이 확대되어 가는 것은 주목할 가치가 잇습니다 이제는 범죄의 불꼿이 전 조선덕으로 튄 것이 사실입니다 그리고 가장 위험한 ××××사상 이 그 쌕리를 깁히 박고 잇는 것으로 보아서 어썬 일개인의 범행이라고 는 도뎌히 생각할 수 업는 것입니다』

홍 형사과장의 이러한 의견과 훈시[58]는 모든 부하에게 만족한 수긍을 줄 쑨 아니라 상사(上司)로서도 그 의견을 들어서 어수선한 비상선을 거더

58　훈시(訓示). 상관이 하관에게 집무상의 주의 사항을 일러 보임.

치우고 서울에는 경찰부 안에 이 사건만을 수사하는 특별수사부라는 것을 두기로 하고 관내(管內) 주요한 경찰서로부터 가장 지혜로운 형사만을 선발하야 홍 형사과장의 지휘하에 두고 수사에 진력하기로 되엇다

『충실한 제군 —— 이제부터 우리는 긔분덕 내지 시위덕 수사 방법을 써 나서 전혀 리지덕 내지 과학덕 수사 방법을 취하지 안흐면 아니 됩니다 마치 「루팡」의 탐정 소설 가튼 장면이 나타날지도 모르니까 제군은 다 가티 명탐정이 되어 주어야 하겟습니다 어쩌면 이곳에 모인 우리 동료 중에 어느 사람이 이번 범죄의 련두[59]가 아니라고도 장담할 수는 업다고 생각하야 주시우 허허 참말 그렷습니다 그러기 째문에 발미틀 굽어보는 동시에 쏘는 남이 보지 못하는 먼 곳싸지를 바라보는 눈이 탐정에게는 필요한 것이며 가장 어려운 수수격기를 푸는 철학자도 되어야겟지마는 째로는 유치원 애들이 색조히를 오려 부처서 짐승을 맨드는[60] 듯한 것 냄새나는 지혜도 필요한 것이 탐정입니다 자 — 그러면 제군 —— 성심성의 힘을 다하야 상사(上司)의 긔대를 저버림이 업도록 합시다』

이것이 형사과장이 그 부하를 채쭉질하는 가장 명석하고도 『유모어[61]』한 훈시의 일장이엇다

이로부터 수삭[62]은 홍 형사과장의 지휘 알에 조직화하기 시작하얏다 전 조선덕으로 ××공포를 던지며 불쏭가티 쮜는 괴청년을 검거하기 위하야……

이 사건이 생긴 뒤로 처음으로 자긔 집에서 편한 잠을 자기 위하야 돌아온 면후는 저녁밥을 먹고 가만히 자긔의 누이 한경(漢卿)의 방으로 갓다

---

59 연두. 문맥상 '연합의 우두머리'를 뜻하는 '聯頭'의 의미로 추정. '연루'의 오류 가능성도 있음.
60 맨들다. '만들다'의 방언(강원, 경기, 경상, 전라, 제주, 충청).
61 유머(humor). 남을 웃기는 말이나 행동.
62 문맥상 '색'의 오류로 추정.

『아이 올아버니 얼마나 피곤하서요 그래 아즉도 그 총명한 눈 임자를 못 차젓나요』

한경이는 그 올아버니에게 인사 스테 곳 범인 검거 여부를 뭇는 것이 어대까지나 형사의 누이동생 가탓다

『찻는 게 무엇이냐 이야말로 오리무중이다』

『오리무중이 뭐애요 오늘 신문을 보니 천리무중이든데 그 범인이 벌서 평양으로 갓다면서요』

『글세나 말이지…… 그런데 애 한경아 이것 좀 보아라』

면후는 손에 쥐고 왓든 문뎨의 투서를 펼처서 보이며

『너 이 필적 알아보겟니?』

하고 물어보앗다

『그게 뭐애요』

한경이는 잠간 들여다보다가

『아이 이건 내 글씨가 아니애요? 내 글씨애요』

면후의 눈은 스믈세 살이라기에는 좀 더 애스되여 보이는 한경의 동그스름한 얼굴 우에 직업덕으로 음즉이엇다

『글세 그러면 이걸 네가 쓴 게냐?』

그 올아버니가 이러케 물을 재에 한경이는 비롯오 그 글을 한 번 나려 닑어보앗다 그러고 눈이 동글애지며

『에그머니 내가 이걸 웨 써요 그런대 글씨는 확실히 내 글씨라요 이런 얄구즌 일이 잇서』

하고 놀라는 표정이 잇다

1929.6.15 (7)

소란한 서울 (六)

한경의 태도와 대답은 넘우도 선명하고 솔직하얏다 아모리 형사과장의 눈이라 할지라도 그 누이동생의 얼굴에 직업덕으로 음즉일 아모런 거리가 업섯다

그는 가벼운 실망에 잠기며

『세상에는 가튼 필적도 만흐니싸……』

하고 그래도 투서만은 다시 소중히 접어 치웟다

『아이 아모리 갓다기로서니 그러케 가틀 대가 잇서요 올아버니 혹시 그것을 제가 쓴 것인지도 모르지오 호호호』

『어써케 해서……?』

면후의 눈은 족음 커젓다

『동경 잇슬 째 잡지에서 어썬 소설을 보니까 악한이 귀족의 집 령양(令嬢)[63]을 유인하야가지고 최면술을 걸어서 그 령양의 필적으로 편지를 씨운 이야기가 잇는데 만일 그러케 되엇스면 호호』

『그래도 유인당한 일이 업스니까 안심이지 허허』

면후는 한경의 이런 애 가튼 생각에 쌀하 웃고 그 필적이 한경의 것과 갓다는 것이 범죄 수색에 아모런 참고가 되지 안흘 것이라는 것만을 단념하고 자긔의 거처하는 방으로 돌아왓다

언제라도 귀만 벼개에 부치면 잠이 올 듯이 피곤한 면후의 머리ㅅ속에

63　영양(令嬢). 윗사람의 딸을 높여 이르는 말.

써오르는 젊은 녀자 한 사람 ──

　말숙한 양장 우에 쌀막한 『에푸론[64]』(압치마)을 가슴 놉히 걸친 키가 호리호리한 녀자 ──

　그야말로 형사과장이라는 악착한 직업과 인생 사십여 셰라는 청춘의 눈에 비추인 절망의 고개를 넘고 잇는 면후의 어드운 생애를 비취는 한 개의 별(星)이다 달이다 아니 해다 빗(光)과 열(熱)을 아울러 던지는 태양이다 거츨은 가을 동산 가튼 면후의 가슴속에 그대로 말러버리는 줄 알앗든 청춘의 푸른 싹을 다시 트이고 사랑의 쌜간 꼿을 피어주려는 다스한[65] 태양이다 면후는 이 태양 압헤서 일허버렷든 미소를 다시 찻고 니저버린 줄 알앗든 놀애를 다시 부르게 되엇다

　이 며츨 동안 그 몹슬 직업 째문에 보지 못하든 그 태양은 이제 피곤한 몸을 재우려는 그 밤에 그의 머리 우에 나타난 것이다

　피곤한 몸을 고히 쉬는 것도 조치마는 머리 우에 빗나는 태양을 그대로 두고 어찌 눈을 감으랴

　『어 ─ 참 좀 가보아야겟군 벌서 며츨을 못 맛낫는고』

　이러케 동안이 쓰여도 사랑이란 계속하는 것일가? 하는 누구에게도 말할 수 업는 걱정까지가 써올르는 반면으로는 잇다금 며츨씩 안 가고 버틔는 것도 약념으로 효력이 잇슬 터이지 하는 생각이 써올랏다

　『에 ─ 오늘은 그만 일즉 자지 오늘까지 못 잣다가는……』

　그는 용긔를 내어 궁둥이를 좀 더 무겁게 놀려보앗다 그러나 그의 머리에 써오른 양장미인[66]은 살아지지 안햇다 한층 더 분명히 보엿다 그리자

64　에이프런(apron). 어깨에 거는 서양식 앞치마나 턱받이.
65　다스하다. 조금 다습다.
66　양장미인(洋裝美人). 서양식 차림새의 미인.

뒤미처 써오르는 또 한 개의 그림자 —— 남자의 그림자 ——

면후는 이 세상에서 가장 밉다고 생각하는 그 남자의 그림자가 그 녀자와 아울러 자긔 머리에 써오를 째 궁둥이는 다시 가비어워젓다 눈섭에까지 매치엇든 졸음이 어느듯 홱 날러가 버리엇다

『사랑의 보수라는 것도 노력과 비례될 것이다 이편에서 애쓴 그만치 돈 쓴 그만치 보수가 올 것이다 내가 며츨을 두고 안 가는 동안에 그자는 자조자조 왓슬 것이 아닌가 나보다도 젊고 잘생긴 그 남자는……그 싸짓 잠이야 하로쯤 더 못 자기로서니……오냐 가보자』

잠자기 위하야 사는 세상이 아닌 바에 잠에 희생되어 녀자에게 충실치 못함으로써 사랑을 소홀히 하야 행복을 엷게 할 것을 두려워하는 듯이 지금까지 망서리든 태도와는 딴판으로 조선 옷을 벗고 총총히[67] 양복을 갈아입엇다

신록(新綠)[68]을 스치어 부는 첫 녀름 저녁 바람에 단장을 끌고 다방골 자긔 집을 나서서 황금뎡 네거리 뎐차 뎡류장으로 나오는 면후의 머리에는 형사과장도 업섯다 시국표방설교강도도 업섯다

다만 양장 우에 에푸론을 두른 미인이 손질을 하고 잇슬 쑨이엇다

---

67 총총(悤悤)히. 몹시 급하고 바쁜 모양.
68 신록(新綠). 늦봄이나 초여름에 새로 나온 잎의 푸른빛.

1929.6.16 (8)

카페 ― •백마뎡 (一)

　영락뎡(永樂町) 뎐차 뎡류장으로부터 록음에 잠긴 목멱산록(木覓山麓)[69]을 바라보며 한참 올라가노라면 왼손 편 쪽으로 붉고 푸른 오색 류리창이, 찬란한 인조석(人造石)이 층루각이 큰길과 삼 분쯤 외면을 하고 돌아언젓스니 『카페 ― •백마뎡(白馬亭)』이라는 금자(金字)가 뚜렷한 간판을 보지 안는다 할지라도 밤저녁으로 눈부시게 돌아가는 『긔린맥주』의 광고등을 비롯하야 독특한 색채와 음향과 젊은 녀자의 살냄새가 넘처흐르는 것을 보고 듯고 마틈으로서 쮜어난 시속 사람이 아니라 할지라도 그것이 도회디를 장식하고 좀먹는 이른바 『카페 ―』(洋食店)라는 것인 줄을 알 수 잇슬 것이다

　여름밤 열 시 ―― 그것은 『카페 ―』에 잇서서 황금시각(黃金時刻)이다 해 넘어가는 석양 수면에 나타나는 물고기 쎄와도 가티 현대의 젊은이들이 분 냄새 나는 젊은 녀자의 갑싼 웃음으로부터 부서지는 환락의 부스럭이를 차저서 네 발 쎄라 내 발 데밀자[70] 하고 들이미는 시각이다

　주석으로 틀을 해댄 우툼두툼한 류리문이 안으로 가볍게 밀리자 슬썩 들어서는 남자 한 사람――

　『이랏샤이마세!(어서 오십시오)』

　이 식탁 저 식탁에서 쓸어나는 『웨 ― 트레쓰[71]』(女給仕)들의 육성(肉

69　목멱산록(木覓山麓). 남산의 산기슭.
70　데밀다. 밖에서 안으로 들어가게 밀다.
71　웨이트리스(waitress). 호텔, 서양식 음식점, 술집, 찻집 따위에서 손님의 시중을 드는 여자 종업원.

聲)[72]은 명랑은 할망정 어대까지나 긔계덕(機械的)이엇다 마치 풀리는 태협을 짤하 소리치는『레코 ― 트[73]』(蓄音機盤)와도 가티

……[74]『스파이다 형사과장이다 그 청년을 못 붓들어서 광대쌔가 다 나왓구나 아서라 이제는 그만 고이 가거라 놈팽이가 연송[75] 애라(愛羅)에서 켕기는 묘건이라서……』

한복판 식탁을 둘러안즌 청년들 중의 한 사람이 맥주잔 넘어로 새로 들어오는 손님을 흘끗 바라보고 중얼거리는 수작이다

『아이쌍[76] ―― 손님이오』

한편 식탁에서 손님의 시종을 들고 안젓든 동무의 이러케 외치는 소리를 듯자 어대서 나타나는지 무용가(舞踊家)의 그것가티 가벼운 걸음을 옴기어 나오는 양장 우에 압치마를 두른 키가 호리호리한 미인 ――

『어서 오셔요 그동안 어쩌면 그러케 안 오섯서요 오 ―― 참 그 무슨 길다란 죄명을 부치고 찻는 괴청년 째문에죠[77]

평양 태생으로 서울서 오래 산 녀자만이 할 수 잇는 감칠맛 잇게 들리는 명랑한 말씨 ――

『오 ―― 라 마젓서 그러치 안코야 내가 안 올 리가 잇나 그래 이게 애라의 테불[78]이야?』

『그런 모양입니다』

『됏서……그러면 음식 일체는 애라에게 위탁할 터이니 애라는 마음대

---

72 육성(肉聲). 사람의 입에서 직접 나오는 소리.
73 레코드(record). 턴테이블에 걸어 소리를 들을 수 있게 만든 동그란 판.
74 '……'는 위치 오류로 추정. 문맥상 '가티'의 뒤나 『'의 뒤에 있어야 함.
75 연송. '연방'의 이북 방언. 연속해서 자꾸.
76 쌍(ちゃん). (名詞에 붙여서) 친근감을 주는 호칭('さん'보다 다정한 호칭).
77 『』 누락.
78 테이블(table). 탁자.

로 무엇이든지 날라다 노흐란 말이야 응』

그의 얼굴은 만족에 풀어젓다 집에서 나올 째의 희망 그대로가 눈압헤 벌어질 째에 면후는 리상(理想)의 실현을 깃버하얏다

동무들이 아이쌍이라고 부르고 면후가 애라라고 부르는 양장미인은 물론 조선 녀자이엇다 이 카페 —— 에서 오래전부터 순전히 일본사람 행세를 하고 지네[79]는 『란쌍』이라고 부르는 또 한 사람 조선 녀자와 아울러 조선 사람이엇다 리애라(李愛羅)이엇다

조선 녀자로는 지내치리만치 큰 키라든지 흰옷 입은 어머니의 등에 업히어 길리고 온돌방에서 쏘글이고 자라난 것으로는 긔적가티 바르고 긴 다리라든지 그의 신톄의 각 부분을 통하야 볼 수 잇는 독특한 현대뎍 녀성미(女性美)는 그가 스스로 택하야 닙은, 살빗 가튼 『하부다에』[80] 양복과 한싯 됴화(調化)되엇다 그의 육톄미로부터 억지로 결뎜을 말하라면 살결이 죡음 검은 것이다 그러나 화장법 여하로서는 훌륭히 감출 만한 정도임으로 그러케 둘[81] 어내노코 흄될 것도 업섯다 그것이 돌이어 죡음 큰 편이면서도 것 밧그로 굴지 안는 그윽히 빗나는 쌍가풀진 눈, 비즌 듯한 코, 긴장한 입, 도톰하고 큼즉한 귀, 동그스름한 턱에서 쪽 떨어진 엇개로부터 곱다라게 쌉은 듯한 목 —— 이 모든 미인으로의 됴건 우에 건강미(健康美)를 하는 효과를 내엇다

건강미라고 해도 자동차 운전수라든지 혹은 삼등 비행사라든지 하는 녀자가티 운동가 『타입』(型)의 억세인 그것이 아닌 것을 증명하기 위하야는 돌쌕리를 감돌아 흘러나려 가는 맑은 시내ㅅ물 가튼 나브죽한[82] 엇개의 곡선(曲線)이 잇섯다

---

79 문맥상 '내'의 오류로 추정.
80 하부다에(はぶたえ, 羽二重). '견직물의 일종. 얇고 부드러우며 윤이 나는 순백색 비단'을 뜻하는 일본어.
81 문맥상 '들'의 오류로 추정.
82 나부죽하다. 작은 것이 좀 넓고 평평한 듯하다.

1929.6.17 (9)

카페 一 • 백마뎡 (二)

누가 만일 그에게

『실례입니다마는 올에 몃 살이서요?』

하고 물을 째에 그런 종류의 녀자들이 대개 하는 버릇으로

『어대 알아마쳐 보서요』

하고 추파를 더진다면 어썬 산애는 스물두 살쯤 불러보랴다가 애라에게 대한 부지럽슨 야심에 쓸리어

『에누리 업시 스무 살』

하고 불리기도 할 것이요 또 어썬 산애는 그의 어대까지나 맛누님다운 로숙한 표정으로부터 암시를 바더서

『스물여듧이나 아홉이 엇대요』

하고 부르지즐 것이다

그러면 애라는 갓 스무 살이라고 부른 남자에게 대해서는 그의 독특한

『히니쿠[83]』를 석거서

『당신은 참 녀자의 비위를 잘 마추는구려』

하고 쌀쌀 웃을 것이요 스물아홉이나 여듧이라고 보는 산애에게 대해서는

『이런 가엽슬 데가 잇서 그래 제가 그러케 한머니로 보여요 이건 비관

하고도 남을 일인데요』

하고 류창한 일본말로 부드럽게 항의할 것이다

---

[83] 히니쿠(ひにく, 皮肉). '빈정거림', '비꼼', '야유' 등을 뜻하는 일본어.

그 외가티 보는 사람의 눈을 쌀해서 팔구 년의 세월을 오르나리는 애라
의 나히는 스믈다섯 살이엇다

서울이란 넓은 듯하고도 좁은 곳이다 리애라라는 녀자 하나가 『웨 —
트레스』가 되엇다는 것은 금년 봄 이래로 창경원[84]의 『사구라[85]』곳 소식
보다도 훨신 오래 서들엇다 더욱이 조선의 모던 쏀이들에게는 매년 한째
피엇다 한째 슬어지는[86] 벗지곳보다는 좀 더 긔적덕(奇跡的)이며 혜성덕(慧
星的) 대상이엇다

그리하야 소위 조선 사람 카페 — 당(黨)에게는 말할 것도 업거니와 일
본 사람들쌔지도, 멋업시 애라, 애라 하고 허덕이는 산애가 만핫다

지금쌔지에도 되다 밋그러진 녀배우라든지 학교 퇴물 가튼 녀자들이
카페 — 로 직업을 차자 나오지 안혼 것은 아니엇스나 그러케 소문을 노치
못하얏다

애라가 그러케 써들리는 리면에는 그의 남달리 매력(魅力) 잇고 아름다
운 육톄와 아울러 몃 가지 됴건을 들 수가 잇스니 그가 일즉이 일본 녀자
의 교육을 목덕하는 서울 안에 잇는 어썬 고등 녀학교를 졸업한 후 일본
으로 어대로 돌아 먹은 만큼 조선 녀자로서는 상당한 지식 계급에 처하는
것과 쏘는 궐녀[87]가 성악(聲樂)에도 쒸어난 재조를 가저서 학생시대부터
음악회 가튼 데 출연하야 환영을 밧든 관계도 잇섯다 그보다도 쏘 한 가
지 궐녀가 카페로 나왓다는 소식을 쌀하 세상 사람들의 긔억을 자아내는

---

84 창경원(昌慶苑). 일제 강점기에, 창경궁 안에 동·식물원을 만들면서 불렀던 이름. 창경궁
  의 격을 낮추기 위한 일제의 책략이었던 것으로 보이 일부 동·식물원을 서울 대공원으로
  옮기고 1983년에 다시 '창경궁'으로 고쳤다.

85 사쿠라(さくら, 桜). '벚나무', '벚꽃'을 뜻하는 일본어.

86 스러지다. 형체나 현상 따위가 차차 희미해지면서 없어지다.

87 궐녀(厥女). 말하는 이와 듣는 이가 아닌 여자를 이르는 삼인칭 대명사.

것이 잇스니 년전[88]에 서울 사는 부호 리모(李某)의 아들과 련애를 하야 결혼까지 하기로 하고 궐자로 하야금 우선 본안해를 친뎡으로 쏘차버리게 하고 피아노를 주문하느니 문화주택을 건축하느니 하는 판에 산애로부터 바든 거액의 결혼 준비금을 가지고 일즉이 사랑하든 어썬 가난한 학생을 달고 하로아츰에 어대로 종적을 감추엇든 것이다 그대[89]서 부호의 아들은 하도 엉터리업는 배반에 한째는 미칠 듯이 서들엇스나 결국은 닭 쫏든 개가 되어 헷입맛만 다시고 궐녀의 소식은 이삼 년 동안 묘연하얏든 것이다 그러튼 궐녀가 작년 가을에 표연히 서울에 나타나서 남의 말 조하하는 세상 사람들의 이목에 부드치드니 금년 이른 봄에는 애라라는 이름도 숨기지 안코 『에푸론』[90]을 썰친 궐녀의 요염한 그림자가 홍등의 거리에 나타난 것이엇다 모던 쏘이들이 『화이ㅅ호 ― 르스[91]』라고 하이카라[92]의 별명으로써 부르는 백마뎡,이 서울에서 소문을 노케 된 것도 애라를 마지한 뒤부터이엇다

88 연전(年前). 몇 해 전.
89 문맥상 '래'의 오류로 추정.
90 '」'의 오류.
91 화이트호스(white horse). '백마(白馬)'를 영어로 지칭한 것.
92 하이칼라(high collar). 예전에, 서양식 유행을 따르던 멋쟁이를 이르던 말.

1929.6.18 (10)

카페 — •백마뎡 (三)

십 전 내고 차 한 잔만 사 먹으면 소문 높흔 궐녀를 볼 수가 잇다 이야기를 할 수 잇다 손목이라도 잡아볼 수 잇다 —— 이러한 생각 알에 버레지[93]의 송장을 휩싸고 도는 개미쎄 모양으로 백마뎡으로 백마뎡으로 모여드는 젊은 산애들의 심정에 비추어 애라의 갑쓸 노하본다면 그야말로 대단히 경멸된 존재이다 백마뎡이라는 음식 가게를 위하야 한 개의 빗나는 상품일 것쑨이다 그러나 홍면후나 그밧게 멋멋 산애처럼 자긔가 가진 바 『산애의 넉』슬 쌔앗기고 물질덕으로 정신덕으로 정성이란 정성을 송도리채 털어 바치기에 흡흡한[94] 사람들에게는 애라는 높흔 존재이엇다 굿센 대상이엇다

『그래 아즉도 범인의 종적은 모르지오?』

애라는 면후의 류리잔에다 맥주 거품을 넘기며 물엇다

『몰라 알긴 어쩌케 알아 지금까지에 무슨 단이니 무슨 대니 하고 써들든 범인들과는 그 범행이 아주 싼판이란 말이야 동에 번쩌[95] 서에 번쩍 하기는 하면서도 그 침착하기란 싹이 업단 말이야 돌이어 경찰 측에서 흥분되고 됴발(挑發)이 되는 편이니 이걸 어쩌케 해』

직무에 관한 일이라면 친한 친구는 고사하고 가족에게라도 털쯧만치

93　버러지. 벌레.
94　흡흡하다. 한 가지 일에만 정신을 쏟아 다른 일을 할 마음의 여유가 없다는 뜻의 '급급(汲汲)하다'는 의미로 추정.
95　문맥상 '썩'의 오류로 추정.

도 입 밧게 내지 안는 엄격하기로 둘 업는 면후이건마는 애라의 요구라면
주위를 쩌리면서라도 수군거릴 성의는 잇섯다

『아이참 재미잇서요 그래 요즘은 신문 오기만 기다리는데 신문에도 신
통한 이야기는 안 나드군요』

『예이 재미잇다니? 남은 잠을 못 자고 애를 쓰는데 재미잇는 게 무어
야……허허 신문에 무슨 신통한 이야기를 쓰려니 경찰이 무슨 단서를
엇게 되어야 말이지……』

『아이 그게 더 재미잇서요 경찰이 단서도 못 엇고 허덕이는 쓸이 호호
오늘쯤은 그 청년이 다시 한 번 서울에 나타나서 긔적을 행하고 래일쯤
은 대구쯤서 소리를 첫스면 조켓서 호호』

『에 —— 그게 무슨 소리야 사회가 평온무사한 것이 조치 이러케 소란
한 것이 조하?』

면후는 그래도 자긔의 직무상 은근히 주의를 시켯다

『평온무사? 그런 일이 업는 것이 평온무사야요 죽어도 쯤틀거리지만
안코 죽으면 평온무사한 것인가요 속으로 속으로 좀이 파들어 와서 나
종에는 빈껍데기만 남아서 짓밟히어 버리드라도 소리만 치지 안흐면
평온무사한 것이야요 하하 그러면 송장들만 싸노코 그 우에서 형사과
장 노릇을 하구료 그러면 평온무사할 터이니 호호 그래도 송장이 썩는
데는 코를 찌르는 냄새라도 나지오 원 이 조선의 산송장들은 냄새도 못
피우고 썩어나니……』

『막설[96] 막설 쉬 —— 』

면후까[97] 비상국보다도 실혀하는 그『히야까시[98]』를 만일 나른 사람에

---

96 막설(莫說). 말을 그만둠.
97 문맥상 '가'의 오류로 추정.

게 듣는다면 법덕 수속(法的 手續)을 밟아서라도 자긔의 직무덕 자존심과 권위를 보장하려고 덤비엇슬 것이지마는 상대가 상대인지라 엉병[99] 쎙하고 말을 막으며

『자 —— 애라도 맥주나 한잔 마시고 우리 짠 이야기를 해 응 좀 더 재미잇는 이야기를……[100]

『웨요 그 이야기는 귀에 거슬리어 못 듯겟서요 웨 언젠가는 내가 하는 이야기는 무엇이나 다 — 재미잇다고 그리지 안햇서요 나는 이 이야기가 퍽 재미잇는걸요』

『암 그러기에 그랫지만 — 내가 이 자리에 이러케 애라와 마주 안저 잇는 시간은 내게 잇서서 참으로 귀중한 것이니까… 그야말로 령혼의 안마(案[101]摩)를 밧는 시간이니까 그까짓 밥 빌어먹는 직무 이야기는 하기 실탄 말이야 —— 그것도 이러케 이야기하는 중에 무슨 직무에 필요한 단서라도 어들 수 잇다면이야 별문데이지마는……』

『호호호 령혼의 안마는 잘 되엇는걸요 선생님답지도 만[102]흔 시덕 용어(詩的用語)인걸요 선생님에게도 아즉 그런 정서와 감정이 남은 것은 갸륵한 일인데요……』

애라는 족음 빈정거리는 듯한 웃음을 가볍게 던지고 나서 다시 말을 니엇다

---

98 히야카시(冷やかし・素見し). '놀림', '놀리는 사람'을 뜻하는 일본어.
99 엉병. 어정병정. 쓸데없는 말을 너절하게 지껄이며 허풍을 치는 모양.
100 『』누락.
101 문맥상 '按'의 오류로 추정.
102 문맥상 '안'의 오류로 추정.

1929.6.19 (11)

카페 ― •백마뎡 (四)

『그런데요 이것 보셔요 저와 이러케 이야기를 하는 동안에라도 혹시 무슨 단서를 엇게 될는지 아십니까? 제가 밀정이라도 해 들일른지……저는 참말 탐정을 조하해요 그래서 소설을 읽어도 탐정소설만 읽지오』

『그만둬 애라는 나의 애인으로써만 절대로 가치가 잇고 쏘는 필요하단 말이야 그까지 밀정쯤은 돈만 주면 얼마든지 살 수 잇는 것이니까……』

『웨 애인은 돈 주고 못 사셔요?』

『그러케 안 되든걸…… 참 애경[103]이가 녀류탐정이 된다면 썩 잘할걸 두노[104]가 명석하야서…… 그래 나의 애인 겸 부하 노릇을 한다면 리상덕 일걸……』

면후의 음성은 한씃 나저젓다 애라는 면후의 태도와는 정반대로 조심성 업는 말소리로

『그러나 나 가튼 사람을 부하로 두엇다가는 큰일일걸요』

『웨?』

『반대 방면으로 활동을 할지도 모르니까』

『반대 방면으로라니?』

『아니 그러케 못 알아들으시겟서요 내가 만일 당신의 부하가 된다고 하드라도요 당신의 일을 도아주지 안코 저편의 편의를 도모할지도 모

---

103 문맥상 '애라'의 오류로 추정.
104 현대 철자법으로는 '뇌'지만 이 작품에서는 '뇌'에 해당하는 표기를 '노'로 한 경우가 많아 당시 표기 형태인 것으로 추정.

르니싸 말이지오 저편의 편이 된단 말이야요 알아듯겟서요』

『건 어째서 그래?』

『답답한 이야기도 다 뭇습니다 웨 이러케 총속이실가 선생님이 하는 일보다는 저편에서 하는 일이 마음에 드니까 말이야요 그러니 자긔 마음에 드는 일을 할 것이 당연치 안해요』

『그래 그런 범죄를 하는 것이 조하 그게 마음에 들어?』

면후의 눈은 족음 커젓다

『그럼요 그러케 놀라실 것은 업지오 그래 법률을 위반한다고 반듯이 ××일이고 법률대로 한다고 즉 ××란 법은 업지 안해요 금방 교수대우에서 이슬이 되어버리는 사람이라도 해석하는 편에 딸하서 아름답게도 보이고 추하게도 보일 것이니까요……』

『쏘 탈선 탈선이야』

『탈선이라도 조하요 □가 이야기하는 대로 듯기만 하셔요 그럼으로 이번 일만 하드라도 서[105]생님보다는 저는 괴청년을 두호하고[106] 십혼 것이 사실이야요 만일에 그가 내게로 온다면 나는 무슨 수단으로나 그의 신변을 감싸줄 터이야요…… 어째요 매우 불온하지요?』

『큰일 날 소리를 다 하는군 그싸위 일을 하면 아모리 애라라도 융[107]서 업시 감옥으로 가지』

『조치오…… 감옥에 좀 가면 어째요 감옥에 가는 사람이라고 죄 — 다 낫븐 사람은 아닐 터이니까요』

『어쌧든지 감옥에 가는 사람이야 조치 못한 사람이지 별수 업서』

---

105 문맥상 '선'의 오류로 추정.
106 두호(斗護)하다. 남을 두둔하여 보호하다.
107 문맥상 '용'의 오류로 추정.

면후는 어대까지나 버틔는 수작을 부치엇다

『그것은 결국 선생님이 강한 자의 편이 되어서 하는 말슴이시지오 참 으로 선생님 자신으로 돌아가서 생각해 본다면 약한 사람이 되어서 생 각해 보신다면……』

애라는 면후의 감정을 살피는 듯이 말긋을 흐리엇다가 소리를 슬쩍 돌리어

『그 대신에 말이야요 선생님이 만일 그 괴청년이라면 나는 한층 더 사 랑해들일 것 가타요 그야말로 희생덕으로……』

『하하 그러면 내가 그런 범인이라도 되어야겟군 애라의 희생덕 사랑을 밧기 위하야는…』

면후는 쓸쓸히 웃엇다 그리고 어여쌘 애라의 얼굴을 마조 바라보는 데 는 갓 피어나는 영산홍(映山紅)도 방해가 된다는 듯이 식탁 복판에 노힌 화 분을 한편으로 옴겨노코 벌서 부어 노흔 맥주를 한숨에 마시고 빈 잔을 애라의 압흐로 내대ㅅ다

그째이엇다 정문으로부터 점쟌케 들어서는 준수한 청년 한 사람이 잇섯다

넥타이도 매지 안햇건마는 훨신 큰 키의 양복 『스타일』은 그럴듯하며 중절모자를 집숙히 눌러쓴 족음 검은 듯한 얼굴은 자못[108] 됴각덕(彫刻的) 남성미가 빗낫다

웬만한 남자가 이 여름에 겨울 양복을 입고 중절모자를 쓰고 넥타이도 매지 안코 다닌다면 하잘것업는 건달로 보이거나 추하게 보일 것이지마 는 그 청년은 어대인지 범하기 어려운 위신이 흐르는 듯하얏다 그러한 차 림차림이 돌이어 그에게 무게를 더하는 것가티 보이엇다

---

108 자못. 생각보다 매우.

1929.6.20 (12)

카페 ― •백마뎡 (五)

그 손님이 들어오는 것을 내다보자 애라는 면후가 내어미는 곱부[109]에 맥주를 쌀흘 것도 이저버리고 교의[110]에서 일어서서 모든 형식을 무시한 은근한 인사를 눈으로 보내엇다

그 손님은 거의 묵살하다십피 애라의 인사를 밧고 병풍이 가리인 저편 구석으로 가서 침착하게 자리를 잡앗다

지금까지 너털대든 면후의 얼굴은 엷은 질투에서 일어나는 불쾌한 감정에 어두어젓다

『왓서요 쏘 왓서요 「말하는 벙어리」가 쏘 왓서요 아이쌍 ―― 당신 조하하는 손님이 왓구려 이번은 내 차레지마는 특별히 아이쌍을 위해서 양보할 터이니 가서요 그만한 사정은 피차에 보아주어야지……』

바로 애라의 등 뒤에 안젓든 해말숙하게 어여쓰기는 하면서도 어대인지 불행과 가난 쏠이 조르르 흔[111]르는 일본 계집이 애라의 귀에만 들리라는 듯이 종알종알하얏다

『흐응 「팁」(행차)을 못 바들 자 자리니 그러는구려 그만두구려 내가 가볼 터이니』

『그 대신 아이쌍은 「팁」은 못 어더도 조흔 산애면 조치오 「라부 이즈 버스쏘[112]」(戀愛至上)네』

---

109 고뿌(コップ). 물이나 음료 따위를 따라 마시려고 만든 그릇인 '컵'의 일본식 표기.
110 교의(交椅). 의자.
111 문맥상 '흐'의 오류로 추정.

해말숙한 계집은 족음 빈정거리는 수작을 부치고 해죽해죽 웃엇다

『그런 롱담은 두엇다 한가할 쌔 하기로 하고…… 어쌧든지 당신들은 커피 차 한 잔 마시고 오십 전짜리를 내부치고 홱 나가는 손님이 제일이지 나는 실혀요 그짜짓 돈 몃십 전 거스름을 밧지 안는 것으로써 녀자의 마음을 사려는 그짜짓 현금주의(現金主義) 산애 싸위는 실혀요』

애라도 지지 안코 빈정거리엇다

『그래도 그래도 「소—다[113]」 한 잔을 삼십 분씩 사십 분씩 쌜고서 십전 한 푼을 접시 미테다 소리도 못 내고 밋글어털이고 도망가듯이 나가버리는 싹장이보다는 그편이 산애답지 어썬 말이오』

『그래도 저이는 도망하듯이 나가지는 안해요 당당하게 번듯하게 나가지………』

『그게 더 밉살스럽지 안해 만일 저런 이만 손님이라고 온다면 우리는 어써케 살아요…… 아짜 모르겟소 사랑하는 안경에는 변변치 못한 일까지도 모두 돗뵈는 것이라니까………』

『하하 남의 일은 곳잘 비판하는구려 당신은 웨 용돈 한 푼 엇기는커녕 담베를 사주어 가면서 그 사각모자(四角帽子)한테 반해서 죽네 사네 하고 야단이오 하하하』

애라에게 정통을 찔리엇는지 해말숙한 일본 계집은 찔씀하야젓다

『아아 항복 항복이외다 막설합시다 아무튼지 아이쌍이 가보아요 좀』

『실쿠면요 내가 웨 남의 차례까지 주어 먹고 단긴단 말이오』

애라는 이러케 말하고 면후의 존재를 다시 발견한 듯이 면후의 압흐로 돌아와 안젓다

---

112 'love is best'의 일본발음.
113 소다(ソーダ, soda). '탄산 음료'를 일상적으로 이르는 말.

애라와 이야기하든 일본 녀자는 일부러 신발을 요란히 끌며 지금 들어가 안즌 손님의 테불을 향하야 달음질첫다

『그게 누구이기 그러케 말성들이야?』

면후는 일부러 지내가는 말처럼 애라에게 물어보앗다

『아무도 아니야요 혼자 쓸쓸히 와서 차 한 잔씩 먹고는 가는 손님이야요 이런 대는 점쟌혼 사람은 못 단길 곳이야요 그저 잔돈푼이나 쓰고 써드는 사람이래야 행세를 하지』

애라의 이러한 대답 뒤에도 면후는 자긔에게서 질투를 자아내는 어썬 불쾌한 요소(要素)를 발견하지 안흘 수 업섯다

『애라가 저 청년을 사랑하지?』

면후는 목구멍짜지 우러나오려는 이 말을 쑥 참고 맥주를 들이켯다

면후와 애라ㅅ사이에는 잠간 침묵이 흘럿다

해말숙한 일본 녀자는 다시 돌아왓다

『칵텔114 한 잔을 사노핫스니까 두 시간은 할다가 갈 터이지…』

이러케 혼자ㅅ말처럼 중얼거리고 나서 다시 애라의 귀에다 입을 대고

『아이쌍을 오라구요 보구십다구』

『그만두어요 그이는 그러케 달금한115 산애와는 좀 다를걸요』

『히야 히야 아이쌍의 안경은 현미경인걸 족으만 것도 크게 보는 것을 보니…… 그런데 이것 보아요 저이가 대톄 무엇 하는 이야요 시인(詩人)? 그림장이(畵家)?……116

『당신은 모르십니까 나는 짐작도 못 합니다』

---

114 칵테일(cocktail). 위스키, 브랜디, 진 따위의 독한 양주를 적당히 섞은 후 감미료나 방향료(芳香料), 과즙 따위를 얼음과 함께 혼합한 술.
115 달금하다. 감칠맛이 있게 꽤 달다.
116 '』' 누락.

1929.6.21 (13)

카페 — •백마덩 (六)

　그들은 사실 그 손님이 무엇을 하는 사람인지를 몰랏다 회사원이나 관리는 물론 아니엇다 시인이나 화가 혹은 신문긔자라고 보는 것도 괴이치 안흐나 꼭 그러타고 증명할 만한 것도 업섯다 어쨋든 직업 냄새를 죽음도 내지 안는 남자이엇다

　언제인가 이곳에 먼저 와 잇는 다른 친구와 맛나서 이야기하는 것을 들어서 그가 리철호(李哲鎬)라는 성명을 가진 사람인 것만을 그에게 대한 주의를 게을리하지 안튼 애라가 알고 『리 선생님』이라고 조심이 부를 쑨이고 그 밧게 일본 녀자들은 대개 『유우쓰[117]』(憂鬱)라는 별명으로 자긔네씨리 통할 쑨이엇다

　애라는 새로 맥주병 막애를 쏩아서 면후의 잔에다 채워노코

　『잠간 실례하고 올 테니오』

　하고 자리를 일어서서 리철호의 테불로 갓다

　『리 선생님 오래간만이십니다』

　『무어 오래간만이라야 어제 그제 이틀 저녁 안 왓든가요』

　철호의 태도는 어대까지나 침착하얏다

　『이틀 동안이면 오래지 안햇서요 매일 한 번씩은 둘러가시엇는데 그래 저는 혹시 어대가 편치 안흐신가 햇서요』

　『아니오 별로이 아픈 대는 업섯지마는 그 무슨 괴청년인가 무엇인가

---

[117] 유우쓰(ゆううつ, 憂鬱). '우울'을 뜻하는 일본어.

째문에 귀치안하서 갑갑은 하지마는 들어안젓습니다 백주에 뎐차에만 올라도 맥 모르는 친구들이 쌀하 올라서 함부로 몸을 뒤지고 어써구 하니 귀치안해서 젊쟌흔 사람이 어대 견듸어 박일[118] 수가 잇서야지오』

철호는 이날에는 유달리 말이 수다하얏다 그것이 애라에게는 만족하얏다

『아이참 이번 일은 퍽 재미잇서요 그 괴청년이라는 사람은 『아다마[119]』(머리)가 퍽 조흔 이 가타요 그 하는 방법이 공연히 퉁탕거리고 써들지 안코……』

『그러나 생각하면 그 사람도 가련한 사람입니다』

『웨요 가련하기는 웨 가련해요 통쾌하지 안해요?』

『오쥭이나 할 일이 업서서 그 짓을 하고 다니겟소』

철호의 그 말하는 태도가 애라에게 저윽이[120] 불유쾌하게 들리엇다 적어도 이쯤으로서야 이런 생각 업는 소리를 참아 할 수가 잇슬가 하는 의혹이 써올랏다

『선생님 어써케 하시는 말슴인지 저는 모르겟서요 그 일이 웨 작은 일이야요? 못난 일이야요』

『큰일을 하는 사람이 넓은 곳에[121] 서 바라본다면 아모것도 아니겟지오 어린애 작난가티밧게 보이지 안켓지오』

『그러나……』

애라는 무엇이라고 반대하지 안흐면 안 될 것이엇스나 덕당한 리론을 발견치 못하는 듯이 잠간 입을 담을엇다

『그러나……』

철호는 애라의 말을 그대로 바다서

---

118 배기다. 참기 어려운 일을 잘 참고 견디다.
119 아타마(あたま, 頭). '머리'를 뜻하는 일본어.
120 저으기. '적이'의 이북 방언. 꽤 어지간한 정도로
121 '에'의 중복 오류로 추정.

『……우리의 처디로서는 별수도 업겟지오 이러케 사족을 꽁꽁 동여 노흔 우리들로서는 그런 일이라도 해서 어썬 자극을 밧기도 하고 주기도 하야 자자들 듯이 갑갑한 환경에서 잠시라도 벗어나는 수밧게 업겟지오 사람 사는 숭내[122]라도 내보는 수밧게 업겟지오 그러한 직접행동은 음식으로 말하자면 게자ㅅ국가티 자극이 심한 것과 마챤가지겟지오 자극이 심한 음식물은 련달아 먹으면 결국은 평범해지고 물리는 것이 겟지마는 잇다금은 혀가 싸르르하도록 자극이 심한 것을 먹어보는 것도 관계치 안흐니짜……

어쌧든지 인생이라는 것이 본래 하잘것업는 존재이지마는 더욱이 우리 조선 사람은 하잘것업는 중에도 더 하잘것업는 가련한 것들이지오 그러니 평안한 사람이나 약은 놈들의 눈으로 보면 부질업슨 짓 갓고 어리석은 일가티 보이겟지마는 갑갑한 사람의 쮜는 가슴에 비추어 본다면 재미잇는 일이오 생긔 잇는 일인지 모르지오 채 ─ 식지 안흔 송장에 호흡을 몰아넛는 것만치나 리상(理想)에 갓가운 일인지도 모르지오 하다하다 할 짓이 업서서 삼백몃십 시간의 짠스[123] 긔록(記錄)을 짓고 쾌재(快哉)를 부르는 『아메리카『[124]양키』들 가튼 팔자를 타고나지 못한 우리로서는…』

『그래요 그래요 참말 그래요 선생님』

애라는 자긔 의사를 그대로 표현해 주는 듯한 철호의 이야기가 마치 가려운 곳에 손이 닷는 듯이 시원하얏다

『오아이소[125] ──!(회게[126]해라!)』

혼자 안젓든 홍면후가 불쾌히 소리를 첫다

---

122 숭내. '흉내'의 방언(경상, 전라, 충청, 함경).
123 댄스(dance). 서양식의 사교춤.
124 '『'는 오식으로 추정.
125 오아이소(おあいそ). '(요릿집 따위의) 계산서'를 뜻하는 일본어.
126 문맥상 '계'의 오류로 추정.

1929.6.22 (14)

카페 ― •백마뎡 (七)

『작자가 샘이 나는가 보군요 자긔의 존재를 아조 이저버렷는가 해
서……』

애라는 이러케 속살거리고[127] 청년의 엽흘 써낫다

『아이고 선생님도 웨 화가 나섯서요』

애라는 면후의 엇개에다 크다란 『루-비』로 장식한 백어[128] 가튼 힌 손
을 언저주엇다 이래도 속이 안 풀어질 테냐 하는 듯이……

『[129]갈 터이야 졸리어서 사람이 안저 박일 수가 잇서야지……』

면후의 화는 죽음 풀어진 모양이엇다

『졸리서요 인생이란 결국 졸리는 물건이야요 갑갑한 물건이구요』

『애라만 잇서서 이야기해 준다면 졸리기는 웨 졸리어 열 밤을 새기로
서니』

『호호 제가 업스면 졸린다요 그까짓 졸리는 것쯤은 저는 반갑지 안해요』

『그럼 어쩌케 되어야 반가운고』

『적어도 미처야지오 내가 업다면 안타까와서 미치기라도 해야지오 죽
을 용긔까지가 업거든…… 그런 게 아니라 선생님 제가 저 청년의 식탁
에서 오래 안젓는 것이 눈꼴이 시어서 화가 치밀엇지오 샘이 나섯지오

---

127 속살거리다. 남이 알아듣지 못하도록 작은 목소리로 자질구레하게 자꾸 이야기하다.
128 백어(白魚). 뱅엇과의 민물고기. 몸의 길이는 10cm 정도이고 가늘며, 반투명한 흰색이고 배
　　에는 작은 흰색 점이 있다.
129 '『'의 오류.

그러치오?』

『그래 질투를 내엇스면 어썬가 내가 애라를 만일 미워한다면이야 질투를 낼 리가 잇나』

『그래도 그러케 화를 내시면 저는 실혀요 거진 처음의 약속은 그런 것이 아니엇는데』

『약속? 약속이 무슨 약속이야 언제 내가 질투하지 안키로 약속햇든가?』
면후는 이상한 표정으로 항의하얏다

『약속하시지 안햇서요 그 언젠가 제가 말하기를 내가 당신의 사랑을 밧다가 어대로든지 달아나서 이 남자 저 남자에게로 새로운 사랑을 구하야 헤매다가 다시 돌아오드라도 버리지 안코 사랑해주시겟느냐 하고 다짐을 바들 째에 그러케 한다고 쾌히[130] 말슴하시지 안햇서요? 긔억이 안 듸[131]서요?』

『무어라구 그랫단 말이야 내가?』

『그럼 제가 그쌔에 선생님 말슴하신 것을 그대로 외일 터이니 들어보서요 이러케 말슴하섯지오 —— 조하 조하 애라는 나에게만은 영원한 젊음의 소유자이야 얼마를 돌아 단기다 오드라도 나의 압헤는 아름다운 대상으로 나타날 터이니까 언제든지 환영할 수밧게 업겟지 그것이 나어린 애인을 가진 자의 섭섭한 한편으로 마음 튼튼한 됴건이겟지 —— 라고 그래서 제가 육법전서만 들어잇는 줄 알앗드니 선생님의 머리에도 훌륭한 시(詩)가 들어잇다고 칭찬해 들이지 안햇서요 그러고 쏘 한 가지 약속한 것 잇지 안해요』

『그건 쏘 뭐야 무슨 약속이야?』

---

130 쾌(快)히. 마음이 유쾌하게.
131 문맥상 '되'의 오류로 추정.

『나의 가승덕 요구(加乘的 요구)[132]에도 이의가 업다고 말슴하시지 안햇서요』

『가승덕 요구가 뭐야? 그 따위 철학(哲學) 냄새가 나는 말부터 모르겟는걸』

『호호호 가승덕 요구가 웨 철학 냄새가 나요 바로 수학(數學) 냄새가 난다면 모르지마는…』

애라는 허리를 버틔어가며 쌀쌀 웃엇다

면후는 그것이 비록 자긔를 경멸하고 놀려먹는 삼글성[133] 업는 웃음이라 할지라도 애인의 웃음인 것만치 그저 어여쓴든지 자긔도 썰썰 짤하 웃으며 『글세 철학 냄새가 나든지 수학 냄새가 나든지 대관절[134] 그게 무슨 말이어?』

『자 ─ 그럼 제가 통속덕으로 말슴할게요 그째에 웨[135] 제가 잘하지 안햇서요 ── 내가 만일 선생님에게 서푼[136] 중쯤 사랑을 보낸다면 선생님은 적어도 칠 푼[137] 중이나 한 돈[138] 중의 사랑을 나에게 바처야 한다고 그러기 째문에 제 손가락 하나가 선생님에게 부드치드라도 선생님은 온몸에 감격을 늣겨야 한다고 그러니까 선생님은 알앗서 알앗서 애라의 손가락은 고사하고 머리털 한 개가 내 몸에 스치드라도 령혼까지 감격을 하겟노라고 말슴하시지 안햇서요』

---

132 가승적 요구(加乘的 要求). 문맥상 수학에서 더하기, 빼기, 곱하기, 나누기를 아울러 이르는 말인 '가감승제(加減乘除)'의 '가승(加乘)'을 활용한 말로 추정.
133 삼글성. 문맥상 '몸가짐이나 언행을 조심하다'의 뜻을 지닌 '삼가다'의 의미로 추정.
134 대관절(大關節). 여러 말 할 것 없이 요점만 말하건대.
135 문맥상 '웨'의 오류로 추정.
136 서푼. 한 푼짜리 엽전 세 개라는 뜻으로, 아주 보잘것없는 값을 이르는 말.
137 푼. 예전에, 엽전을 세던 단위. 한 푼은 돈 한 닢을 이른다.
138 돈. 예전에, 엽전을 세던 단위. 한 돈은 한 냥의 10분의 1이고 한 푼의 열 배이다.

1929.6.23 (15)

카페 ― •백마덩 (八)

『하하 그건 모두 나만 불리한 됴건이로군 되로 밧고 말(斗)로 갑하야 하고…… 내가 아모리 리해타산을 못 하기로서니 그러케 세음[139] 맛지 안는 약속을 하얏슬 리가 잇나 아마도 취햇든 것이지…… 무됴건하고 덥허노코 승락을 햇든 것이지……』

『아니야요 선생님이 만일 그것을 취중에 한 일이라고 해서 무효로 돌린다면 저는 선생님이 저에게 그때에 말해 들려주고 행동으로 보여준 모든 표현과 형식을 모조리 취중에 하신 것으로 간주하고 일체를 부인해 버릴 터이야요 제 말을 알아들으시겠서요 선생님이 저를 사랑하신다고 하시는 것까지 말이야요』

『아니아니 그건 아니지』

면후는 그것이 비록 지내가는 웃음의 소리라 할지라도 황망히[140] 수습하지 안흘 수 업섯다

『그러면 제가 말하는 것을 시인하신단 말슴이죠 긔왕의 약속이 언제까지나 적어도 선생님이 나를 사랑하신다고 하는 시간까지는 효력이 잇다는 말슴이지요…… 그러타고 하셔요 생각하실 것이 무엇이야요 련애는 타산(打算)이 아니야요 그리고 타협(妥協)도 아니야요 리긔(利己)는 더욱이 아니야요 그저 맹목(盲目)이오 절대(絶對)요 희생(犧牲)이야요 그러

---

139 세음(細音). '셈'을 한자를 빌려서 쓴 말.
140 황망(慌忙)히. 마음이 몹시 급하여 당황하고 허둥지둥하는 면이 있게.

치 안해요 그러니까 선생님만 참뜻이 잇스면 나의 태도는 주의하시지 안코 진정으로 사랑하실 것뿐이 아니야요? 욕심 만흔 주주(株主) 모양으로 배당(配當)을 만히 요구하는 것은 결코 진실한 사랑이 아니지오 련애에는 산판[141]도 저울도 자막대기도 다 소용업서요 가령 소용 잇다 할지라도 이 세상에는 그런 긔구는 업서요 사람들의 련애의 본능 속에는 섭섭하나마 한우님이 그런 긔구를 씨워주지 안햇서요…… 그러니까 셈을 싸저볼 생각도 무게를 달아볼 생각도 기리를 재볼 생각도 말고 그대로 보이는 대로만 보고 덤빌 것뿐이지오 그러기 째문에 어느 한편이 자긔 압헤서 허덕허덕할 째에 그 대상은 랭정한 눈으로 먼 산을 바라보고 잇는 경우가 대부분이겟지오 만일 두 편이 쏙가티 허덕이게 된다면…… 즉— 무게로 보아서 두 편이 쏙가티 무겁다고 하면 그 두 개를 한대 뭉친 무게 째문에 그대로 가라안저버릴 것이 아니겟서요 무거운 물건이 물속에 가라안는 것 모양으로 세상이라는 거친 물결 속으로 가라안저버릴 것이 아니겟서요 결국은 함께 죽어버리고 말지 안켓서요 사랑의 극치(極致)는 죽엄이라는 그 누구의 말을 원측으로 하야 정사해 버리고 말 것이 아니겟서요… 그러나 세상의 수만흔 사랑의 싹들이 그대로 부터서 산다는 것은 그 리유를 자세히 들추어본다면 그 어느 편의 사랑이 가볍다든지 쏘는 두 편의 무게가 다 가볍다든지 하기 째문에 이리 밀리고 저리 부대끼면서도 살고 잇는 것이랍니다 호호 아주 이야기가 싼 길로 들어갓지오…… 그것도 해롭지는 안치 사랑하는 사람의 련애관(戀愛觀)을 들어두시는 것도 조치 안해요』

『아아 골치 아파 그만 좀 둬 련애관인지 련애설교(說敎)인지는 모르시마

---

[141] 산판(算板). 셈을 놓는 데 쓰는 기구의 하나. 수판(數板).

는·········· 어쌨든지 내게는 그러케 반갑지 안흔 됴건이 포함된 설교인 줄은 알겟서······ 나더러는 질투라는 성덕 권리를 포기하고 반응(反應)조차 기다리지 말라는 말이지』

면후는 적이 쓸쓸한 표정을 지엇다

『그러치오 그러케 생각하시면 과히 틀림업지오 그러나 내가 선생님의 사랑을 거절한다는 것과는 의미가 매우 다릅니다 아시겟서요 그러고 쏘는 장차 어썬 이상한 힘으로써 선생님이 좀 더 저를 든든히 살오잡을 쌔가 올른지도 모르는 동시에 혹은 내가 선생님의 사랑을 아조 거절하고 달아날 쌔가 올른지도 그것은 아모도 모를 일이지오』

『아 —— 그만 그만 갈 터이야 그런 설교를 아모리 들어도 나는 몰라 그저 애라가 귀엽고 아니 보면 보고 십고 하니까 이러케 차저와서 보구 갈 쑨이지 그러고 나는 나의 재조[142]와 힘을 다하야서 애라를 내 것을 맨들기 위하야 애를 써 볼 쑨이고··· 자 —— 그만 갈 터이야』

면후는 얼마인 것을 물어보지도 안코 양복 호주머니로부터 돈지갑을 쓰내어 말업시 십 원짜리 한 장을 식탁 우에 올려노코 일어섯다

그쌔이엇다 면후의 돈지갑에 무더 나온 듯한 편지 가튼 것이 식탁 미테 쩔어지는 것을 면후는 물론 애라도 보지 못하얏다

---

142 재조(才操). '무엇을 잘할 수 있는 타고난 능력과 슬기', '어떤 일에 대처하는 방도나 꾀'를 뜻하는 '재주'의 원말.

1929.6.24 (16)

카페 — •백마뎡 (九)

철호는 그쌔까지도 가지 안코 잇섯다 그의 압혜는 마시고 난『칵텔』잔이 서너 개 오쑥오쑥[143] 서 잇는 외에는 활짝 피인 방울쏫(鈴蘭花)이 그윽한 향긔를 퍼치고 잇슬 쓴이엇다

그는 아모것도 생각치 안는 듯이 혹은 깁히깁히 무슨 생각에 잠기는 듯이 텬정을 쭐허저라 하고 치어다보다가는 잇다금 잔을 들어 술을 할다십히 마시군 하얏다

애라는 그래도 문밧까지 면후를 전송해 주엇다 면후를 보내고 돌아들어 와서 식탁을 정리하든 애라의 손이 식탁 미테 썰어진 쓰더본 편지를 주어보앗다 피봉[144]에 쓰인 글자를 보아서 그것이 곳 지금의 면후가 썰어털이엇거나 내버리고 간 것인 줄을 알 수가 잇섯다

애라의 녀자다운 호긔심이 아모리 밧븐 중에라도 그 편지 알망이를 쓰내보고야 말게 하얏다

그것을 읽은 애라는 별로이 신통치 안흔 미소를 씌우며 압치마 호주머니에다 구기어 너코 식탁을 치우고『죠 — 바』(회계실)를 다녀나와서는 철호의 식탁으로 갓다

『리 선생님 이러케 혼자 심심케 하여서 매우 미안합니다』

애라의 태도와 어됴는 면후와 대할 쌔의 그것과는 싼판이엇다 퍽 친절

---

[143] 오뚝오뚝. 군데군데 아주 도드라지게 높이 솟아 있는 모양.
[144] 피봉(皮封). 겉봉.

하면서도 어대인지 존경하는 빗이 보이엇다

『천만에요 나는 그게 좃습니다 혼자 이러케 안젓는 것이…… 이러케 말하면 — 그러면 왜? 이처럼 소란스러운 카페 가튼 대를 차저오느냐 하는 질문을 밧기 쉬울른지 모르지마는……』

『참말 웨 그래요?』

애라는 철호에게 가르침을 밧는 그대로 질문하얏다 요컨대 애라는 무슨 문데를 가지고라도 그것이 가령 자긔와는 아모런 리해 관계가 업는 일이라고 할지라도 그저 철호에게 갑갑지 안홀 이야기 재료를 주어서 침울한 그에게 말을 시키는 것만으로도 그 속에 어썬 만족을 늣기는 것이엇다

『글세 이상해요 아모도 업는 대서 혼자 안젓기는 나로도 갑갑한 째가 만하요 그래서 이런 대를 와서 남들이 자꾸만 짓걸어 싸코 피아노ㅅ소리고[145] 요란하고 쌈하고 놀애하고 웃는 그 분위긔ㅅ속에서 나 혼자만이 가만이 그것들을 바라보고 듯는 맛이 일종의 향락이 되어요 그러타고 연극이나 활동사진[146]을 본다든지 음악을 들으러 가라면 그건 쏘 실혀요』

『그건 쏘 웬일이셔요?』

『그건요 나 스스로일망정 어썬 책임감에 지배되어 보거나 듯게 되는 싸닭이겟지오 말하자면 재미가 잇다든지 업다든지 잘한다든지 못한다든지 하는 시비와 비판을 나려가며 보지 안흐면 안 된다는 것은 돌이어 실혼 것이지오 그런 스스로일망정 구속 비슷한 것이…… 그러나 여긔와 안저서 보고 듯는 것은 그야말로 아모 책임도 질 것 업시 시비판단을 가릴 것도 업시 그저 들리면 듯고 보이면 보고 쏘는 내 생각에 취하

---

145 문맥상 '도'의 오류로 추정.
146 활동사진(活動寫眞). '영화(映畵)'의 옛 용어. 움직이는 사진이라는 뜻으로, 무성(無聲) 영화와 같은 초기 영화를 오늘날의 영화에 상대하여 이르는 말로도 쓰인다.

야 아모것도 들리지도 안코 보이지도 안흐면 그대로 내버려두고 내 의사를 나의 자유대로 할 수 잇는 것이 조탄 말입니다』

『결국은 자유의 구속을 안 밧기 위해서로군요』

『그러치오 사람에게서 자유를 쌔앗는다면 그것은 목숨 잇는 송장이지오 그 가장 덕당한 례로는 조선 사람이 잇지오 나는 이제는 신경과민덕으로 자유를 동경하게 되엇서요 거리에서 뎐차를 타는데두요 자긔네싼은 승객의 안전을 위하야 그러케 맨든[147] 것인지도 모르지마는 그 승강구(昇降口)에 문 달린 뎐차는 걸어갈지언정 타기가 실트군요』

『아니 저를 어쌔』

『그럼으로 나더러 말하라면 자유를 쌔앗긴 사람보다는 목숨을 쌔앗긴 사람이 훨신 행복되리라고 하고 십허요』

『네…………』

애라는 철호의 말의 구절구절에 감복[148]하얏다 울고 십흐리만치 무엇이 가슴을 치는 것이 잇섯다

『선생님 오늘 밤새도록 그런 이야기를 들려주서요』

애라는 마치 재미나는 동화(童話)를 듯는 어린이 모양으로 졸랏다

---

147 맨들다. '만들다'의 방언(경상도, 전라도).
148 감복(感服). 감동하여 충심으로 탄복함.

1929.6.25 (17)

카페 ― •백마뎡 (十)

『가야지오 래일 바로 쏘 올 법하드라도… …』

철호의 대답은 쌀쌀치는 안타 할지라도 결코 싸뜻치는 못하얏다

『아이 가시지 마셔요 가겟문을 다치는 시간까지만이라도 계셔 주셔요
제가 좀 할 이야기가 잇스니오 네 선생님 제 억지를 좀 바다 주셔요』

애라의 어여쁜 웅석에는 어대인지 산애의 마음을 움즉이기에 족한 진
정이 흘럿다

『무어 억지랄 것도 업겟지오 나는 본래 한가한 사람이니까 밤을 새서
안저 잇드라도 내 마음으로 하는 일이라면 괴로운 것은 업겟지오 그래
말슴하셔요 할 이야기라는 것은 무어십니까[149]

『…………』

애라는 잠간 고개를 숙이고 말이 업섯다

『네 무슨 이야기인지 말슴하셔요』

『그러케 다지시면 돌이어 말이 안 나와요 괴로워요』

애라는 참으로 괴로운 듯이 얼굴을 붉히엇다

『하하 그건 왼일입니까 이야기할 것이 잇다고 하시기에 하시라는데 그
러면 말이 안 나온다니[150]

철호는 일부러 이러케 말하고 애라의 표정을 살피엇다

---

149 ‘』’ 누락.
150 ‘』’ 누락.

『당신은 당신은 나의 마음을 몰라주시는 것이야요 그러니까 그러케 잔인한 말슴을 힘 안 들이고 하시는 것이야요』

애라의 말하는 입김은 쓰거웟다

철호는 벌서 몇 달을 두고 수십 번을 애라와 맛낫건마는 애라의 얼굴에서 일즉이 그가티 복잡한 표정을 본 적이 업섯다 아모리 침울한 철호라 할지라도 그 속의 숨은 궐녀의 자긔에게 대한 요구가 무엇인지를 모를 수는 업섯다

『…… ……』

그래도 모른 척하기에는 그야말로 넘우도 잔인한 것 갓고 그것을 곳 달금하게 밧기에는 그의 성격과 사정이 아울러 허락치 안햇다

애라는 철호의 침믁한 틈을 타서 거듭 용긔를 내어 말햇다

『철호 씨……』

애라는 괴상히 흥분된 힘을 빌어서 처음오[151]로 이러케 철호의 이름을 불러보앗다

『이러케 부르는 것을 용서해주시오 철호 씨』

『암 조하요 누가 불러주든지 조흔 나의 이름이올시다』

그것은 애라의 뭇는 취지나 기다리는 대답과는 거리가 먼 것이엇다 그러나 애라는 그런 것에 구애될 여유가 업시 자긔의 하려는 말에 급하얏다

『저는 저는 이러케 당신을 맛나서 이야기하고 안젓는 시간만이 뎨일 것[152]버요』

그것을 녀배우의 『쎄리푸[153]』(臺詞)로 듯기에는 넘우나 썰리는 리즘이

---

151 문맥상 '으'의 오류로 추정.
152 문맥상 '깃'의 오류로 추정.
153 세리후(せりふ, 臺詞). '연극이나 영화 따위에서 배우가 하는 말'을 뜻하는 일본어.

잇섯다 자연슬어윗다

『제 쏠이 퍽 어리석어 보이지오 네 네 그러치오 대답하야 주셔요』

애라는 두 손을 모아서 대리석 식탁 우에다 노코 그 우에다 이마를 내던지다십히 언젓다 만일 주위에 사람만 업다면 철호의 가슴에다 내던질지도 몰랏슬 그 좁웃한[154] 이마를⋯⋯

철호는 그 이상 더 침묵을 지키거나 더욱이 문동답서(問東答西)[155]를 할 수는 업섯다 애라의 의사를 배반하든지 어르만저 주든지 좌우간 무슨 반응이라도 던저야 할 것이라고 생각하얏다

『이것 보서요 그러면 당신이 나를 사랑해 주신단 말이지오 그러치오?』

『[156]침착성은 일치 안햇슬지언뎡 어대인지 부들어운 정서가 흐르는 철호의 말은 애라의 정열을 건들히엇다 죽음『히수테리[157]』한 용긔까지를 주엇다

『그래요 그래요 그러니 어써케 해주실 터이애요? 네』

애라는 무거운 짐을 내던지듯이 이러케 말하고 흥분에 붉은 얼굴을 식탁에서 들고『카텔』(洋酒)에 물든 붉으레한 철호의 얼굴을 치어다보앗다 그의 침묵성을 상증(象徵)하는 듯한 적이 두터운 입술로부터 장차 썰어질 중대한 대답을 기다리엇다

---

154 조붓하다. 조금 좁은 듯하다.
155 문동답서(問東答西). 동문서답.
156 『 오식.
157 히스테리(Hysterie). 정신 신경증의 한 유형.

1929.6.26 (18)

갈등【葛藤】一

『.................』

애라가 기다리는 중대한 대답은 용이히[158] 철호의 입슐을 벗어나지 안햇다

철호의 지키는 무서운 침묵 우에서 애라의 마음은 희망과 절망의 중간을 헤매고 잇섯다

무거운 짐 —— 그러타 애라가 철호에게 품어오든 사랑은 애라에게 잇서서 무거운 짐이엇다 딸해서 애라가 그 밤에 철호를 붓잡아 안치고 용긔를 내어 싹사랑을 어느 정도까지라도 고백하야 회답을 기다리게 된 것은 불안은 하다 할지라도 확실히 놉흔 언덕에서 무거운 짐을 나려놋는 시원한 맛이 잇섯다

누구보다도 양긔로운[159] 성격을 가진 애라가 아조 자긔와는 반대의 침울한 성격의 소유자인 철호에게 마음이 슬리어 확실히 자긔가 그를 사랑하는 것을 쌔달은 뒤에도 여러 날을 두고 그의 눈치와 긔회만을 엿보고 괴로운 가슴을 참아온 것은 무거운 짐을 지고 놉흔 고개를 오르는 괴로움에서 질 것이 업섯다

애라가 철호를 알게 된 것은 물론 애라가 백마뎡으로 들어온 뒤부터이엇다

철호는 애라가 들어오기 전부터 이 카페에 드나들든 그리 반갑지 안흔 단골손님이엇다 그러타 반갑지 안흔 단골손님이엇다 전대 구멍으로 보

---

158 용이(容易)히. 어렵지 아니하고 매우 쉽게.
159 양기(陽氣)롭다. 만물이 살아 움직이는 활발한 기운이 있다.

지도 못한 산애에게 맛나는 마테[160] 부들어운 손목을 던지고 두 번만 보며[161] 붉은 입술을 긔탄업시 내맛기는 웨트레스(女給)들에게 철호는 첫날부터 맛당치 안흔 거칠은 인상(印象)을 던지는 반갑지 안흔 손님이엇다

그 리유는 두 가지가 잇섯다 하나는 그의 침울한 성격으로부터 오는 억세인[162] 태도가 아모런 말도 하지 안코 가만이 한편 구석에 안젓다가 돌아간다 할지라도 보통으로 얌전을 쎄는 어여쌘 산애의 그것과 달라서 그런 종류의 녀자들의 가엽슨 자존심을 건들인 것과 쏘 하나는 차 한 잔 마섯스면 차 한 잔 갑, 술 한 잔 마시면 술 한 잔 갑 외에는 그들이 기다리는 『팁[163]』이라는 것을 결코 노치 안는 것이엇다 이 두 가지 리유가 궐녀들로 하야금 철호를 『맛장수[164]』이니 『싹정이』니 하는 별명을 짓게 하고 약속한 듯이 그를 환영치 안햇다 오면 오느냐는 인사 — 가면 가느냐는 인사 외에 추파 한 번 보내는 녀자는 업섯다 그러나 철호는 철호로써 그 눈치를 아는지 모르는지 쑤준히 드나들며 그들이 엽헤 가개지 안는[165] 것이 돌이어 몸 편하다는 듯이 자긔의 먹을 것을 먹고 혼자 쓸쓸이 안젓다가는 돌아가군 하는 것이다

이러케 모든 녀자의 안경으로부터 벗어난 철호를 애라는 자긔가 백마뎡에 들어오든 날부터 호긔심을 가지고 바라보게 된 것이다

『이상한 남자, 쓸쓸한 사람, 특증 잇는 손님!』

이것이 애라가 계집을 무릅[166]에다 쓸어안고 『데싼쇼[167]』를 부르고 접

---

160 맡에. '그 길로 바로'의 뜻을 나타내는 말.
161 문맥상 '면'의 오류로 추정.
162 억세다. 말부 따위가 매우 서칠고 무뚝뚝하다.
163 팁(tip). 시중을 드는 사람에게 고맙다는 뜻으로 일정한 대금 이외에 더 주는 돈.
164 맛장수. 아무런 멋이나 재미 없이 싱거운 사람을 비유적으로 이르는 말.
165 가개지 않는다. 문맥상 '성가시게 달라붙어 손해를 끼치지 않다'를 뜻하는 '개개지 않다'나, 혹은 '가지 않다'의 의미로 추정.

시ㅅ밋구녕[168]에다 『팁』푼을 늘어노하 가며 계집의 비위를 마추느라고 애를 쓰는 산애들의 머리 우으로 발견한 철호로부티[169] 밧는 국다란 인상(印象)이엇다

이 국다란 인상은 괴상한 힘을 가지고 애라의 가슴을 눌럿다

열네 살에 첫사랑을 하고 스믈다섯 살 되는 오늘까지 민적 상으로는 홀륭히 처녀로 잇는 산애로부터 산애로 올마 다닌 풍부한 경험을 가지고도 어썰 수 업는 철호의 괴상한 힘을 애라는 안타깝게 반항하려 하얏다 그러나 반항하면 반항할스록 마치 크다란 자석(磁石) 압헤 노힌 쇠ㅅ조각 모양으로 움즉이는 자긔의 마음을 붓잡을 수가 업섯다

『저싸짓 산애쯤을……』하고 상대를 경멸함으로써 자긔 마음을 구제하려고도 하야보고 또 어썬 쌔는 『놈팽이를 앙큼하니 살오잡을까』하는 앙큼한 생각도 하야보앗스나 어느 것도 쯧대로 되지 안흘 쌔에 애라는 마츰내 자긔의 모든 진정을 바처서 항복하려고 생각하고 두고두고 별르든 것을 철호가 유달리 자긔에게 이야기를 만히 들려주는 그 밤에 비롯오 용긔를 내어 됴건 업시 백긔(白旗)를 놉히 든 것이다

『애라 씨 당신의 마음은 잘 알앗소이다 그러고 감사히 생각합니다』

철호의 무거운 입술은 비롯오 열리엇다

『[170]애라는 자긔의 생각한 바보다도 훨신 부들어운 철호의 대답이 깃벗다

---

166 문맥상 '릅'의 오류로 추정.
167 데칸쇼(デカンショ). 데카르트, 칸트, 쇼펜하우어의 첫 자를 딴 말. 대철학자를 운위하면서 딩굴딩굴 세월을 보낸들 어떠하리 하는 식의, 말하자면 대인기풍연(大人氣風然)한 노래.
168 구녕. '구멍'의 방언(강원, 경상, 전남, 충청, 평안, 함경, 황해).
169 문맥상 '터'의 오류로 추정.
170 '『' 오식.

1929.6.27 (19)

갈등【葛藤】二

『그러나……』

철호는 한참 주저하다가

『나는 당신이 요구하는 그런 것을 가지진 못한 산애입니다 당신이 나를
사랑한다면 그것은 당신의 절대 자유인 만큼 나로써 막을 수는 업는 일
이겟지오 사랑치 안켓다는 사람에게 부듸 사랑해달라고 조를 수 업는
것과 마챤가지로…… 그러나 나는 당신의 요구하는 바를 무됴건하고 승
락한다든지 당신에게 만족한 무엇을 갑하들이겟다는 약속은 할 수가
업습니다 알아듯기 쉽게 말하면 나는 련애 가튼 것을 취하게 하고 십지
를 안습니다 앗가도 말한 바와 가티 나는 어썬 사정에거나 경우에거나
자유를 속박당하기를 극도로 실혀합니다 그런데 련애에도 어썬 째는
극도로 자유의사를 속박당하는 경우가 만하요 가령 례(例)를 들자면 혁
명가 가튼 사람이 자긔의 목뎍하는 무슨 큰일을 목숨 내노코 하려다
가도 그 족으만 련애의 대상 째문에 주저안는 일이 더러 잇지 안해요 그러
타고 내가 무슨 꼭 그런 것만을 경계하야서쑨이 아니라 련애를 한다고
하면 거긔에도 소위 책임이니 의무이니 부대됴건(附帶條件)[171]이 생긴단
말이지오 그래서 그 부대됴건에 억매게 된단 말입니다 그러니까 그까
짓 족으만 정사관계 가튼 것을 매즘으로써 할 일 만흔 일생을 어썬 한
토막이라도 희생하는 것은 부질업슨 짓이 아니겟습니까 만일의 련애라

---

171 부대조건(附帶條件). 어떤 조건에 덧붙은 조건.

는 것을 다 늙으막에 정력이 쇠하야 다른 일은 아모것도 못하게 될 째에 죽엄을 기다리는 심심파적[172]으로나 할 수 잇다면 모르지마는 련애란 이상하게도 사람으로 데일 정력에 넘치는 할 일 밧븐 청춘에 하게 된다는 것은 확실히 인생의 재앙가티 생각되드군요 물론 이러케 말하는 나로도 일즉이 사랑을 안 해본 것도 아니고 또는 장차라도 쏙 안 하리라고 장담하는 것은 아니지마는 될 수 잇스면 피하렵니다 그것이 나의 참으로 할 일을 위해서 올흔 일이라고 생각합니다 그러니 애라 씨는 나를 그런 사람으로 알고 나를 그저 친한 친구로 대해 주십시오』

애라는 한 박휘 매암[173]을 돌고 난 것 모양으로 정신이 어찔하얏다 철호의 그것을 그저 원망만 하기에는 넘우도 정중한 거절이엇다

『아니야요 아니야요 그것은 당신이 나를 실혀하기 째문이야요 사랑할 생각이 업기 째문이야요』

죽음 전에 홍면후에게 명석한 련애설법을 늘어노튼 그 애라와는 싼판으로 애라는 울 듯이 덤비엇다

『저라도 저라도 제가 실혼 남자에게는 얼마든지 그런 말을 할 수가 잇답니다 그러나 ──…』

애라는 교의 뒤에다 팔굼치를 고이고 머리를 들이우고 거듭거듭 한숨을 지엇다

『[174]철호는 싸치도 안코 남작하니 틀어부친 머리미트로 앗김업시 들어나는 목으로부터 잔 엇개까지를 들여다보며

『애라 씨』

---

172 심심파적(破寂). 심심풀이.
173 매암. '맴'의 본말. 제자리에서 서서 뱅뱅 도는 장난.
174 '『' 오식.

하고 불럿다 그러나 무엇이라 할 뒤ㅅ말은 침착한 그로서도 생각하기
전이엇다

무엇이라고 애라를 위로하야 줄 말을 차즈려고 애를 썻스나 좀체 그런
덕당한 말은 발견되지 안햇다

『앗불사 ― 내가 웨 이 녀자를 위로해 주려고 하는가 그런 책임이나 또
는 의무를 내가 웨 저야 할 리유가 잇는가?』

철호는 자긔를 응시(凝視)하고 중얼거렷다

『자 ― 애라 씨 그만 가렵니다 벌서 한 시가 다 되엇스니……』

『당신은 이제 여긔를 안 오시겟지오 제가 이처럼 귀치안케 구는 것이
실혀서……』

머리를 든 애라는 또 한 번 약한 하소연을 하얏다

『그럴 리야 업겟지오 내가 본래부터 당신을 위하야 여긔를 오든 것이
아닌 바에야 당신이 실타고 아니 올 리가 잇겟소 그리고 나는 결코 당
신을 실혀한다든지 괴로워하지도 안는 사람이올시다 앗가도 말한 것
과 가티 고맙게 생각합니다요 별일이 업게 되면 래일 또 오리다』

인사할 말도 이저버리고 벽에 기대서서 철호를 보내는 애라의 가슴은
사랑하는 보수를 감사로 밧는 비애에 괴로웟다

구름 한 뎜 업는 깁흔 밤 한울에는 무수한 별들이 속살거리듯 오굴오굴
모여 잇섯다

1929.6.28 (20)

갈등【葛藤】三

이튼날

애라는 오정[175]이 훨신 지내서야 일터로 들어왓다

넓즉한 알에충에는 맥주 한 병을 족음 남기고 안젓는 홍면후가 애라를 기다리고 잇섯다

『애라의 출근은 칙임관[176] 출근인가 이러케 늣게 들어오게』

『그러나 선생님 카페 출근은 족음 일른 늣김이 업지 안혼걸요』

애라도 지지 안코 빈정거리엇다

『아니아 놀러 온 것이 아니라 애라에게 물어볼 것이 잇서서 일부러 온 것이야 뎐화로 하기도 안 되엇고 그래 벌서 한 시간 전부터 와서 기다리는 중이야…… 저 —— 어제 내가 여긔에 무엇 썰어털이고 가지 안햇서』

『녜 —— 저 봉투에 든 것이오?』

애라는 그가 뭇는 말을 듯고서야 비롯오 어제ㅅ밤에 식탁 미테서 주어 둔 괴상한 편지가 생각낫다 동시에 어제ㅅ밤에 그것을 철호에게 보이고 이야기하려고 생각까지 하고 집어너헛든 것을 자긔의 사랑 하소연 째문에 이즌 것싸저[177]가 생각낫다

『그래 그래 편지 가튼 것 말이야 그걸 이리 주어 오늘 아츰에야 그것이

---

175 오정(午正). 정오(正午).

176 칙임관(勅任官). 조선 후기에, 대신의 청으로 임금이 임명하던 벼슬. 당상관 가운데 정일품에서 종일품급까지가 해당한다.

177 문맥상 '지'의 오류로 추정.

업서진 것을 알고 쌈짝 놀라 차젓서 잘되엇군 그래 여긔 썰어털이고 왓
습즉도 하지마는 그러나 휴지로 알고 쓸어내 버렷스면 어써나 하고 걱
정을 하고 와서 물어보니 다른 사람들은 아모도 모른다겟지 그래 애라
나 알가 해서……』

『내 이제 갓다 들일쎄요』

애라는 한참 뒤에 그것을 가지고 나왓다

『그런데 선생님 이게 무슨 편지입니싸 나 혼자 보고 보아도 알 수가 업
서요 그래 이것을 그 괴청년이 보낸 것이란 말이지오 그런데 필적178은
녀자의 필적 가타요』

『벌서 펴 보앗군 그래 다른 사람은 누가 보지 안햇서?』

『보긴 누가 보아요 나 혼자만 보앗지오 웨요 제가 보면 안 될 일이 잇서요?』

『아니 관계치 안하 하여간 이러케 주어 두엇다 주니 고마우이』

『글세 그게 뭐야요 설명 좀 해 주서요 선생님이 그러케 소중히 차즈러
다닐 쌔는 무슨 대단히 필요한 일이 잇는 것 가튼데요 그것을 알으켜
주서요 그러치 안흐면 안 내들일 터이요 내가 어든 것이니싸…』

『글세 나도 몰라 애라가 모르는 것과 마챤가지로……』

『아니야요 아니야요 무엇이 잇서요 아마 범인 중에는 녀자도 잇는 것
이지오』

『글세 당초에 녀자는 잇는 것 갓지 안흔데 녀자의 필적으로 이런 것이
들어오는 것은 이상하단 말이야』

면후는 애라에게 졸리어서 별로이 수사상 지장이 될 것 갓지도 안흠으
로 자긔가 생각하는 바를 이야기하려 하얏다

『그런데 이상한 것은 이 필적이 내 누이동생의 것과 쏙갓단 말이야 웨

---

178 필적(筆跡). 글씨의 모양이나 솜씨.

내 누이동생 보앗지 앗다 금년 봄에 창경원으로 사구라 꼿구경 갓슬 째
보지 안햇서?』

『네 그 이쁘장한 이요? 참 미인이야』

『그래 그 애 말이야 그런데 이 편지를 그 애에게다 보엿드니 어김업는
자긔의 필적인데 쓴 긔억은 업다고 한단 말이야 물론 쓴 긔억이야 업슬
터이지 내 집 안방에 들어안젓는 그 애가 평양서 부친 범인의 편지를
썻슬 리야 만무한 일이 아닌가 허허허』

『무얼 쪽가튼 필적은 업나요 그리고 쏘 남자가 녀자의 필적 숭내를 내
지 못하나요』

『그래 그래 그러케 생각하면 문데는 업서 그러나 워낙 직업이라서 별
걸 다 의심해 보는 게지』

『그럼 선생님 누이동생을 달고처[179] 보구려』

『글세 하하하 자 —— 이젠 갈 테야』

『선생님 그런데 저를 오늘 산보[180] 좀 시켜주실 터입니까 문밧 멀 가튼
대로 가서⋯⋯ 그리고 술이나 실컨 먹고 취해 보게』

『웨 그래 무슨 속상하는 일이 잇서⋯⋯⋯ 그건 뭐 어렵지 안혼 청인데
지금 일이 잇서서 어쩌케 하나』

『그럼 래일 낫에요』

『아니야 그런 게 아니라 이석 덤 차로 평양을 가게 되엇단 말이야 평양
가면 이삼 일은 되어야 올라올 터인데』

『그럼 그만두셔요 오늘밤에 오는 손님 중에서 골라 두엇다가 래일 갈
터이니 아모도 갈 동무가 안 생기면 나 혼자 가고⋯⋯』

---

179 달고치다. 무엇을 알아내거나 어떤 일을 재촉하려고 꼼짝 못 하게 몰아치는 것을 뜻하는 '달
구치다'의 이북 방언.
180 산보(散步). 산책(散策).

1929.6.29 (21)

갈등【葛藤】四

여름날 긴긴 해도 바야흐로 서산에 기울고 잇섯다

저녁노을이 깃들려는 동대문 턱에는 벌서부터 누구를 기다리는지 연옥색 양산 미트로 주의 깁흔 시선으로 멈으르는 뎐차에서마다 나리는 사람을 일일이 살피고 나서는 팔쑥시계[181]를 들여다보는 이십여 세나 되어보이는 녀자 한 사람이 잇섯다

키는 보통이나 되고 얼굴은 그러케 어엿브다고는 할 수가 업서도 어대인지 버리지 못할 귀염성이 흘럿다 더욱이 요염지 안흘 정도에서 한갓 령리하야 보이는 쏘렷한 눈이 그야말로 천금의 가티가 잇섯다 모시 저고리에 모시 치마 차림차림이 청초하고 점난핫다 시계가 여섯 덤 오 분 전을 가르칠 쌔에 그 녀자는 웃는 눈으로 뎐차 한 대를 마지하얏다

오륙 명쯤 나리는 남녀 손님 중에는 조선옷을 깨끗이 입고 굵다란 대모테[182] 안경을 쓴 삼십 세가량의 신사가 등[183]으로 맨든 굵은 단장[184]을 쓸고 점쟌케 나리엇다

쌔마츰 청량리(淸涼里)로 돌아갈 뎐차가 왓다 그 신사와 숙녀는 아모 말도 업시 하나는 압흐로 하나는 뒤으로 뎐차 안에 오르는 것이엇다 뎐차표도 물론 싸로 찍엇다

---

181 팔쑥시계(時計). 손목시계.
182 대모(玳瑁)테. 대모갑으로 만든 안경테.
183 등(橙). 등자(橙子)와 등자나무를 통틀어 이르는 말.
184 단장(短杖). 짧은 지팡이.

뎐차가 채석장입구(採石場入口)에 멈을르자 두 남녀는 쏘한 말이 업시 압 뒤로 갈리어 나리엇다

뎐차에서 나린 뒤에도 역시 아모 말이 업시 한 마장[185]쯤이나 거리를 두고 것든 두 남녀는 채석장 넓은 길을 지내서 탑골승방[186]으로 넘어가는 산골작이에 이르러서 비롯오 나란이 것기 시작하얏다 골작이 개울에서 샐래를 하는 안악네 두어 사람 외에는 행인조차 보이지 안햇다

『제 편지를 몃 뎜에 바다 보셧서요?』

녀자가 속살거리엇다

『아마 오전 중에 배달된 모양이드군요 아츰에 조반[187]을 먹고는 곳 좀 볼일이 잇서서 나왓다가 오후에 들어가니까 와 잇드군요 그래 막 나오 려는데 어썬 친구가 차저와서…… 퍽 기다리엇지오』

『그러믄요 저는 다섯 시가 족음 지내자 동대문에 왓섯스니까 한 시간 쯤 기다린 셈이지오』

그 대화로 보아 두 남녀는 밀회(密會)하는 애인들로 보아도 괴이치 안햇다

『그래 궐자[188]가……』

남자가 이러케 무엇을 물어보려 할 새에 산등성이 저편으로부터 이편으 로 넘어오는 듯한 사람의 음성이 들리어왓다 두 남녀는 다시 침묵하얏다

이윽고 산 넘어로 나타나는 두 남녀 —— 양복을 입은 젊은 산애와 양 장[189]을 차린 젊은 녀자 ——

---

185 마장. 거리의 단위. 오 리나 십 리가 못 되는 거리를 이른다.
186 탑골승방(僧坊). 보문사(普門寺). 서울특별시 성북구 보문동(普門洞)에 있는 절. 1115년(예 종 10)에 담진국사(曇眞國師)가 창건하고 보문사라고 명명했는데, 조선시대에 들어와서 1692년(숙종 18)에 중건되었다. 10여 동의 당우(堂宇)로 형성된 여승의 수도처인 대가람으 로서, 탑골에 있다 하여 탑골승방으로 더 알려져 있다.
187 조반(早飯). 아침 끼니를 먹기 전에 간단하게 먹는 음식.
188 궐자(厥者). '그'를 낮잡아 이르는 말.

그것을 본 이편 남자의 눈이 대못테ㅅ속에서 둥글해컷다

가는 남녀와 오는 남녀가 서로 갈리게 될 째에 양장한 녀자가 이편의 조선옷 입은 신사를 보고 소리첫다

『아이 철호 씨 아니야요 난 쏘 누구시라구 그러케 차리시니까 아조 싼 사람 가타요』

이러케 인사하는 양장미인의 시선이 동행인 녀자의 굴얼¹⁹⁰로 날카롭게 지내갓다

『아 —— 어대를 단겨오시우』

철호도 마지못해 인사를 하얏다

『네 탑골승방으로 밥 사 먹으러 갓다 옵니다 넘우 갑갑해서 그런데 어대를 이러케 가셔요』

『우리도 밥 사 먹으러 갑니다』

『네에 재미잇군요 그럼 안녕히 단겨들어 오셔요』

인사를 하고 돌아선 양장한 녀자는 자긔가 바든『에가사』(그림 그린 양산) 미트로 다시 한 번 철호의 동행을 노려보앗다 그 눈에는 분명히 질투가 써올랏다

『철호 씨 지금 그 녀자가 애라라는 녀자 아니야요?』

이편과 저편의 거리가 펙 썰어진 뒤에 동행인 녀자가 철호에게 뭇는 것이엇다

『네 애라라는 녀자야요 그런데 한경 씨가 어써케 아시우』

『네 알아요 올봄에 우리 올아버니와 가티 창경원에 갓다가 맛낫서요 그런데요 저 녀자가 우리 올아버니의 애인이래요』

---

189 양장(洋裝). 옷차림이나 머리 모양을 서양식으로 꾸밈. 또는 그런 옷이나 몸단장.
190 '얼굴'의 글자 배열 오류.

『응 그런가 보드군요 어제도 내가 백마뎡에를 갓드니 당신 올아버니가
저 녀자허구 부터 안저서 허덕거리드군요』

『암만해도 우리 올아버니가 이제 저 녀자에게 채이구야 말걸이오 련애
에 들어서야 수단이 잇나 ○○단이나 잘 잡지…』

한경이는 이러케 말하고 철호를 치어다보며 웃엇다

1929.6.30 (22)

갈등【葛藤】五

『그래서라도 좀 눈물을 흘리어 보아야지오 넘우도 눈물을 모르는 사람
이니까…… 그래 궐자가 평양을 갓다구요?』

『궐자가 무어야요 남의 올아버니보구서……』

『참말 내가 올아버니를 낫븐 사람이라고 욕하는 것이 동긔간인 만큼
한경 씨에게는 듯기가 실흘 터이지…… 그러나 그것은 어쩔 수 업는 일
이지 욕먹을 옵바를 두엇스니까……』

『참말 남들이 그리는 것은 듯기 실혀요 화가 나요 그래도 철호 씨가 그
리시는 것은 죽음도 듯기 실치 안해요 저는 철호 씨 편이니까요……』

『그래 평양은 웨 갓서요 그걸 바다 보고 행여나 하고 쏫차간 것이지?』

철호의 침울한 얼굴이 빙글에 웃는 것은 자못 남성미(男性美)를 짓는 것
이엇다

『물론 그러켓지오 그것겐요 그걸 가지고 집으로 들어와서 일부러 나를
차저와 보이겟지오?』

한경이도 어여쓰게 웃엇다

『그래 뭐라고 햇서요』

『아이 이건 제 글씨가 아니야요 —— 시침을 싹 쎄고 이러케 말햇지오』

『그래서?』

『그래 글씨는 쏙 내 글씬데 아마 누가 나를 최면술을 걸고 씨운 것인 것
이라고 엉터리업시 대답을 하고 쌀쌀 웃어주엇지오 그랫드니 암만해

도 자긔로서는 요령을 못 차리겟는지 남자가 녀필[191] 숭내를 내엿거나 한 것이라고도 해보고 쏘는 세상에는 쪽가튼 필적도 만혼 것이라고 결론을 짓고 말겟나요 그래서 내가 글씨가 갓기로서니 이러케 가틀 리가 잇느냐 하고 쏘 한 번 버틔어 주엇지오 참 재미잇든걸요』

『재미잇서요? 어쨋든 우리는 그사위 작난이라도 하야서 파적[192]을 하기 전에는 갑갑하야서 살 수 업는 사람들입니다 한경 씨로서는 이번의 그것이 첫 모험입니다 그 첫 모험에 잘 성공을 하얏스니까 이번에는 좀 더 힘차고 어려운 모험을 하여야 합니다 그런데 당신이 마타 둔 돈은 념려 업스니까 개들이 냄새를 못 맛도록 잘 감추어 두엇습니까?』

『그건 념려 마셔요 설사 아모런 변이 생긴다 하드라도 우리 올아버니가 현직으로 잇는 동안에는 우리 집을 수색할 리는 만무하고 천만쯧밧게 수색을 당한다 할지라도 그것들이 귀신이 아닌 이상 내가 감추어 둔 곳을 알아낼 도리는 업슬 것입니다』

『하하 그랫다는 만일 당신이 졸도를 하든지 무슨 쯧밧게 일로 죽어 버린다면 그대로 일허버리게 될 터이니 내게만은 알려 두는 것이 조치 안켓소』

『실혀요 그것만은 나 혼자 알고 잇습니다 암만해도 둘이 아는 비밀은 하나가 아는 그것보다는 루설될 가능성이 배(倍)는 만혼 것이니까요』

『허 — 허 한경 씨도 매우 비밀에 대한 관념이 심각하군요 과연 □[193]임 비서가음인데…… 좀 더 형편을 보아서 만 원만 모이거든 저리로 보내 봅시다… 그런데 그 책임을 잘 리행할 만한 사람이 암만해도 업서서 걱

---

191 여필(女筆). 여자의 글씨.
192 파적(破寂). 심심풀이(심심함을 잇고 시간을 보내기 위하여 어떤 일을 함).
193 문맥상 '책'으로 추정.

120　한국 근대 신문 최초 연작 장편소설 자료집─황원행(荒原行) I

정이야』

『걱정마셔요 그것까지는 제가 할 터이야요』

『어쩌케?』

『글세 그때 두고 보셔요』

『그것도 비밀인가?』

『암 비밀이죠』

이러케 이야기하며 것는 동안에 어느듯 탑골승방 동구 안에 들어섯다

그들은 다시 침묵 속에 싸이어 어썬 족으만 승방을 차저 들어갓다

나무ㅅ그림자가 길다라케 동으로 누은 도랑(절마당) 우으로 달리는 우수수하는 저녁 서풍에 아울리어 일어나는 젊은 녀승의 저녁 불공 들이는 목탁 소리가 그래도 속진(俗塵)[194]을 써난 듯하얏다

『그런데 철호 씨 나는 당신의 하라는 일을 무엇이나 다 하야 왓는데 당신은 나를 언제까지나 이대로 내버려두실 터이야요?』

『그건 쏘 새삼스럽게 무슨 소리요?』

철호는 귀미테 목침을 고이며 스스롭게[195] 물엇다

---

194 속진(俗塵). 속세의 티끌이라는 뜻으로, 세상의 여러 가지 번잡한 일을 이르는 말.
195 스스롭다. 서로 사귀는 정분이 두텁지 않아 조심스럽다.

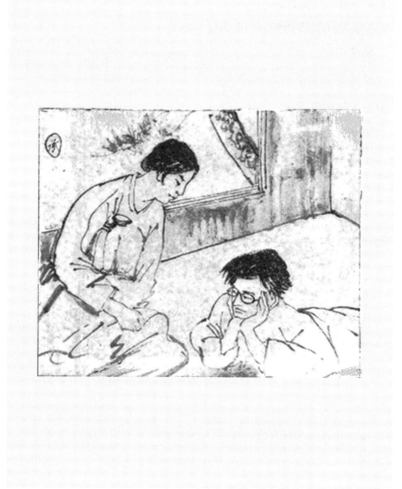

1929.7.1 (23)

갈등【葛藤】六

『새삼스럽긴 무엇이 새삼스러워요 동경 잇슬 째부터 두고두고 해나온
소리가 이제 새삼스러워요?』

『[196]한경이는 족음 쌜루퉁한 표정으로 톡 쏘앗다

『글세 무엇 말이오? 뭐 그러케 새삼스럽지 안흔 게 뭐란 말이오 나는
모르겟구려…… 당신이 나를 졸르든 것이 하도 만핫스니까』

『제가 무엇을 그러케 만히 졸랏서요 당신에게다』

『자——내 쭙을게 들어보우 우서[197] 『긴자』(銀座)[198] 산보시켜 달라고
졸랏지 활동사진 구경시켜 달라고 졸랏지 쏘 도서관 가는 사람 붓잡고
「초코레트큰림[199]」 사다 달라고 졸라댓지 쏘 뭔가 헌책 팔어서 「나또」
(納豆)[200] 사 먹자고 졸라댓지』

평소에 그러케 침울한 철호로는 볼 수 업스리 만치 오늘의 그의 태도는
경쾌해 보이고 말조차 수다하얏다[201]

『아이 뭐 실혀요 그런 소리 하는 거 남은 기——쎗 벼르고 별러 가다가
한마듸 하는 걸 그러케 실업시 돌려 버리는 거』

---

196 『『』 오식.
197 문맥상 '선'의 오류로 추정.
198 긴자(ぎんざ, 銀座). 일본 동경에 있는 번화가.
199 초콜릿 크림(chocolate cream). 원문의 '큰'은 문맥상 '크'의 오류로 추정.
200 낫토(なっとう, 納豆). 일본에서 '푹 삶은 메주콩을 볏짚꾸러미 등에 넣고 띄운 식품' 또는 '띄운 콩에 간을 해서 말린 식품'을 이르는 말.
201 수다하다. 쓸데없이 말수가 많다.

한경이는 사실 별르고 별러서 한 말이엇다 오늘의 철호의 태도는 한경에게 달척직은한 용긔를 주엇다 그리하야 울든 어린애가 어른이 놀려 줄 쌔에 웃으며 대드는 것 모양으로 응석을 부리며 철호의 다리를 흔들엇다

『그럼 그밧게 쏘 나를 조른 게 뭐요 오 참 사랑해 달라든 것 그것도 내가 이러케 들어 주고 잇지 안소』

철호는 가만히 한경의 손을 잡앗다

『그것 말고 쏘………… 지금 쏩은 것들보다도 훨신 더 큰 것……』

『더 큰 게 뭐야 그런 것은 당초에 업서 그밧게 잇다면 썩 작은 됴건이지』

『뭐야요 썩 작은 됴건이라는 것은?』

『결혼』

『그것이 어쌔 작은 됴건이야요』

한경이는 원망스럽고 시원한 표정으로 속살거리엇다

『암 — 작고 말고요 우리가 장차 할 일에 비하면 좁쌀 알갱이보다도 가벼웁고 작은 됴건이지오 극단으로 말한다면 해도 조코 안 해도 무방한 됴건이지오』

『그래도 당신은 동경 잇슬 쌔 말슴하시지 안햇서요 조선 나가면 결혼을 하도록 해 주신다고요』

『언제 내가 조선 나가면 결혼한다고 햇서? 조선 나가서 할 일을 다 하고 나면 결혼을 하야도 조타고 하얏지 그런데 어대 우리가 아즉 무슨 일을 다 하얏소 이제 겨우 시작을 하는 것이 아니오 당신은 그래 그 일 하는 가운대 여흥(餘興)거리로 위조편지 한 장을 쓴 것으로 할 일 다 한 셈 치시오 아즉 멀엇서 아즉』

『그럼 우리가 일 다 할 쌔가 언제겟서요 늙어 죽도록 하면 우리가 하고 십혼 일을 다 할 수가 잇겟서요 그리고 결혼하고 나선들 웨 일을 못 해

요…… 아니야요 아니야요 당신이 어름어름하면서[202] 나를 속여 가는 것이야요 나와 결혼까지 해 줄 성의가 업는 까닭이야요 남자라는 것은 모다[203] 그러케 무책임한 것이야요』

한경이는 금시에 울 듯한 표정으로 돌아안젓다

『음 ― 당신도 퍽 약한 녀자이구려 그러[204] 줄 몰랏드니 그래 설령 내가 결혼을 아조 안는다기로서니 당신이 그러케 락심할 필요가 무엇이오 결혼하기 위하야 이 세상에 나온 사람이 아닌 바에야…… 녀자라는 것은 이상한 것이야 철이 날스록 약해지는 것이야 련애를 하면 애인 째문에 약해지고 결혼을 하면 남편 째문에 약해지고 자식을 나흐면 어머니로서 약해지고……… 당신도 처음 볼 째에는 퍽 튼튼하고 미듬성 잇서 보이드니 이제는 글럿구려 그러면 당신이 요즘에 하는 일도 세상일을 하기 위하야 하는 것이 아니라 애인의 하는 일이니까 말하자면 장래 남편의 하는 일이니까 거드는 모양이구려 그러면 나로서는 매우 섭섭히 생각하는 일이야요 만일 그러타면 우리의 사랑이 식는 째에는 이 일도 식어 버리게요 나는 그런 약하듸 약한 인간은 애인으로서도, 안해로서도 반갑지 안해요 그러니 당신은 나의 애인으로서나 안해로서나 충실해 주는 것보다도 역시 동지로서 일군으로서 굿세저 주는 것을 바란단 말입니다』

철호는 한경이를 위로하고 또는 격려하기 위하야 이러케 수선스러운[205] 리론까지를 쓰내엇다 그 태도와 음성은 어대까지나 엄숙하얏다

---

202 어름어름하다. 말이나 행동을 똑똑하게 분명히 하지 못하고 자꾸 우물쭈물하다.
203 모다. '모두'의 옛말.
204 문맥상 '런'의 오류로 추정.
205 수선스럽다. 정신이 어지럽게 떠들어 대는 듯하다.

1929.7.2 (24)

갈등【葛藤】七

『실혀요 저는 실혀요 이 압호로 무슨 일을 하든지 결혼해 노코 당신을 완전히 내 남편을 맨들어 노코 하여야 맘에 든든할 것 가타요 그러치 안코는 저는 안심할 수가 업서요 역시 저는 당신의 영원한 안해가 되는 것이 데일 큰 리상(理想)이야요 쌀해서 제가 하는 모든 일과 노력은 당신의 안해가 되려는 준비라고 생각하서[206]도 저로서는 항의가 업서요 그러니까 저를 길이 버리지 안켓다는 증거로 하로밧비 결혼을 하야 주서요 그런 뒤에는 소 갈 길 말 갈 길 가리지 안코 어대든지 눈감고 들어 가겟서요 네 그러케 해 주서요』

철호는 한경의 이 말이 퍽도 약하게 들리는 한편으로 이상하게 굿세게도 울리엇다

웨? 약하기도 하고 굿세기도 한 것인가 —— 철호는 생각하야 보앗다

결국 굿세니 약하니 하는 것은 어대까지나 객관덕(客觀的)으로 보는 형세이다 만일 주관덕(主觀的)으로 본다면 한 사람이 자긔를 희생하는 데에 그 대상이 큰 것을 위함이든지 작은 것을 위함이든지 자긔 한 사람을 희생하는 굿세임이나 힘에 잇서서는 마찬가지가 아닐가? 그리고 객관덕으로 보는 중에도 그 량(量)을 표준으로 하야서 큰 대상을 위하야 희생한 것을 가르쳐 크니 굿세니 하고 작은 대상을 위한 것을 가르쳐 작으니 약하니 하는 것쑨이다 —— 그는 이러케 수긍하고 씌덕이려든 머리를 갑작이

---

206 문맥상 '셔'의 오류로 추정.

돌리어 좌우로 흔들엇다

『아니다 아니다 똑가튼 한 몸을 희생한다 할지라도 그 목덕과 대상 여하에 쌀하서 크고 굿세고 작고 약한 것은 분명한 일이다 확실히 그러타 그것은 희생 효과가 증명을 한다 희생의 가치가 증명을 한다 그 수확(收穫)이 증명을 한다 큰 것을 위하야 죽은 죽엄을 거룩한 죽엄이라 한다면 자긔 한 사람의 평안이나를 위하야 죽는 죽엄은 리긔(利己)의 죽엄일 것이다』

그는 이러케 결론을 지엇다 그러나 한 가지 타협이 그의 발걸음을 주춤케 하얏다

『그러나 그러나 내가 목전에 이러타 할 아모런 장해가 업는 바에 구타여 한경이로 하야금 괴롭게 하거나 그나마라도 그의 용긔를 줄여줄 필요는 업슬 것이 아닌가』

철호는 목침[207]을 쑥 쌔어서 무릅 미테다 고이고 일어안즈며

『한경 씨 넘려 마시오 당신의 그러케 바라는 바이라면 내가 힘써 보리다 그런데 나만 서들면 곳 일은 되겟소 당신 집에서는 아모런 반대도 업시 우리의 결혼을 허락하겟습니까 아니 그보다도 지금의 우리 두 사람의 관계를 댁에서 알고나 잇습니까 올아버니 한 사람만이라도』

『우리 집에서는 어머니도, 올아버니도 아모도 모릅니다 그러니까 련애니 무어니 하는 것보다도 통혼[208]을 하야 결혼하는 형식을 취하는 것이 조켓지오 그래서 만일 여의하게[209] 안 된다면 내가 나서서 모든 것을 고백하고 간청하야 보고 그래도 안 될 경우에는 그야말로 최후의 수단

---

207 목침(木枕). 나무토막으로 만든 베개.
208 통혼(通婚). 혼인할 뜻을 전함.
209 여의(如意)하다. 일이 마음먹은 대로 되다.

을 쓰지오』

『최후의 수단이라니?』

철호는 한경의 그 말씃을 곳 죽엄에다 련결하야 생각하얏다 ― 자살!

『달아라도 나지오 멀리멀리 달아라도 나지오 아니 달아날 것도 업지오 내가 그리하겟다고 버틔기만 ᄭᅮ준히 하야도 막을 수는 업겟지오』

『그래 댁에서 다른 대 결혼하라고 하지는 안해요』

『웨 안 해요 요즘도 자ᄭᅮ만 그리는 것을 나는 시집은 안 간다고 응석 비스름이²¹⁰ 하니까 어머니는 내가 막내쌀이 되어서 아즉 자긔가 썰어지기 실혀서 그러는 것으로 알고 오냐오냐하고 바다 주지, 이 일을 알앗다가는 큰 야단이 날 것입니다』

『자 ― 그럼 당신의 청에 의해서, 동지의 요구에 쌀아서 틈 잇는 대로 결혼 촉진 운동을 일으킵시다』

철호의 말이 씃나자 저녁상이 들어왓다

---

210 비스름하다. 거의 비슷하다.

1929.7.3 (25)

족으만 악마 ―

탑골승방으로부터 돌아온 애라는 그 길로 백마뎡으로 가지 안코 원남 동[211] 자긔 집으로 돌아와 버리엇나[212] 그리하야 병이나 든 사람 모양으로 자긔 방에 노힌 침대 우에 쓸어젓다 납작한 조선 초가집일망정 그의 방에는 침대가 노히고 『레쓰[213]』 달린 『커틘[214]』(窓帳)이 처 잇는 어대까지나 쌔터ㅅ냄새를 피우려고 애쓴 자최가 보이엇다

『아이 이 일을 어쩌케 하면 조하!』

애라는 자긔의 안타까움에 못 니기어 가슴을 박박 쥐어쓰덧다

애라가 그 산쏙대기에서 철호의 일행을 볼 째에는 가슴속에서 얼음 쪼각이 스르르 녹아나리는 듯한 자극을 늣기엇다 그것은 단순한 질투라기보다도 철호가 자긔의 진정을 물리치든 정중한 태도를 황송하게 바든 자긔가 그의 거절 이상으로 어썬 복잡한 모욕을 당한 것이 자긔 손가락을 물어쯧고 십흐리 만치 후회되엇다

『그다지도 아조 젊쟌케 련애를 부인하드니 고러케 쌔끗하게 면후의 누 이동생을 더리고[215] 해 다 저서 승방으로 출입이야 그러나 그까짓 면후 누이와의 련애쯤은 내가 심술로라도 쎄어 버릴걸』

---

211 원남동(苑南洞). 서울특별시 종로구에 있는 동.
212 문맥상 '다'의 오류로 추정.
213 레이스(lace). 서양식 수예 편물의 하나. 무명실이나 명주실 따위를 코바늘로 떠서 여러 가지 구멍 뚫린 무늬를 만든다.
214 커튼(curtain). 창이나 문에 치는 휘장.
215 더리다. '아랫사람이나 동물 따위를 자기 몸 가까이 있게 하다.'는 뜻의 '데리다'의 방언(경기).

애라는 이러케 중얼거리엇다

사실 면후가 자긔 압헤 무릅을 꿀코 잇는 이상 그리고 면후가 그 가뎡에서 모든 지배권(支配權)을 가지고 잇는 이상 자긔의 힘은 거의 절대성을 씌인 그들 남녀에게 잇서서 치명명[216](致命傷)을 줄 수 잇스리라고 생각하는 것도 녀자의 좁은 속에 비추어 그러케 무리는 아니엇다

그리고 애라의 머리에 번개가티 지내가는 족으만 책략이 탐정뎍(探偵的)으로 올랏다

그것은 어제 면후가 자긔게서 차저가든 면후의 누이동생의 필적이라는 그 괴상한 편지이엇다 그 편지를 초뎜으로 하야 애라의 머리에는 시컴언 무서운 그림자가 벌어젓다

『아차 그러면 철호가……?』

애라는 무서운 공상을 철호의 머리 우에 들씌우고 명탐정이 무슨 교묘한 단서(端緖)를 어든 것 모양으로 신긔한 미소를 씌엇다

애라는 좀 더 깁히 그것을 생각해 보려는 듯이 침대 우에 벌썩 일어안젓다 그리하야 손가락으로 공중에다 무슨 도면을 그리는 듯한 숭내를 내며 눈을 쌈박이고 생각하얏다

애라의 머리에는 평양서 던진 괴상한 편지 —— 범인이 평양 잇다고 전할 째에 이틀 동안 철호가 백마뎡에 오지 안흔 것 —— 그리고 철호의 언동[217]이나 사상 경향 —— 괴상한 편지의 필적이 면후 누이의 그것이라는 것 —— 이 모든 묘건을 한대 뭉처 노코 그 우에다 철호와 한경의 련애 관계를 얽어 노흘 째에 경성 일판[218]을 소란케 하고 다시 평양으로 쮜어가

---

216 '상'의 오류.
217 언동(言動). 말하고 행동함. 또는 말과 행동.
218 일판. 어떤 지역의 전부.

고 하든 괴청년이 어김업시 철호인 것 가탓다

　애라는 자긔로써 뜻하지 안흔 단서들[219] 발견한 자긔 자신을 조선 안에 경찰이란 경찰들이 별의별 수단을 써도 단서도 엇지 못하고 허덕이는 데 비하야 무슨 긔적가티 자긍하고[220] 십헛다

『그러나 이 긔적이 다만 긔적에 그처서는 아모 소용도 업다 어써케 나 자신의 리익을 위하야 리롭게 리용할 수는 업슬가?』

　이러케 생각하는 애라의 머리ㅅ속에는 족으만 악마가 쒸어들엇다

　족으만 악마는 애라의 귀에 속살거리엇다

　—— 이제는 그것을 리용하야 건방지게 구는 철호를 살오잡아라 철호 가 네게 발견된 혐의는 철호의 절대의 약뎜이다 만일 철호가 그래도 버틔 이면 네 입슐이 한 번 움즉임으로써 그의 몸에는 경관대[221]의 포승[222]이 얽힐 것이다 그리고 네 압헤는 적지 안흔 금전이 떨어질 것이다 ——

　요염한 미소가 애라의 입슐을 쏘다시 넘처흘럿다 결심의 미소, 책략의 미소, 족으만 악마가 가르치는 긔교!

219 문맥상 '를'의 오류로 추정.
220 자긍(自矜)하다. 스스로에게 긍지를 가지다.
221 경관대(警官隊). '전투 경찰대'의 이북 방언.
222 포승(捕繩). 죄인을 잡아 묶는 노끈.

26회 ～ 50회

김팔봉金八峰 作

안석영安夕影 畵

1929.7.4 (26)

荒原行 第一次 梗槪

　백주[223]의 대 경성 한복판에는 경찰 당국의 이른바 『시국표방강도』라는 괴상한 사건이 돌발하얏다 이 사건이 생긴 이튼날 효창원[224] 빈민굴에는 누가 던진 것인지 모르는 봉투의 돈이 집집 문 안에 떨어저 잇섯다

　그와 쪽가튼 사건이 평양서에서도 일어낫다 평양 일부인[225]어[226] 마즌 범인이 보낸 경성 수사본부에 도착한 경찰을 조롱하는 괴상한 투서 한 장이 들어왓다 그런데 이상한 것은 그 투서의 필적이 이 사건의 수사 지휘를 하고 잇는 형사과장 홍면후의 누이동생의 그것이엇든 것이다

　이야기는 밧구어 영락뎡에 잇는 백마뎡이란 카페—로 돌아간다 그 카페—에는 리애라라는 조선 녀자가 잇섯다 형사과장 홍면후는 사십 세 남자로 애욕[227]을 그 녀자에게 발휘하기에 맹목뎍으로 허둥거리는 한편, 애라는 그 카페—에 출입하는 침울한 청년 리철호를 몃 달 전부터 혼자 사랑하든 씃테 마츰내 용기를 내어 자긔의 진정을 호소하얏스나 그 청년으로부터 부들업고 정중한 거절[228]을 밧고 속으로 울엇다 그 반면으로 철호라는 청년은 일즉이 동경에 잇슬 쌔부터 사랑해 온 녀자 한 사람이 잇섯

---

223 백주(白晝). 대낮.
224 효창원(孝昌園). 서울특별시 용산구 효창동 효창 공원에 있는, 조선 정조의 맏아들 문효 세자(文孝世子)의 묘. '효창묘'를 고친 이름이다.
225 일부인(日附印). 서류 따위에 그날그날의 날짜를 찍게 만든 도장.
226 문맥상 '에'의 오류로 추정.
227 애욕(愛慾). 애정과 욕심을 아울러 이르는 말.
228 문맥상 '절'의 오류로 추정.

다 그것은 곳 면후의 누이 한경이엇다

어썬 날 저녁 쌔 탑229골승방으로 밀회하러 나가든 철호와 한경이는 탑골 산마르턱이230에서 역시 승방을 다녀 들어오는 애라를 맛낫다 자긔의 사랑을 거절하든 남자가 다른 녀자와 승방 출입을 하는 것을 목도한231 애라는 엉터리업는 질투를 늣기지 안홀 수 업섯다

한경이와 애라는 피차에 인사는 업슬지언정 그것이 누구인지는 피차에 알고 잇섯다 그보다도 애라는 전날에 면후가 술을 먹고 나가다가 우연히 썰어털인 괴상한 투서를 줏은 것이 인연으로 경찰이 생각치 못하는 어썬 단서를 어더 가지고 혼자 미소하얏다 귈녀의 호긔심과 철호에 대한 애욕으로부터 일어나는 질투는 족으만 악마가티 되어 활약하려 하얏다

獨鵑生記

……………………………………………………

족으만 악마 二

이날 밤에 애라는 비상히 긴장된 마음으로 백마뎡 문을 열고 들어오는 산애들의 얼굴을 살피엇다 이번에는 철호의 얼굴이 나타날가 이 다음번에 문이 열릴 쌔에나 나타날가…… 이와 가티 조바심을 하면서 열 시 반이 넘도록 기다리어도 철호의 그림자는 나타나지 안햇다

『오냐 오늘은 탑골승방에서 녹는구나! 어대 보자』

애라는 이가티 입속말을 하고서 알에 입술을 꼭 물엇다

---

229 '탑'의 오류.
230 산마루턱이. 산마루의 두드러진 곳.
231 목도(目睹)하다. 목격하다.

『그러나 뒤미처[232] 설마 자고서 들어오지는 못하겟지 밤이 깁기 전에 들어올 수밧게 업는 이상 그리고 오늘 제가 내 눈에 씌인 이상 지금쯤 문 안으로 들어오고서야 안 차저올 수가 잇나…』

이와 가티 생각하고서 백마뎡의 한 자랑써리인 가격 일천오백 원의 『빅타[233]』 축음긔(蓄音機)에 『왈쓰[234]』의 레코―트를 걸고서 자긔도 그 축음긔 소리에 짤허서 발을 짜댁어리며 휘파람을 불엇다

이윽고 열한 시가 지내서 기다리든 철호는 전과 가튼 침울한 표정으로 문을 열고 들어섯다 애라의 시선은 그리로 가지 안흘 수 업섯다

『나는 오늘은 오시지 안는가 햇지』

『왜요?』

『애인을 모시고 절에 나가섯스면 고만 행복이지―그 우에 달이 밝고 승방이 조용하거든 시간 가는 줄이나 아섯겟습니까』

『…………』

『아라! 아나다 오곳데? 마―니아와나이고도 데와 아다시 아야마루와!(그까짓 말에 노하셧서요? 그러타면 사과하지오![235]』

『내게는 애인도 아무것도 업서요――』

철호는 족음도 흥분되지 아니한 말소리로 한마듸 말하고는 다시 마주 보이는 벽을 응시하고 잇다 애라는 속마음으로 어써케 하면 이 산애를 한경이와 사이를 갈라노코 자긔의 마음대로 완전한 자긔의 물건을 맨들 수가 잇슬가? 무슨 말을 해야 이 산애의 마음이 근본뎍으로 움즉일 수가 잇슬가? 그것을 생각하기에 분주하얏다

---

232 뒤미처. 그 뒤에 곧 잇따라.

233 빅터(victor). '빅터 유성기 주식회사(Victor Talking Machine Company)'를 뜻함.

234 왈츠(waltz). 3박자의 경쾌한 춤곡.

235 ')' 누락.

『애인도 아무것도 업스면 그러면 무엇이 잇나요? 당신은 극단가는 리긔주의자(利己主義者)입니까? 그러치만 리긔주의가 애인을 실혀햇다는 말은 들어 보지 못햇는데요』

『내게는 아무것도 업서요 다만 나는 우연히 세상에 낫스니까 살지 안흐면 안 되게 되엇슬 샌이야』

철호는 별로 번민하는 긔색도 업시 이가티 말하고서 가득히 쌀하 노흔 휘스키-잔을 기울엇다

애라는 철호의 이와 가튼 태도가 이상하얏다 앗가 낫의 눈치로 보건대 한경이는 확실히 이 산애의 애인이 분명한데 그러면서 자긔에게는 애인도 아무것도 업다 하니 그것은 자긔를 속이는 말이 아닌가? 쏘 이미 한경이를 사랑한다면 자긔에게는 비록 사랑하자는 말은 안 할지라도 매일 한 번씩 차저오는 것은 어썬 일인가? 또 이미 우연히 이 세상에 낫스니까 되는 대로 산다 할 디경이면 무엇 째문에 세상을 소란케 하고 법률이 중형(重刑)을 요구할 행동을 하고 다닐가? 그것보다도 대관절 이 산애가 자긔의 추리(推理)한 바와 가티 과연 『시국표방설교장[236]도』라는 신문긔자들이 나리는 칭호를 밧는 그 본인이 확실한가? 만일 그것이 사실이라면 자긔를 불철주야하고 잡으러 다니는 면후의 누이와 련애까지 할 감정이 생길 리치가 업다 그러면 설사 한경이가 이 산애의 애인은 아니라 하드라도 친근한 교제를 하고 잇는 것만은 사실일 것이니 그럴 필요는 무엇일가? 쏘 그러고 이미 이 산애가 자긔 누이동생에게 친근한 남자일진대 면후가 당연히 이 사람을 알아야 할 것이어늘 이 산애와는 전혀 인사도 업스니 그것은 어써케 된 곡절일가?……

---

236 '강'의 오류.

애라의 의심이 이와 가티 벌어지자 철호에 대한 흥미는 별안간 전보다 멋 곱절이나 불엇다 그는 다시 휘스키 ― 잔을 채워 노코서 웃는 얼굴로

『당신은 수수썩기 가튼 인물입니다그려』

1929.7.5 (27)

족으만 악마 三

『나는 당신 가튼 남자가 데일 조화요! 나를 사랑해 주셔요? —— 제가
실흐십니까?』

애라는 얼굴을 철호의 코압헤까지 갓가이 들어밀고서 귀염성을 가득
히 담은 말소리로 이와 가티 수근거렷다

『실치도 안치오……』

『실치도 안치…… 그러면 조치도 안치…… 그런 말슴이지오?』

『……』

『대답하셔요 응? 대답 안 하시겟서요? 안 하시겟서요? —— 그럼 쇠집
을 테야!』

애라는 그 특유한 성질과 매력을 가지고 제 맘에 드는 남자를 제 마음
대로 맨들어 보지 못한 경험이 업다 지금 그는 그 특유한 성질과 매력으
로 철호의 심장을 정복하려 덤빈다

『호 흠!』

철호는 식탁 미트로 쌔든 다리를 쇠집히고서 시들하게 웃엇다

『리 선생님…… 아이 그 참 이름이 무엇이라구요? 철수? 아니! 철호랫지
오?』

『……』

『아이 그 좀 대답 좀 해요 벙어린가부다! 그러니까 「스미쌍」 「미 — 쌍」
한테서 「유우쓰」라는 별명을 바닷지 —— 』

『조하요 무어라고 하든지』

『당신은 좀 양증[237]으로 속에 잇는 말을 좔좔 해 버리고 유쾌하게 웃고 쒸고 놀고 하는 사람이 되고 십지 안해요?』

『나는 이대로가 조하요!』

『그저 죄다 실치도 안쿤요 참 이상도 합니다 ──』

애라는 여긔까지 말하다가 무엇을 잠간 생각하는 듯하드니 다시 말을 이어서

『저 ─그런데 나요 오늘래일 이틀 동안은 놀아도 괜찬탑니다 주인한테 승락을 어덧서요 그래서 낫에도 뎔에를 놀러 나갓섯는대요 래일은 갈 대가 업서요 래일은 당신이 저허고 가티 다니시지 안흐시겟서요?』

『갈 대가 업다면서 또 가티 다니자는 말은 무슨 말인구』

『호호…… 갈 대가 업스면 아조 업슬가 아즉까지 어대를 가겟다는 뎡한 곳이 업단 말이지 벽창호[238] 가트니 호호……』

『흠!』

『노하지는 마셔요 당신은 한 번도 노하지도 안흐니까 참 재미잇서! 우리 래일 온양온천(溫陽溫泉)에 갑시다 네? 네?』

『글세……』

『글세라니 다른 말은 다─ 실치도 안타드니 가티 놀라[239] 가자는 데는 글세라니 그게 무슨 말슴이서요 남은 친절하게 말하는데』

『…………』

『가티 가시지요? 가티 가십시다 승락하서요』

---

237 양증(陽症). 활발하고 명랑한 성질.
238 벽창(碧昌)호. 고집이 세며 완고하고 우둔하여 말이 도무지 통하지 아니하는 무뚝뚝한 사람.
239 문맥상 '러'의 오류로 추정.

『글세……』

『승락하시지 못하시겟서요?』

『아무리나[240]』

『그럼 가티 간단 말슴이지요?』

『응, 그 대신 래일로 바루 돌아와야 해요 ──?』

『그럼요! 누가 거긔서 자겟서요 ── 아이 조하라!』

『술 좀 더 가저올가요?』

애라는 다시 이러케 물어보앗다 그러나 철호는 잠간 동안 대답도 하지 아니하고 한편 벽만 응시(凝視)하다가 벌덕 일어섯다

『가시럅니싸』

『네』

『그럼 래일 열한 시 차로 갈가요?』

『일즉이 가지요』

『일곱 시 반 ──?』

『네』

『그럼 약속을 꼭 지켜야 해요』

『…………』

『일곱 시에 뎡거장에서 맛날가요?』

『네』

『그러면 숏쌔이』

철호는 거슬러 바든 돈을 포케트에 집어너코 밧그로 나아갓다 애라는 문밧까지 쌀하 나와서 약속을 다시 한번 단단히 다지고서 급히 들어와 주

---

240 아무리나. 아무려나.

인을 보고 오늘 밤에는 어머니가 일즉 와달라고 하신 일이 잇서서 곳 가야겟다 하고서 즉시 원남동 제집으로 돌아갓다

『어머니! 나 래일 아츰에 일즉이 온천에 갓다 오겟스니 누구든지 와서 어대 갓느냐고 하거든 인천 갓다고만 해두셔요』

기생 어미가티 차리고 안저 잇는 애라의 어머니는 입을 벌름하고 웃으면서 『그래라』 하는 듯이 고개를 끄덕어렷다 이튿날 아츰에 애라는 시간에 느즐가 보아 『오페라백[241]』 하나만 들고서 경성역으로 달려갓다 그러나 뎡거장 시계가 일곱 시 십 분을 가르치도록 이등 대합실에는 철호의 그림자가 나타나지 안햇다 애라는 자긔의 계획이 틀어지지나 안는가 철호에게 속고서 바람마즌 게나 아닌가 하는 반신반의로 가슴속이 울렁거렷다

---

241 오페라백(opera bag). 예전에, 서양에서 오페라를 구경할 때에 들고 다니던 작은 가방. 지금은 부인들이 흔히 쓰는 손가방을 이른다.

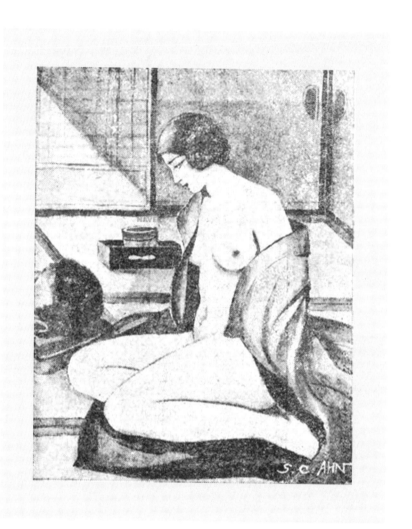

1929.7.6 (28)

족으만 악마 四

시계가 일곱 시 십오 분을 가르치고 잇슬 쌔『택시 ─』한 대가 소리 업
시 뎡거장 정문 엽흐로 닷드니 기다리든 철호의 그림자가 나타낫다 애라
는 그 겨트로 쏘차가서 반쯤은 밉고 반쯤은 곱다는 듯이 눈을 쓰고서

『난 또 바람맛는가 햇지!』

철호는 아무 말도 하지 안코 정색한 얼굴로 텬안(天安)까지 가는 이등 차
표 두 장을 사 가지고 압서서 플래트홈[242]으로 나아갓다

두 사람은 텬안서 다시 긔차를 갈아타지 아니하고 자동차로 온천 신성
관(神城館)까지 직행하얏다 두 사람은 북향한 이층 넓은 방으로 들어가서
욕의(浴衣)를 닙고 각각 목욕실로 들어갓다 애라는 가족탕으로 들어가자
는 것을 철호는 단연코 거절하야 버렷다

알에층 식당에서 목욕하고 나온 두 사람이 양식으로 요긔를 하고 다시
이층 처소로 올라올 쌔까지 철호는 웬일인지 전보다도 한층 더 긔분이 침
울한 것 가탓다

『어대가 불편하십니까 그러치 안흐면 저와 가티 오신 것을 후회하십
니까?』

다다미[243] 우에 쓸어지듯이 들어누어 버리는 철호를 보고 애라는 이가

---

242 플랫폼(platform). 역에서 기차를 타고 내리는 곳.

243 다다미(たたみ, 疊). 마루방에 까는 일본식 돗자리. 속에 짚을 5cm가량의 두께로 넣고, 위에
돗자리를 씌워 꿰맨 것으로, 보통 너비 석 자에 길이 여섯 자 정도의 직사각형 모양으로 만든다.

티 말햇다 그래도 대답이 업스니까 애라는 무릎으로부터 발뒤ㅅ굼치까지 곱게 흘러나린 곡선을 죽음도 가림 업시 일본 옷자락 밧그로 내노혼 채 철호의 겨트로 닥아안젓다

『이거 보셔요 뎡녕코 후회가 되시거든 지금으로라도 가티 돌아가지오 그러든지 혼자서 먼저 가시든지 ——』

『…………』

『저 가튼 계집이 겨테 와 안저 잇스니까 불쾌하시지오?』

철호는 아무 말도 하지 안코 애라의 얼굴을 한참이나 쳐다본다 그 눈은 알 수 업는 힘과 매력을 가지고 빗난다 애라는 그 눈의 시선을 한참이나 밧다가 문득 신문에서 본 뎨일차 괴사건의 피해자 정 자작(鄭子爵)이 『내 참 그러케 빗나는 사람의 눈을 륙십 평생에 본 적이 업소 바로 주정 불이 —— 알지오 알콜 불 말이오 그 불이 타오르는 것 갓구려 ——』이와 가티 경찰에 대하야 진술하얏다는 긔사(記事)가 생각되엇다 지금 애라가 보고 잇는 철호의 눈은 정 자작이 본 것과 가티 그러케 알콜 불가티 빗나지는 안홀망정 하여간 보통 사람의 눈보다 이상하게 빗나는 것만은 사실이다 애라는 가슴속으로는 다시 면후가 썰어털이고 이저 버렷다가 차저간 범인의 필적이라는 것과 이틀 동안 철호가 카페에 오지 아니햇든 사실과 그 필적은 한경이의 필적과 추호도 틀리지 안는다는 것과 어제 탑골승방에서 한경이와 철호 두 사람을 발견한 사실과 지금 전에는 그러케 빗나 본 일이 업는 철호의 눈과 신문 긔사를 종합하야 가지고 자긔가 어젯밤에 어든 단뎡(斷定)을 한층 더 확실한 것으로 맨들기 시작하얏다 다만 의심스러운 것은 철호가 그 범인이라면 어째서 언제부터 한경이와 친근히 지내고 잇는가? 또 면후는 어째서 철호를 알지 못할가? 이 두 가지 사실은 철호가 범인이 아닐른지도 모른다는 증거가 되는 것가티 생각될 쑨이오 아무리

총명하고 직감력(直感力)이 강한 애라에게도 상상되지 못하는 사실이엇다

철호는 애라가 이러한 생각을 하고 잇는지는 모르는 것 가탓다 그는 다다미 우에 던저 노핫든 팔을 들어서 자긔의 얼굴을 들여다보고 잇는 애라의 턱을 가볍게 어르만진 다음에 애라의 손을 덤석 쥐엇다── 애라는 이것으로 철호가 지금짜지 전일보다도 한층 더 침울하야진 것가티 보이든 원인을 직각(直覺)하얏다[244]── 오오 그러니싸 이 사람이 내게 십분지칠[245]은 단단히 흥미와 호의를 가지고 잇고나! 애라는 이가티 늣기고서 방글에 웃으며

『이거 보셔요 내가 물을 말이 잇는데 쪽 대답하시겟셔요?』

『..........』

『쪽 대답하시지오?』

『..........』

『사람을 그러케 보지만 말고!』

『아 고개를 씌덕어린 것은 대답이 아닌가』

『그럼 쪽 대답하지오?』

『응』

---

244 직각(直覺)하다. 보거나 듣는 즉시 곧바로 깨닫다.

245 십분지칠(十分之七). 7/10.

1929.7.7 (29)

족으만 악마 五

『어제 탑골승방에 가티 나간 녀자가 누구야요?』

『우리 일가 되는 녀자입니다』

『가짓말!』

애라는 이 엄청나는 거짓말에 잠간 동안 입이 담을어지지 안햇다 롱담으로 하는 거짓말인가 진심으로 하는 거짓말인가? 그것을 분간할 여유는 업시 애라는 정통으로 쏘아버렷다

『당신의 비밀을 내가 몰를 줄 알고! 죄다 알아요 죄다 알아요 형사과장 홍면후의 누이동생 홍한경이를 내가 몰를 줄 알고 속이셔요? 내게는 애인도 아무것도 업다 우연히 세상에 나왓스니까 되는 대로 산다고 시침이를 쑥 싸도 나는 어제부터 당신이 거짓말하는 줄을 다 알앗서요』

철호는 애라가 이러케 몰아박듯이 쏘는 말에 처음에는 깜싹 놀라 비상히 당황하야 하는 빗을 보이드니 그것도 순간이엇고 다시 평온 침착한 표정을 짓고서 쓸쓸한 웃음을 입귀에 씌우고 말하얏다

『당신은 참 용하외다 당신이 누구인 줄 저편에서도 알고 쏘 저편이 누구인 줄 당신이 잘 아는 사람을 내가 일가라고 하는 것이 거짓말인 줄을 어쩌면 그러케 용하게 알아내? 훌륭하오 탄복할 만한 수완이거든!』

철호는 어대까지든지 자긔의 정톄를 가장하기 위하야 지금 한 말은 『네 말 좀 들어보려고 일부러 한번 해본 말이라』는 듯이 무언중에 변명하려는 것이다

『참 긔가 쓱 막힙니다 대관절 한경이를 언제부터 아셔요?』

『한 삼 년 되엇슬가…… 그동안 맛나기는 불과 오륙 회밧게 안 될걸』

『그래 그 애가 당신의 애인이시오』

『글세 애인도 아무것도 내게는 업다고 말햇지요? 그러케 모든 말을 죄다 롱담으로만 듯나?』

철호의 말씨는 점점 무관한 사이의 그것가티 변하야젓다

『안 돼요 안 돼요 속이면 나는 실혀요 애인이라고 해요! 그러고 애라를 위해서 그 애인은 버리겟노라고 이 자리에서 말슴해 주셔요』

애라는 철호를 자긔 단뎡한 대로 그 범인이라고 한다드래도 자긔를 집히 사랑만 하야 준다면 철호에게 해를 입히고 십지 안흘쌘더러 철호를 도아서 자긔도 세상을 놀랠 만한 일을 한 번 해보고 십다고 생각하얏다 그런 까닭으로 당신이 시국표방설교강도ㅅ소리를 듯는 사람인 줄을 내가 압니다 그러니 어쩔 테요 나를 사랑하겟습니까 못 하겟습니까 당신이 내 마음을 발로 거더찬다면 나는 당신을 넉넉히 통쾌하도록 짓밟을 수가 잇습니다 —— 이와 가티는 말하지 안햇다

『저는 당신을 사랑해요 물론 저 가튼 사람의 사랑은 천하다 하시겟지오 더럽다고 하시겟지오 그러나 저는 당신의 일이라면 무엇이든지 심부름하겟습니다』

애라는 약간 썰리는 소리로 말하얏다

철호는 잠시 침묵하얏다 실상인즉 자긔도 애라의 공작새와 가티 카페 백마뎡에서, 아니 서울서 일컷는 현대덕 녀성들 중에서 쒸어나 보이는 육톄미와 쏘는 두노(頭腦)의 총명함과 성질의 고만(高滿)하고도 쾌활한 덤에 호감과 흥미를 늣기어 오든 것이 사실이고 쏘는 앗가 가족탕으로 들어가자는 것을 비록 거절은 하얏스나 그것은 자긔의 감정이 기름을 맛난 불

모양으로 맹렬히 탈가 보아서 부자연(不自然)하게 거절한 것이지 결코 진심으로 거절한 것은 아니니 그는 지금 확실히 애라에게 대한 욕망을 감출 수 업는 형편이다

『애라는 나를 사랑하고 나는 애라를 조하하면 그만이지 그 이상 더 무엇을 이야기할 필요가 잇소?』

『그러면 사랑은 해도 한경이와의 관계는 쓴흘 수 업다는 말슴[246]입니까?』

『……』

『왜 대답을 안 하서요?』

『글세 구태어 관계가 잇다 하면 친구로서의 관계쑨인데 더 무엇을 쓴흐란 말인가? 그리고 대톄가 그런 됴건뎍(條件的) 이야기는 재미업는 이야기야!』

애라는 철호에게 이 이상 더 한경이와 관계를 쓴허달라고 이야기를 해야 소용업는 줄을 알앗다 비록 철호가 누구의 아들이오 서울서 무얼 하고 잇스며 돈은 어대서 생기는지 그런 것은 확실히 몰를지라도 그의 외양과 그의 성질과 그의 학식에 이미 정은 움즉이엇는지라 철호 자신이 한경이와의 관계를 쓴켓다고 확실한 대답을 안는다는 리유로 그에 대한 사랑을 단념[247]할 수 업슴을 애라는 스스로 쌔달은 까닭이다

---

246 문맥상 '슴'의 오류로 추정.
247 문맥상 '념'의 오류로 추정.

1929.7.8 (30)

족으만 악마 六

두 사람은 그 날 저녁째 렬차로 돌아왓다

둘[248]아오는 긔차ㅅ속에서 애라는 여러 가지로 궁리하얏다 벌서 철호는 십중칠팔은 자긔의 물건이다 내가 사랑하는 사람의 몸에 다른 녀자의 살을 대게 할 수도 업다 련애하는 것은 자유다 그러나 자유이래서 일시에 이삼인 이상을 사랑하는 것이 자유이라는 것은 아니다 한 사람 사랑하다가 그 사람에게 실증이 나는 째 다른 사람을 사랑하는 것이 자유라는 말이다 누가 무어라고 하든지 철호는 지금 내가 사랑하는 사람이오 그리고 사랑이란 독점(獨占)인이 한경이를 그대로 내버려 둘 수는 업다 그러면 어써케 할가?

『올타 면후로 하야금 한경이를 쌜리 시집보내게 하면 고만이다 면후는 내게 지금 허덕허덕하고 잇는 판이니까 내 말을 듯지 안흘 리치가 업다』
그는 이가티 입속말을 하고서 득의(得意)[249]의 우슴을 지엇다

경성역에서 철호와 악수로 작별하고서 애라는 그 길로 바로 백마뎡으로 갓다 방 안에는 동무들이 모여 안저서 쌀쌀대며 웃고 써들고 잇다가
『아이쌍, 이건 어대를 혼자만 다녀』
『아조 귀부인 가튼데』
『스데기다와네 ──』(훌륭하시구면)

---

248 '돌'의 오류.
249 득의(得意). 일이 뜻대로 이루어져 만족해하거나 뽐냄.

중구난방으로 씻고 까불르고 한다 손님이라고는 아즉 한 사람도 업섯다

애라는 거울 압흐로 가서 머리를 쓰다듬고 분지로 코를 닥근 다음에 동무들이 안저 잇는 곳을 향하야

『오늘 고―상(洪樣)이 오지 안햇서?』

『왜 오지 안해! 두 번이나 왓섯는데 —— 아 인천 갓다드니 이러케 늦도록 오지 안해 —— 이러케 말하든데…… 앗가 여덜 시쯤 해서…… 그래 인천 재미 조핫나?』

이러케 뭇는 녀자는 역시 애라와 가튼 조선 녀자인 『란쌍』이엇다

『흥 애가 말라서 인천은 무슨 인천!』

애라는 혼자ㅅ말처럼 중얼거리고 뒤ㅅ방으로 들어갓다

옷을 갈아입고 에푸롱을 걸치고 뒤ㅅ방에서 나왓슬 쌔에 애라는 면후가 한편 구석에 와서 기다리고 안저 잇는 것을 보앗다

『아―오늘은 일요일이기에 가티 인천이나 갈려고 햇드니 식전 아츰에 벌서 써나버렷서?! 허허』

『그래 인천에 오섯습듸까?』

애라는 웃음을 참고서 이가티 물어보앗다

『갈랴고 하다가 안 갓소이다 누구 조흔 사람허고 가티 갓슬 것은 분명한데 내가 쏘차가면 두 사람이 다 재미도 업슬쌘더러 그래서야 낫살²⁵⁰이나 먹은 내가 넘우 『시쓰고이²⁵¹』하야서 쓰겟소 그 대신 내가 애라에게 조흔 물건을 하나 선사할려고²⁵², 어썬 편이 더 애라를 정신덕으로 쏘는 물질덕으로 더 사랑하는가 그것을 보이기 위해서 사가지고 왓지』

---

250 낫살. '나잇살'의 준말.
251 시쓰고이(しつこい). '끈덕지다', '끈질기다', '치근치근하다', '집요하다' 등을 뜻하는 일본어.
252 선사(膳賜)하다. 존경, 친근, 애정의 뜻을 나타내기 위하여 남에게 선물을 주다.

면후는 이가티 말하고서 벙글벙글 웃으면서 포케트 속에서 반지갑(匣) 가튼 것을 집어내어 가지고 왼편 손바닥에다 놋는다

『어째? 선사를 알[253]가 물건은 조치 못해도 칠십 원 돈이나 주엇소』

『마음대로 하십시오 버리고 십거든 버리고 갓다가 당신의 사랑하는 누이동생에게 주고 십거든 주고……』

『허허 무손 말을 그러케 하오 남은 힘들여 하는 말을 —— 남의 성의를 좀 알아주어야지 싹한 사람이야!』

『실혀요 나는 그런 것 안 가저요 줄려거든 주고 말려거든 말지 누구를 놀리나!』

『허허 내가 놀렷든가 이리 좀 오시오 갓가이 와서 만저라도 보시오 그러면 내가 무안하지 안소』

애라는 못 이기는 체하고 팔쑥을 잡아끄으는 대로 한 편 손으로는 의자를 들어 옴기어 노흐면서 면후의 겨트로 닥아안젓다 면후의 바른손[254]이 반지갑을 열엇슬 쌔 들어 잇는 것은 백금에 족으만 『짜이아[255]』를 박은 얌전한 물건이엇다

『자 — 이것을 선사하는 것이니 씨고 계시오』

『실혀요 내가 청하는 것을 들어 주신다면 이 반지를 바다도 그러치 안흐면 이 반지를 바들 수 업서요』

면후의 눈은 애라의 말씃 떨어지기 전부터 쑹글애젓다 그는 크게 긔막힌 모양이다

---

253 문맥상 '할'의 오류로 추정.
254 바른손. 오른손.
255 다이아. 다이아몬드(diamond).

1929.7.9 (31)

족으만 악마 七

『대톄 그 청을 들어주어야 이 반지를 밧겟다는 아이쌍의 청은 무엇이
오? 반지를 바들 째 청이 잇다면 그건 청이 아니고 반지와 함께 부터 가
는 약속이란 말이겟지? 어서 말해요』

면후는 잠시 후에 이가티 말하고서 입을 벙긋거리며 웃엇다

『썩국이 롱간을 해서²⁵⁶』 이러케 말이 나오려고 하는 것을 애라는 씹어
삼키고서 금시에 다정한 목소리로

『저 — 어 매씨²⁵⁷를 일주일 이내로 먼 시골로 쏙 시집을 보내 주셔요
그것이 청이야요』

한번 눙치느라고²⁵⁸ 실죽한 줄음살이 잡혓든 면후의 눈은 다시 커젓다 과
연 애라의 청은 면후가 쑴에도 생각해 본 일이 업는 돌발덕(突發的) 사건이다

『무슨 까닭으로? 한경이를 시집을 보내ㅅ버려라? 일주일 이내로 그래야 애
라가 이 반지를 밧겟다? —— 몰르겟는걸! 무슨 까닭으로 그런 말을 하오』

『글세 리유는 나종에 아셔요』

『쏘 리유는 나종에 알아라 — 점점 리해할 수 업는걸! 그러케 말할 것이
아니라 쪽바루 말하시오 무슨 까닭으로 그런 생각을 하얏소? 어쌔서
그런 말을 하는지는 몰르나 일주일 이내로 한경이를 먼 시골로 시집보
내기는 곤난한걸!』

---

256 떡국이 농간하다. 재질이 부족한 사람도 오랜 경험으로 일을 잘 감당하고 처리해 나간다는
의미를 담고 있는 속담.
257 매씨(妹氏). 남의 손아래 누이를 높여 이르는 말.
258 눙치다. 마음 따위를 풀어 누그러지게 하다.

『그럼 그만두십시오! 못 하겟스면 못 하겟다고 진즉 말할 것이지 잔말이 무슨 잔말이야!』

애라의 음성은 날칼오윗다

『아니! 아니! 내가 언제 못 하겟다구 싄허서 말햇는가!? 사실이 곤난하다는 말이지… 애라는 그러케 성정이 급해서 탈이란 말이오』

『몰라요…… 하고 십흔 대로 하셔요 그 대신 나더러 살려줍소사! 죽여줍소사! 하지 마셔요』

애라의 팽팽한 성미는 썩길 줄 몰랏다 면후는 이 자리에서 어쩌케 대답을 햇스면 조흘지 몰랏다 한경이를 시집보내야 할 것은 조만간 보내야 할 일이지마는 다만 일주일 이내에, 더구나 먼 시굴로 보내기는 어려웁다 아즉 일본서 돌아본²⁵⁹ 뒤로 그동안 약혼하야 논 곳도 업고 쏘는 한경이 자신이 압흐로 이삼 년 동안은 시집가지 아니하겟다고 고집을 세우는 터이니 이 일을 어찌하면 조흔가? 그러타고 만일 애라의 청을 거절한다면 애라는 영원히 내 손에서 일허버리고 말 것이다 그러면 이 일을 어쩌케 처치할가? 올타! 한경이를 먼 시굴로 시집보내 달라는 것은 반듯이 꼭 시집을 보내달라는 의미만은 아닐 것이다 ── 오 ── 그러면 이 일을 원만히 해결할 수도 잇지 ── 이와 가티 생각하고서 면후는 한참 동안 궁리하기에 정신이 업서 보이든 얼굴을 처들고서 입을 열엇다

『애라! 조흔 수가 잇소 내 어린 누이를 작자²⁶⁰도 업는 창졸간²⁶¹에 시집보내기는 과연 난처하오 그러나 조흔 수가 잇스니 이러케 합시다 한경이를 내용은 어쩌케 되든지 간에 서울서 멀리 떨어진 곳으로 오래ㅅ동안 보내둡시다 그러면 시집간 거나 일반 아니오? 내 추측이 틀림업다면 애라의

---

259 문맥상 '온'의 오류로 추정.
260 작자(作者). 나 아닌 다른 사람을 낮잡아 이르는 말.
261 창졸간(倉卒間). 미처 어찌할 수 없이 매우 급작스러운 사이.

청이라는 것은 무슨 리유인지는 알 수 업스나 서울서 쪼차버리자는 것이 목뎍인 듯하니싸 그러케 하면 그 목뎍은 달할 수 잇슬 것 아니오?』

『…………』

『그러케 하는 것이 편하겟소이다 사실 말이지 지금 별안간 시집을 보내다니 어대로 보낸단 말이오──?』

『그러면 시굴로 얼마나 오랫동안 보내 두실 수 잇단 말슴얘요?』

『그야 얼마든지…… 애라가 서울로 오게 해도 조타고 말할 째싸지…… 그러나 나는 도모지 웬 세음인지 몰르겟는걸!』

『웬 세음은 알아 무얼 하시오 애인의 청이라면 무됴건하고 들어야 올치 안해요!』

애라의 목소리는 다정하게 울렸다

『암! 그러기에 내가 무됴건하고 듯는다 하지 안소』

『그러면 언제? 언제 보내실 터얘요?』

『래일이라도 곳 보내지오』

『그러면 래일 쏙!?』

『여부 잇나! 자──그러면 이 반지를 써 주시오』

면후는 반지를 다시 집어가지고 내어밀엇다 애라는 사람을 노쇄(惱殺)[262]할 만한 요염한 웃음을 웃으면서 왼손 무명지[263]를 내어 노핫다 면후의 손가락은 벌벌 썰리면서 반지를 갓다가 애라의 손가락에 씨어 주엇다

『자──이것은 약속햇다는 키쓰얘요!』

이러케 속살거리고서 애라는 면후의 움푹 팬 볼다구니에다 주홍칠한 입슐을 갓다 댓다

---

262 뇌쇄(惱殺). 애가 타도록 몹시 괴로워함. 또는 그렇게 괴롭힘. 특히 여자의 아름다움이 남자를 매혹하여 애가 타게 함을 이른다.

263 무명지(無名指). 다섯 손가락 가운데 넷째 손가락.

1929. 7. 10 (32)

족으만 악마 八

『자 — 그러면 나는 일즉이 돌아가야겟소 일이 이미 이러케 된 바에야 쌜리 일을 조처[264]해야지』

얼마 잇다가 오색이 령롱한 무지개 나라의 쑴속에서 쌔인 듯이 건너편 테불에서 술을 마시면서 애라의 동무와 자주자주 자긔의 얼굴을 흘금흘 금 보면서 속살거리는 사람이 잇는지 업는지 그것을 쌔닷지도 못한 면후 는 이가티 말하고서 의자에서 일어섯다 애라도 면후의 그 모양이 가소롭 기는 하얏지만 웃엇다가는 일이 쏘 탈선될가 보아서 입을 담을엇다

『얼마나 되겟소? 무어 간조[265]할 것 업시 오 원 바다두시오 그 이상 되 거든 나중에 함께 셈하지!』

면후는 한 일 원어치 먹고서 오 원싸리를 내주며 크게 생색을 내엇다 애라가 누구라고 그 돈을 밧지 안흘가 보냐

『그러면 안녕히 가셔요…… 아이 더 놀다 가시지 안코 섭섭해라 래일 일 을 조처하시고서 쏙 오셔요 네?』

『암 오지 오지 오고 말고 래일 오면 그째에는 볼다구니에 키쓰만 하지 말고 참말 키쓰를 해야 하네』

『호호…… 망녕[266]의 말슴! 안녕히 가셔요 씃나잇…』

---

[264] 조처(措處). 제기된 문제나 일을 잘 정돈하여 처리함. 또는 그러한 방식.
[265] 칸죠(かんじょう, 勘定). '계산'을 뜻하는 일본어.
[266] 망녕(妄靈). 늙거나 정신이 흐려서 말이나 행동이 정상을 벗어남. 또는 그런 상태.

『하하하 굿나잇…』

면후는 다방골 자긔 집으로 향하야 가면서 곰곰 생각하얏다 무슨 까닭으로 애라가 한경이를 시골로 보내라고 하는가? 하여간 그것은 한경이를 보내고 나서 이야기를 시키기겟지만 첫재 무슨 핑계를 대고서 한경이를 시골로 보낼 것인가? —— 강원도 춘천에는 백모가 살아게[267]시다 늙어서 슬하[268]에 혈육이 업슬 쑨 아니라 백부의 삼년상도 이미 지낸 지가 일 년이다 고적[269]한 것을 참을 수 업스니 한경이를 와 잇게 해달라고 오래 전부터 말슴하야 온 것은 사실이니까 지금 한경이를 보낸다면 물론 깃버하실 것은 의심 업스나 과연 한경이 자신이 질겨서 갈랴고 할가? 못 가겟다고 고집을 하면 어써케 할가?

『그때에는 올아비의 위력으로!』

면후는 이와 가티 혼자ㅅ말하면서 큰 결심이나 하는 것가티 주먹을 쥐엇다

면후의 집 식구는 면후와 한경이와 어머니 외에 면후의 생질녀[270]가 하나 잇슬 쑨이니 면후의 아버지는 면후의 백부보다도 먼저 이 세상을 써낫든 것이다 면후와 한경이와의 년령의 차이는 보통 남매간이라고는 처음 보는 사람이 보지 못할 만큼 차이가 심하얏스니 면후는 자긔 누이보다 열세 해 위이엇다

면후가 방으로 들어와 한경을 보고서 오늘 춘천서 올라온 동관[271] 편에 백모께서 너를 쑥 보내달라 하시는 부탁이 잇스니 래일 아츰에 춘천으로

---

267 문맥상 '계'의 오류로 추정.

268 슬하(膝下). 무릎의 아래라는 뜻으로, 어버이나 조부모의 보살핌 아래. 주로 부모의 보호를 받는 테두리 안을 이른다. 원문의 '술'은 문맥상 '슬'의 오류로 추정.

269 고적(孤寂). 외롭고 쓸쓸함.

270 생질녀(甥姪女). 누이의 딸을 이르는 말.

271 동관(同官). 한 직장에서 일하는 같은 직위의 동료.

가라는 명령을 나리엇슬 째 한경은 거진거진 울 듯한 표정을 하고서 가지 못하겟다고 거절하얏다

『무슨 리유냐? 무슨 리유로 못 가겟단 말이냐?』

면후의 태도는 엄숙하얏다 그러나 한경은 고개를 숙이고 말이 업다

『말을 해! 무슨 생각으로 백모께서 오라 하시고 올아비가 가라는데 반대하느냐 말이다』

『그냥 서울 잇고 십허요』

『그것이 리유냐? 안 된다! 그러지 안해도 요사이 밧갓소문이 낫바 네 몸을 위해서도 지금 시골 가 잇는 것이 조타 잔말 말고 래일로 길을 써 나자 네 방으로 가서 행장을 준비해라』

『…… ……』

『쌀리 해! 밤이 벌서 열한 시가 되엇다 래일 아츰 아홉 시에는 자동차를 타야겟스니까 일즉이 자고 일어나야 한다』

한경은 즉시 힘이 업는 다리를 일으켜 세위가지고 죽으만 자긔 방으로 건너왓다 그의 가슴속은 쇠창이로 씰르는 것 갓기도 하고 매ㅅ돌로 눌르는 것 갓기도 하고 갈키로 박박 긁는 것 갓기도 하고 작대기로 휘저어 놋는 것 갓기도 하야 무어라고 형언할 수 업시 답답하고 아팟다 철호와의 관계를 옵바가 눈치챈 것이 아닌가? —— 이러한 직감(直感)이 생기자 그 다음 순간에 넘려되는 것은 철호가 테포되지 이[272]햇나? 하는 무서운 환상이다

---

272 문맥상 '안'의 오류로 추정.

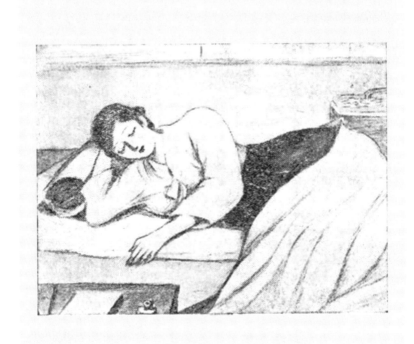

1929.7.11 (33)

족으만 악마 九

철호가 경찰에 톄포되엇스리라는 확실한 근거는 업시 다만 이러저러 하니까 요사이 네게 대한 밧갓소문이 조치 못하다 하는 말이 적지아니 수 상하고 만일 이런 소문이 사실이라 할진대 철호와의 밀회(密會)일 것이 틀 림업스며 웨 그러냐 하면 철호 외에는 맛나 보는 남자가 업스니까 ── 그 러타면 철호가 톄포되어 가지고 족음이라도 자긔와의 관계를 추측할 만 큼 자백을 한 까닭으로 자긔의 옵바가 아는 것이 아닐가 ── 이러한 추측 으로 한경은 고민하얏다

『벌서 못 맛난 지가 사흘이니까 그동안 어써케 되엇는지도 알 수 업지!』

마츰내 한경은 절망에 갓가운 탄식을 하얏다 그리고서 바스케트[273]에 몃 가지 소용품과 잡지와 책 몃 권을 주서 너코 시골 가서 입을 옷 몃 가지 는 싸로 책보에 싸노코 자리ㅅ속으로 들어갓다 그러나 잠이 올 리치는 업 섯다…… 설마! 설마! 철호 씨가 잡히어 갓슬 리치가 잇나 그만큼 변장(變 裝)이 용한데 ── 한경은 자리ㅅ속에서 뎐등불을 치어다보며 눈을 쌈박어 리고 생각하얏다 점점 점점 강하게 써오르는 것은 철호가 설마 잡히엇슬 리치가 업다는 미듬이엇다 인제는 누가 무어라고 하야도 철호가 경찰에 톄포되엇다는 말은 고지듯키지 안흘 것 가탓다

『그러면 내가 서울서 써나는 것을 알려야 한다 무슨 리유로 서울서 써 난다는 것을 알려야 한다 편지로 말할가? 차저가 볼가?』

---

273 바스켓(basket). 바구니.

이러케까지 생각은 하얏스나 과연 어쩌케 햇스면 조흘지 판단(判斷)은 나서지 안햇다 시간이 느젓스니 차저가기도 어렵거니와 만일 천만몽외[274]로 철호가 톄포되엇다면 런루자를 잡기 위하야 그 집을 경찰들이 경계를 할 것이니 그 집에 들어서다가는 자긔까지 끄을려갈 것이오 쌀해서 자긔 옵바의 처디는 비상히 곤난할 것이며 편지를 햇다가도 경계하고 잇는 경찰의 손에 들어가는 날이면 재미업슬 것이니 어찌하면 조흘가? 그러타고 자긔의 거취를 알리지 안흘 수는 업다……

마츰내 한경은 펜을 쥐엇다 나중에는 자긔도 톄포되는 한이 잇슬망정 우선 안전한 것은 차저가는 것보다 편지가 유리하다고 생각한 싸닭이다 그리고 지금 미더지지는 아니하나 천만몽외로 철호가 톄포되엇다면 맛당히 자긔도 철호와 함께 옥중고초를 격거야 할 의무(義務)가 잇다고 마음을 든든하게 가젓다

『철호 선생

일전에 잠간 뎐차ㅅ속에서 뵈온 이후로 다시 맛나 뵈올 긔회가 업섯나이다 저는 선생이 아시다십히 가뎡상 형편으로 류학을 계속하지 못하고 집으로 돌아와 잇든 중 의외에 금일 춘천 백모께옵서 병환으로 고통 중이라 하는 소식을 듯삽고 명일[275] 오전 구 시 자동차로 서울을 쩌나게 되엇나이다 선생이 서울 오래 계시는 직업을 가즈신다면 어학교수를 바들가 하얏삽드니 좀체로 다시 상경하기 어려울 것 가티 생각되와 마음에 유감됨이 적지 안삽나이다 만일 백모의 병환이 위중치 아니하야 즉시 상경하게 되옵거든 번거로우시드라도 뎐차에서 약속하야 주신 바와 가티 어학에 대한 지도를 하야주시옵기 바라옵나이다 안녕히

---

274 천만몽외(千萬夢外). 천만뜻밖.
275 명일(明日). 내일.

계시옵소서』

한경은 이와 가티 엉뚱한 사연을 편지지에 써노코서 다시 한 번 읽어보앗다 그리고 이 편지만으로는 철호와 자긔와의 사이가 범연치[276] 안흔 사이인 것이 탄로되지 안흐리라고 확신하얏다 그러고서 철호가 현재 숨어 잇는 이 세상에서 그의 주소를 아는 사람이라고는 한경이 하나밧게 업는 죽첨뎡(竹添町) 삼뎡목[277] 어썬 여염집[278] 번디(番地)를 피봉[279]에 써서 단단히 봉한 뒤에 바스케트 속에 너혼 책틈에다 씨어 노코서 다시 이불ㅅ속으로 들어갓다 그의 가슴은 아즉까지도 울렁거리엇다

그는 자긔가 철호를 사랑하는 것과 철호는 자긔를 이상한 매력(魅力)을 가지고 감화(感化)시키어 가며 잇는 것과 쏘는 자긔가 철호의 사상(思想)에 공명하는 이상 반듯이 자긔 옵바와는 뎍대(敵對)하여야 할 것이로되 골육의 정과 쏘는 어려서부터 오늘날까지 양육하고 교도(敎導)[280]하야 준 은혜와 쏘는 현재의 늙은 어머니를 모시고 살아가는 생활자료(生活資料)가 전수[281]히 옵바에게서 나온다는 데 대한 감사의 감정으로 인하야 용긔 잇게 집에서 쒸어나와 가지고 뎍대행동을 못 하는 현재의 처디를 생각하고서 자긔 자신을 슬퍼하얏다

그럭저럭 한 두어 시간 자는 둥 마는 둥 하고서 날이 밝은 째에 한경은 무서운 옵바에게 이끌리어 가지고 자동차를 타고서 춘천으로 써나버렷다

---

276 범연(泛然)하다. 차근차근한 맛이 없이 데면데면하다.
277 죽첨정 삼정목(竹添町 三町目). 현재의 서대문구 충정로 3가.
278 여염(閭閻)집. 일반 백성의 살림집.
279 피봉(皮封). 겉봉.
280 교도(敎導). 가르쳐서 이끎.
281 전수(全數). 모두 다.

1929.7.12 (34)

족으만 악마 十

　한경이가 춘천으로 써나면서 써 부친 편지가 죽첨뎡 삼녕목에서도 데
일 찻기에 힘드는 족으만 오막살이 초가집 건넛방에 잇는 철호에게 배달
되기는 그날 저녁째이엇다

　밤이 깁허서 돌아온 철호는 오늘은 별로이 로동복(勞働服)을 입고 잇섯
다 그는 방 안에 들어와 책상 압헤 안즈면서 즉시 책상 우에 노힌 편지 한
장을 집어 보앗다 발신인(發信人)의 주소 성명은 비록 쓰이지 아니하얏스
나 그것은 한경의 편지인 것이 분명하얏다

　편지를 보고 난 철호의 눈은 날카로웁게 뎐등불 미테서 빗낫다 그는 한
경이가 어째서 이러케 별안간 서울서 써나 버리엇는지 상상하기 어려운
모양이다 지금 철호에게 절대로 필요한 인간은 한경이 외에 아무도 업다
유일한 이성의 친구요 동지요 경찰의 정세를 탐지하야 주는 사람이 한경
이다 그런데 지금 그는 한경이를 일허버렷다 그는 가슴 속의 적막을 늣기
지 안흘 수 업다

　『과연 백모의 병환으로 인하야 써낫슬가? 혹은──?』

　그의 머릿속에서 써나지 아니하는 의심은 한경이가 서울서 써나게
된 동긔가 어대 잇는가 그것을 명확히 판단하지 안코서는 마지아니하려
한다 그는 다시 편지 사연을 읽어 보앗다 그러나 만일을 념려하고서 녀자
의 세심한 주의로 쓰이어진 그 편지 사연은 죽음도 빈틈이 업다 확실히
백모의 병환으로 인하야 써난다는 진정이 들어나 보엿다

이리하야 중대한 한 가지 의심을 노혼 철호는 담베를 피어 물고서 평생 거더 노치 안는 자리 우에 몸을 던젓다 —— 나는 과연 한경이를 사랑하는 가? 사랑은 한다 그러면 결혼을 쌜리해 달라는 한경의 청을 들어줄 수 잇 는가? 그것은 안 된다 나는 결혼을 목덕하고서 한경이를 사랑하는 것이 아니다 내 목덕은 다만 미들 만한 이성과 유쾌한 시간을 보내고 쏘는 나 를 위해서 희생덕으로 일해 줄 사람을 맨드는 대 잇다 가뎡을 가지고 잇 는 것이 목덕이 아닌 바에야 결혼이란 필요 업는 것이다 그러면 한경이는 장차 어써케 하면 조혼가? 그냥 이대로 나아간다 나아가다가 나를 쌀하온 다 하면 어대로든지 더리고 다니고 다른 남자와 결혼을 한다면 그대로 내 버려 두는 수밧게 업지 안혼가…… 그러나 그러나 그것은 먼 장래의 일이 다 한경이는 지금 내 겨틀 써나 주어서는 안 된다

그는 이가티 생각하얏다 그리고서 앗가 백마뎡에서 본 일본 신문의 긔 사를 생각하얏다

경성, 평양을 두 다리ㅅ사이에 너코서 바람과 가티 나타낫다가 연긔와 가티 살아저 버리는 신출귀몰하는 시국표방설교강도의 종적은 그동안 전 조선의 경찰이 충혈된 눈으로 엄탐[282] 중이엇스나 증거 물품과 단서 를 엇지 못하야 수색상 대곤난을 일으키는 모양이며 이에 대한 상류사 회의 비난은 점점 경찰의 무능을 공격하기 시작하는 모양인데 작일 홍 형사과장(洪刑事課長)은 모 방면으로 급거 출장하얏는 바 경찰부 내에서 는 근일 중에 단연코 범인을 톄포할 준비가 되엇다고 언명하는[283] 터인 데 전하는 말에 의하건대 방금 종로서에서는 동 사건의 혐의자 두 명을 인치[284] 취됴 중이라더라

---

282 엄탐(嚴探). 드러나지 아니한 사실을 엄밀하게 더듬어 몰래 살핌.
283 언명(言明)하다. 말이나 글로써 의사나 태도를 똑똑히 나타내다.

―― 철호는 담베연긔를 힘껏 빨면서 이 신문긔사를 머리ㅅ속으로 읽어 보앗다 홍 형사과장의 출장이라는 것은 한경이를 더리고 춘천 간 사실인 모양이다 이것을 가지고 『급거 출장』이라는 것을 볼진대 신문긔자의 제멋대로 된 보도가 분명하다 혐의자라는 것도 필시 『모루히네285』 환자나 무엇이나일 것이다…… 그러나 저러나 이 판에 다시 한번 일을 해야겟는데 한경이가 업서서 어쩌케 하나?

『당신은 인제 내 것애요! 한경이를 생각하면 안 됩니다』

이 새에 그의 귀에는 죽음 전에 백마뎡에서 심장의 북 치는 소리가 들릴 만큼 갓가이 상반신을 자긔의 몸에 갓다 대고서 속살거리든 애라의 이 가티 말하든 음성이 다시 들리는 것 가탓다

『오오 애라! 애라! 그것도 사랑스러운 계집이다!…… 어찌할가? 애라를 어찌할가?……』

그는 담베연긔를 길게 쑴으면서 깁흔 명상(冥想)에 잠기엇다

---

284 인치(引致). 사람을 강제로 끌어가거나 끌어 옴.
285 모르핀(morphine). 아편의 주성분이 되는 알칼로이드. 냄새가 없으며 맛이 쓰고 물에 잘 녹지 않는 무색의 결정체이다. 마취제나 진통제로 쓰는데, 많이 사용하면 중독 증상이 일어난다.

1929. 7. 13 (35)

지나간 일 (一)

철호의 집은 경긔도 안성에 잇는 큰 부자ㅅ집이엇다 그의 아버지는 십
년 전까지 안성에서 첫손가락을 꼽는 큰 디주요 坯한 량반이엇스니 리진
규(李鎭圭) 관찰사댁(觀察使宅)이[286]라 하면 삼남(三南)[287]의 행세한다는 집
안에서는 모르는 사람이 업섯다 관찰사 댁의 칭호는 철호의 아버지 진규
가 충주(忠州) 관찰로 한 고을에 칠 년이나 잇다가 벼슬을 내노코 자긔의
소유농토가 뎨일 만흔 안성으로 반이하야[288] 온 뒤에 안성 백성들이 그에
게 올린 택호(宅號)[289]이엇다 관찰사댁의 재산은 안성 일읍[290]에서 밧는
추수만 하야도 이천여 석이오 그 외에 양주와 려주(驪州)와 청주(淸州) 공주
(公州) 부여(扶餘) 등디에도 천여 석 혹은 칠팔백 석씩이 잇슴으로 모다 합
하면 오천 석이 넉넉하얏다 진규는 초년에 등과(登科)하야서[291] 멋 고을
살다가 중간에 대관(大官)들의 협잡[292]으로 벼슬을 노치고 앙앙불락하다
가[293] 오십 세가 갓가이 되엇슬 째 돈을 내고서 번 충주 관찰은 그로 하야
금 일한합방까지 최후로 국록[294]을 먹게 한 벼슬이엇다 합방 째 그는 긁

---

286 문맥상 '이'의 오류로 추정.
287 삼남(三南). 충청도, 전라도, 경상도 세 지방을 통틀어 이르는 말.
288 반이(搬移)하다. 짐을 날라 이사하다. 또는 세간을 운반하여 집을 옮기다.
289 택호(宅號). 집주인의 벼슬 이름이나 처가나 본인의 고향 이름 따위를 붙여서 그 집을 부르
　　는 말.
290 일읍(一邑). 온 고을.
291 등과(登科)하다. 과거에 급제하다.
292 협잡(挾雜). 옳지 아니한 방법으로 남을 속임.
293 앙앙불락(怏怏不樂)하다. 매우 마음에 차지 아니하거나 야속하게 여겨 즐거워하지 아니하다.

어모은 재산을 움켜쥐고서 애국지사와 한가지로 분연히[295] 벼슬을 거더 차 버리고 물러낫다 그런데 긁어모앗다 하야도 실상은 긁어모은 재산은 얼마 안 되고 선조 째부터 나려오는 재산이 대부분이엇든 고로 최근에 그 가 세상을 하직하기 전까지는 언제든지 총독부에 벼슬사는 관리든지 혹 은 출입하는 마름[296]들에게 긔회만 잇스면 『내 재산은 결코 부정한 재산 이 아니오 선조가 물려주신 존귀한 토디쌘이지오』 하야왓다 그러나 철호 는 어려서부터 이 말이 싸닭은 업지만 듯기 실혓다

철호는 진규가 관찰사로 잇슬 째 거지반[297] 폭력으로 동전 한 푼 주지 아니하고 쌔앗어버린 갓바치[298]의 쌀의 몸에서 나온 자식이다 그째의 철 호의 어머니는 나히 스물 하나밧게는 되지 안핫다 출생이 소위 미천한 갓 바치의 쌀이오 그 우에 나히 어린 싸닭으로 『충주마마』ㅅ소리도 듯지 못 하고 하인들한테도 그냥 『충지집』『충주집』이라고 불리엇슬 쑨이다 그리 다가 철호를 나 노코서 족음 하인들의 대우도 나아젓섯다 온 집안이 안성 으로 반이해 온 뒤에 충주집도 안성으로 쌀하왓다 애초에는 집을 한 칸 싸 로 지어 노코 살리겟다고 하든 진규가 안성으로 온 뒤에 정부인의 호령과 반대가 어써케 열렬하얏든지 종내[299] 싼살림을 내주지 못하고서 충주집 을 마님과 한집에 두어 비록 방은 싸로 썰어저 잇스나 조석 째에는 구즌 일 을 하고 낫으로 밤으로 노는 빗만 보면 마님이 허리를 주물러라 다리를 주 물러라 하야 밤이면 자정 째가 될 째까지 안방에서 써나지 못하게 하고 량

---

294 국록(國祿). 나라에서 주는 녹봉.
295 분연(憤然)히. 성을 벌컥 내며 분해하는 기색으로.
296 마름. 지주를 대리하여 소작권을 관리하는 사람.
297 거지반(居之牛). 거의 절반 가까이.
298 갓바치. 예전에, 가죽신을 만드는 일을 직업으로 하던 사람.
299 종내(終乃). 끝내.

반의 집에 들어와 잇는 이상 침선[300]의 솜씨가 업서서는 안 된다는 핑계로 다드미와 누비질[301]을 시키어 손이 부르트도록 일을 하게 하얏다 물론 이것은 전혀 리진규의 의사에 반대되는 일이엇스나 진규는 늙도록 마나님의 손아귀에서 휘어잡힌 채 벗어나지 못하얏든 까닭으로 불상하게는 생각하얏지마는 충주집을 이러한 고통에서 구원해 낼 능력이 업섯다

충주집, 즉 철호의 어머니가 이와 가튼 처디에 잇거든 하물며 철호는 더 말해 무엇하랴 조석을 방 안에서는커냥 마루 우에서도 먹지 못하고 부엌에서 하인들과 함세 먹고 손 위로 덕자(嫡子) 형뎨에게는 하루에 서너 차례씩, 게다가 운수 낫븐 날이면 수업시 어더맛고 심하면 물벼락까지 밧고 겨울에도 훗옷 닙고 여름에도 째쑥이 흘르는 생목[302] 옷만 닙고서 열댓 살까지 자라낫다 형님들을 불를 째에는 큰도련님, 작은도련님이라고 불럿다 그리고 진규는 그런 것을 보아도 못 본 체하얏다 본실[303] 몸에서 난 자식 형뎨가 성질이 불량하고 고집쟁이며 그 우에 마나님의 호령이 한번 시작되면 집안이 써나갈 듯이 요란하니까 그런 것 저런 것 째문이라면 째문이겟지만 그보다도 진규 자신이 서자와 덕자의 구별과 본실과 축첩에 대한 관념(觀念)이 그와 가티 구더젓든 까닭이다 그리하야 철호의 나히가 열댓 살에 이르러서 철이 나자 이와 가튼 가족제도(家族制度)와 풍속은 그로 하야금 째에 사모치는 불평불만을 품게 하고 그의 반역성(反逆性)을 점점 눈쓰게 하얏다

---

300 침선(針線). 바느질.
301 누비질. 두 겹의 천 사이에 솜을 넣고 줄이 죽죽 지게 바늘로 꿰매는 일.
302 생목(生木). 천을 짠 후에 잿물에 삶아서 뽀얗게 처리하지 아니한, 원래 그대로의 무명.
303 본실(本室). 정실(正室). '본처'를 달리 이르는 말. 원래 본처가 주로 거처하는 공간을 뜻하는 말에서 유래한다.

1929.7.14 (36)

지나간 일 (二)

철호가 열여섯 살 되든 해에 그의 어머니 충주집은 세침(細針)[304] 한 쌈을 삼키고서 온몸의 마듸마듸에 박히어 잇는 바늘로 말미암아 먹지도 못하고 마시지도 못하고 움즈기지도 못하고 자리에 들어누어 알으면서 모진 목숨이 일즉이 싄허지지는 아니하고 싀치싀치 말르기만 하다가 근 한 달 만에 드듸어 이 세상을 써나버렷다 충주집이 바늘 삼킨 까닭은 온 동리[305]가 다 아는 일이다

『그 댁 마님이 여간해야지』

『아이그 말도 마시오 호랑인들 그런 호랑이가 어대 잇단 말이오! 나 가트면 마님이고 대방마님이고 간에 낫으로 목아지를 돌이어 노핫슬 게요』

『원체 사람이 무던해서……』

『암 그러쿠 말구 그 맘 그 인물에 어대가 못 태어나서 필경[306]에 그런 죽엄을 한단 말이오 쎗! 쎗!』

『리 관찰사댁도 인제는 운수 기울어젓쇠다 듯자니까 사 대 — ㄴ가 삼 대 동안이나 늘어오든 집안이라드구면 그런 일이 잇구서야 잘될 리치가 잇소! 서울 가서 고등학교 다니는 큰아들이나 여긔 잇는 둘재아들이나 벌서부터 싹수가 노라타고 우리 집 애가 학교에만 갓다 오면 이야기

---

[304] 세침(細針). 가는 바늘.
[305] 동리(洞里). 마을.
[306] 필경(畢竟). 끝장에 가서는.

『하든데······』

『몇 년급[307]이라지? 작년에는 락제를 햇다든가』

『그럼! 우리 집 애보다 삼 년 먼저 입학햇는데 인제서 우리 집 애와 마찬가지로 사 년급이라우! 참 공부는 잘하지 보통 학교를 팔 년 동안에 졸업할래서는 중학교는 십 년 다녀야 할걸······』

『잇는 집 자식이 뉘 집을 물론하고 공부한답듸싸 다 그 모양이지』

『그래도 철호 — ㄴ가 그 애는 공부를 잘하는 모양이지 형들보다 삼 년 나종에 입학햇건만 지금 삼 년급이라니싸』

『그러면 저의 형들보다는 대장감인데 그 애가 잇스니싸 죽은 어머니도 세상에 나왓든 보람은 잇소!』

동리 녀자들이나 남자들은 이와 가티 진규의 집안을 가지고 서로 비평하얏다

충주집이 죽은 뒤로 철호에게 대한 서울 가 잇는 대호(大鎬)와 그 아우 관호(寬鎬) —— 덕자 형데!의 멸시와 하대는 우심하얏다[308]

『철호야』

관호가 하루는 심술이 잔득 난 눈을 해가지고 불럿다

『네』

『너 오늘 학교 운동회에 나가지 말아라 나갓다가는 경칠[309] 줄 알아라!』

관호는 평소부터 철호가 학교의 학과 성적(學科成績)도 조서서 삼 년이나 나종에 입학한 것이 지금은 자긔보다 겨우 한 년급 알에에 와 잇는 것만 해도 심술이 나서 못 견듸는 터이엇는데 그 우에 철호는 몸이 날래서

---

307 연급(年級). 학생의 학력에 따라 학년별로 갈라놓은 등급.
308 우심(尤甚)하다. 더욱 심하다.
309 경(黥)치다. 혹독하게 벌을 받다.

경주를 하면 안성보통학교에서는 그를 쌀하갈 사람이 하나도 업는 터임으로 오늘 추긔[310] 대운동회에서 경주에 일등을 타고 십흔 욕심이 잇는 고로 절대로 철호는 운동회에 못 나오도록 할 작뎡을 하얏든 것이다

『경주할 째만 쌔지지오』

『무어 어째? 이 경을 칠 녀석! 죽고 십흐냐 잔말이 웬 잔말이야 못 간다면 못 가는 줄 알지 못해!』

관호의 바른편 손바닥이 번개가티 철호의 왼쌤을 우리면서[311] 이가튼 강호령이 들렷다 철호는 아무 말 못 하고 쓸알에[312] 골방으로 들어가서 눈이 붓도록 울엇다 생각해도, 다시 생각해도 분햇다

『이것이 무슨 까닭이냐? 제나 내나 한 아버지의 자식이 아니냐? 어째서 저는 째리고 나는 맛느냐? 덕자라는 것은 무에냐? 우리 어머니는 사람 아니냐? ─아─어째서 우리 어머니가 이런 놈의 집에 들어와서 나를 나핫슬가? 올치 쌔앗기어 왓다지! 어째서 맘대로 사람을 쌔앗느냐? 량반이니싸! 세력이 잇스니싸! 부자니싸! 그래서 외한아버지는 우리 어머니를 쌔앗기고도 아무 말도 못 햇다고! 량반이 무에냐? 세력이 무에냐? 부자란 다 무에냐? ──』

---

310 추긔(秋期). 가을의 시기.
311 우리다. 후리다. 휘둘러서 때리거나 치다.
312 뜰아래. 뜰을 마루나 방 쪽에서 볼 때 이르는 말.

1929.7.15 (37)

지나간 일 (三)

　철호는 늦기어 가며 울엇다 니를 갈면서 울엇다 큰사랑[313]에 안저서 큰 기침이나 하고 바둑을 두고 나서는 술이나 취토록 먹는 자긔의 아버지 진규는 아버지가 아니라 도적이다! 사람이 아니라 짐승이다! 그를 물어쓰더도 시원치 안흘 것 갓고 그의 재산이라는 것을 한군대 모아 노코서 불살라 버려도 시원치 안흘 것 갓고 지금은 서울 가 잇는 대호나, 관호, 그들의 어머니『마님』이라는 로인을 갈아 마시어도 시원치 안흘 것 가탓다

　『철호야! 너는 공부를 해라 잘! 큰 인물이 되어라! 에미는 못난 녀자다 공부도 못 햇다 그것이 누구의 죄이겟니? 아마 다 — 내 죄일 것 갓다 그러치만 지금 어쩌케 하니……』

　알키 시작하기 전에 안채 부엌 모퉁이에서 철호를 붓들고 니를 악물면서 나직한 목소리로 이러케 말하든 어머니의 얼굴이 지금 눈물에 어리운 철호의 눈에 나타나 보엿다

　『어머니!』

　그째에 철호는 어머니의 행주치마ㅅ자락을 쥐어 잡고서 까닭도 몰르는 눈물을 흘렷섯다 그러나 지금은 그 어머니가 업다! 철호는 외로운 몸이다 사막(砂漠)에 내버린 주인 업는 강아지 가튼 몸이다

　어머니는 알키 전에 그런 말을 하고서 그 이튿날부터 몸이 괴로워하드니 사흘 되든 날부터 자리에 누어 버렷다 처음 며칠 동안은 약을 이 약, 저

---

313 큰사랑(舍廊). 집안의 웃어른이 거처하는 사랑.

약 함부로 지어다가 주드니 한 일헤[314]가 지나니까 약 쓸 생각도 안 하는 모양 가탓다 ──

『약 먹어서 낫지 안흘 병이니까 날 째 되면 어련히 낫겟소!』

안방에서 들리는 이와 가튼 호령에 진규 로인은 머쓱하니 돌아서서 나가 버리는 것을 철호가 안마당에 서 잇다가 보고서 누어 잇는 어머니에게 가서 고할 째 어머니는 이러케 대답하든 것을 지금도 분명히 긔억한다

『안방에서 잘 알앗다! 약 먹어서 날 병 아니다! 너도 인제는 더 넘려 말아라 어미는 죽는 몸이다 죽을려고 작뎡한 몸이다! 그러치만 내가 누구 째문에 죽는지 아니? 내 원수를 갑허다고! 어미의 원수를 갑허다고! 부자 놈! 양반 놈! 세력 잇는 놈!……』

철호의 어머니는 특별히 선생에게 듯고 배운 학문이라는 것은 업지만 텬성(天性)이 영민하얏든[315] 까닭으로 보통 학식 업는 녀자와 가티 무지(無智)하지 아니하얏다 그것은 듯고 보고 당하는 일에 대한 리해력(理解力)이 쒸어나는 까닭이다

그 후에 얼마 지나서 어머니는 철호를 벼개ㅅ머리로 닥아안게 하고서 그째에 말하든 말과 쏙 가튼 말을 유언으로 하고서 눈을 감어 버렷섯다

──

철호는 벌서 사오 개월이 쑴가티 지나가 버린 당시의 어머니의 모양과 음성과 정신을 추억하면서 쌧마듸가 저리는 것가티 압흔 슯흠을 늣기엇다 그리고서 넘우 슯허서 혀쯧이 잘 돌아가지 아니하는 입으로 목 메인 소리를 하얏다

『어머니! 어머니! 제가 원수를 꼭 갑허요!』

---

314 이레. 일곱 날.
315 영민(英敏)하다. 매우 영특하고 민첩하다.

그것은 마치 죽은 어머니가 자긔 압헤 와 안저서 들어주기나 하는 듯한 어됴이엇다 ―

가을의 짧은 해가 반 남아 기울어젓슬 쌔, 아츰부터 울기 시작하야 긔운이 풀어저 잠들엇든 철호는 꿈속에서 들리는 나팔 소리에 잠을 쌔엇다

눈을 쓰고 일어안저서 쓸허진 문구멍으로 밧가츨 내다보니 쌍바닥이 노 ― 라코 해ㅅ빗은 눈이 부신데 아무리 생각하야 보아도 아츰쌔인지 저녁쌔인지 알 수 업섯다 그리자 사방은 조용한데 멀리 썰어저 잇는 학교에서 군악 소리와 아이들의 아우성치는 소리가 흘러온다 철호는 그제야 아츰에 쌤 맛든 일과 이 방으로 들어와서 문ㅅ고리를 안으로 걸고 울든 일이 선명하게 생각낫다

그는 무거운 머리를 들고서 동저고리 바람으로 문밧글 나서서 학교 뒤ㅅ산 잔듸밧 우에 가서 펄석 주저안젓다 바로 턱미테 내려다보이는 운동장에서는 수백 명 아이들과 어른들이 깃븜에 넘처서 놀고 잇다 그의 눈에서는 이러한 텬진란만한 깃븜에서 쫏기어나서 외로이 산 우에 와 안저 잇는 자긔의 신세를 생각하는 눈물이 쏘 흘럿다 그리하야 가을 해가 씩쌕 지고서 밤이 어두어질 쌔까지 그는 산에서 내려오지 아니하고 자긔의 압일에 대하야 궁리하얏다

1929.7.16 (38)

지나간 일 (四)

그 후로 오륙일이 지나서 철호의 그림자는 안성보통학교에서 차저볼
수 업섯다 물론 진규의 집 알엣채 골방에서도 철호의 그림자는 업서지고
말앗다 그것은 일본서 큰 디진이 일어나든 전전해 가을이엇다

지금은 벌서 철호가 일본에 온 지 칠 년이나 된다 그는 지금도 갓금갓
금 칠 년 전에 관호에게 쌤을 어더맛고 하루 종일 울든 일과 남들은 운동
회에서 군악소리에 흥이 나가지고 다름질치는데 자긔는 홀로 넘어가는
서산의 해를 바라보면서 학교 뒷ㅅ산에서 탄식하든 일을 어ㅅ제ㅅ일갓티
생각하는 쌔가 잇다

그는 칠 년 동안 일본에 와서 로동하얏다 처음에 대판(大阪)[316]까지는
죽은 어머니가 푼푼이 모아두엇든 돈 오십 원을 가지고 다라나왓다 대판
만 가면 즉시 아무 집에서나 고용살이를 하야가면서 야학교에 다닐 수 잇
스리라고 밋든 칠 년 전 어린 생각은 그에게 적지 아니한 고초를 주엇다
첫재 그째의 보통학교 삼년 급 정도의 일본말이란 일본 가서 반병어리 행
세밧게 할 수 업섯다

『대단히 가엽다 그러나 말을 그러케 아주 몰르니 일을 할 수 잇겟느냐
다른 데로 가보아라』

대판에 나리어서 일주일 되든 날 신문에서 급사 모집광고를 보고 차저
간 어썬 회사에서는 늙수구레한 사무원이 이와 가티 친절하게 거절하얏

---

316 대판(大阪). '오사카'를 우리 한자음으로 읽은 이름.

섯다 이러한 첫 거절을 당한 뒤로 그는 이십여 일 동안 날마다 상뎜과 회사의 문ㅅ간에서 거절을 당하는 것으로 세월을 보냇다 그째에 주머니에 남은 돈은 십 원이 못 되엇섯다

그는 그날부터 하루에 팔십 전씩 주는 하숙집에서 나와가지고 낮에는 돌아다니다가 배가 곱흐면 『우동』이나 『규 — 메시』(牛飯)[317] 한 그릇으로 요긔하고 밤이면 공원의 뺀취에 들어누어서 대판 한울의 별을 바라다보며 죽은 어머니와 자긔의 장래를 생각하고 눈물을 흘리면서 검정 『고구라[318]』 양복의 압자락을 움켜쥐고 늣기엇다 가을밤 쌀쌀한 바람이 어린 철호의 품속으로 긔어들 째 그는 뺀취 우에서 돌아누으며 웅숭구리엇다

이리하야 다시 십여 일이 지나서 그는 간신히 어썬 간장회사의 『뎃지[319]』 — (심부름하는 아니[320]) — 로 들어갓다 한 달에 월급이 어더먹고 칠 원이엇다 그는 그달부터 주인의 보증으로 야학중학 일년 급에 들어갓다 그리하야 사 년 동안 여러 군대로 고용살이를 밧구어 다니면서 성실하게 공부하고서 열아홉 살 되든 해 봄에 동경으로 올라왓다 그의 야심은 어써케든지 대학(大學) 한 군대의 졸업장을 손에 쥐어보는 데 잇섯든 까닭이다

그는 동경에 가는 즉시로 커다란 신문 판매소에 배달부로 들어갓다 신문배달을 해본 경험이 잇다 하야서 그는 첫 달부터 월급 이십오 원을 밧게 되엇다 그는 대판에서 고학할 새에 푼푼이 모아두엇든 돈과 동경으로 올 째 주인집에서 학자에 보태 쓰라고 준 돈 백 원을 우편국에 저금하야 두고 첫해 일 년은 영어공부만 하얏다 그는 래년에 사립대학 중에서도 첫

---

317 규메시(ぎゅうめし, 牛飯). 쇠고기를 야채 등과 함께 끓여 국물과 함께 사발에 담은 밥에 부어 만든 요리.

318 고쿠라(こくら, 小倉). '小倉織り'의 준말. 두꺼운 무명 직물(허리띠나 학생복 감 따위로 쓰임).

319 뎃치(でっち, 丁稚). 공장·상점 따위에서 기한을 정하고 견습하는 소년.

320 문맥상 '이'의 오류로 추정.

손가락을 꼽는 학교에 긔어히 입학해 볼 작뎡이엇든 것이다 그러나 그 이
듬해 봄에 그는 두 군대 대학의 입학시험을 보다가 원톄 고학으로 준비를
한 터이라 격렬한 경쟁에 당해낼 수 업섯다 락뎨를 하고 나니 하는 수 업
시 그는 ×대학 전문부 법과(法科)에 입학하얏다

　동경은 일본의 정치덕 중심디(政治的中心地)요 근대문명(近代文明)과 사조
(思潮)의 관문(關門)이며 쉬일 새 업시 신생활의 창조와 구세력(舊勢力)의 몰
락이 드나들며 두 세력의 서로 물고 켱기어서 무서웁게 회전하는 현실(現
實)에서 자긔의 자태를 발견하는 동양의 대도회디이다 —— 이해 오월의
『메 — 데 —321』는 동경 안 삼십여 개 로동단톄(勞働團體)의 참가로 수만
명 로동자의 시위항렬이 『히비야』(日比谷)에서 『우에노히로고 — 지』(上野
廣小路)까지 쌔치엇섯다 구라파대전쟁322으로 말미암아 급속히 발전한 일
본의 자본주의(資本主義)는 이미 대정323 삼 년 전후부터 더 나아갈 길이 막
히어가지고 진재(震災)324를 거처서 대정 십사 년 전후에 이르러서는 한층
더 심각화(深刻化)하야 실업로동자는 도회디마다 가득히 차게 되엇스며
학생들의 사상(思想)은 거개 태반 (左傾)하게 되엇섯스니 ×대학에 다니는
조선학생으로 반역성(反逆性)이 맹렬하고 파괴덕(破壞的) 정열이 강한 사람
들 사이에서도 흑색동맹(黑色同盟)이라는 것이 조직되엇섯다 그리하야 철
호도 그 몸을 『흑색동맹』에 던젓다

---

321 메이데이(メ—デ—, May Day). 노동절.
322 구라파전쟁(歐羅巴戰爭). 유럽에서 일어난 전쟁이라는 뜻으로, '제일차 세계 대전'을 달리
　　이르는 말.
323 대정(大正). 다이쇼 시대의 연호(年號)를 의미하며 1912년부터 1926년까지이다. 여기에서
　　'대정 삼 년'은 1914년, '대정 십사 년'은 1925년이다.
324 진재(震災). 지진으로 생긴 재해.

1929.7.17 (39)

지나간 일 (五)

　『흑색동맹』은 일본의 『아나 — 키스트』의 지도 미테 잇는 단톄가 되엇
다 이 단톄의 목덕은 『아나 — 키슴[325]』의 연구(研究)와 선전(宣傳)에 잇섯
다 그러나 회원이 불과 여섯 명이엇스니 법과에 세 사람 사회과(社會科)에
두 사람, 문과(文科)에 한 사람이엇다 그리하야 일주일에 한 번씩 모여서
『크로포토킨[326]』의 사상에 대한 이야기를 하게 되면 사회과와 문과에 다
니는 사람은 듯기만 하는 편이고 자기의 의견이라는 것은 그저 『째려 부
스고』『죽여 버리고』한다는 말밧게 업섯다

　철호는 그들 중에서 비교덕 두노(頭腦)가 명석한 편이엇슴으로 다소간
『아나 — 키슴』의 리론(理論)에 대하야 자긔의 찬성, 불찬성의 의견을 가졋
섯다 그러나 그보다도 리론에 대하야 밝은 사람은 래년에 법과를 마치는
고순일(高珣鎰)이라는 삼십 세 된 청년이엇다 그는 강원도 태생으로 어려
서 부모를 여의고 서울서부터 고학을 하야 시골 면서긔(面書記)를 다니고
사립소학교 교원 노릇도 하다가 『만세』 때에 징역 오 년을 살고서 출옥하
든 해 가을에 고향의 어썬 유지(有志)가 학비를 다혀준다는 바람에 동경으
로 건너와서 이 학교의 법과에 입학하야 금년까지 근 삼 개년 동안을 그
유지의 돈으로 공부를 하는 사람으로 일본의 『아나 — 키슴』의 지도자(指

---

[325] 아나키즘(anarchism). 무정부주의(일체의 정치권력이나 공공적 강제의 필요성을 부정하고
　　　개인의 자유를 최상의 가치로 내세우려는 사상).
[326] 크로포트킨(Kropotkin, Pyotr Alekseevich, 1842~1921). 러시아 귀족 출신의 무정부주의자.

導者)로 유명한 모모 씨와는 특별한 교제까지 잇는 터이엇다 흑색동맹이
조직되기도 결국은 순일이가 동지 될 만한 사람을 추리어가지고 자긔 혼
자의 주창[327]으로 맨든 것에 불과하얏다

『쌔려 부스고 죽여 버리고 하는 직접행동은 아나―키슴의 근본정신
이 아니다 직접행동이란 항상 테로리스트의 소위[328]인데 아나―키스
트로 자처하는 사람이 그와 가튼 말과 행동을 하는 싸닭으로 세상에서
는 오해가 만혼 것이다 그러타고 최후까지 직접행동을 부인하는 것은
아니다』

순일은 이런 말을 하얏다

어느 날 흑색동맹에서는 일본의 아나―키스트로 유명한 T씨, K씨, I
씩[329]를 청하야 사상 문뎨 강연회를 열게 되엇다 처음에는 연사 세 사람
이 사오십 분 동안은 연설을 할 터이니까 순일은 강연을 안 하고 사회(司
會)를 하기로 이야기가 되엇섯스나 강연하는 날 오정 쌔 이르러서 I씨가
자긔는 특별한 사정으로 밤에 볼일이 잇스니 맨 먼저 한 십 분 동안만 이
야기하고서 돌아가겟다 함으로 부득이 순일도 강연을 하게 되고 그 대신
철호가 사회를 하게 되엇섯다

강연회는 저녁 일곱 시 반부터 개회되엇섯다 철호는 처음부터 몃 사람
안 되는 녀자석에서 그다지 쒸어나지는 아니하나 어여쌔 보이는 조선 녀
학생을 발견하얏다 그는 연단(演壇) 뒤ㅅ벽에 갓가이 갓다노혼 의자에 걸
어안저서 그 녀자가 어썬 모양으로 강연을 듯는가 류의하야 보앗다

I씨가 일즉이 강연을 마치고 돌아간 다음에 K씨의 강연이 시작되자 처

---

327 주창(主唱). 주의나 사상을 앞장서서 주장함.
328 소위(所爲). 하는 일.
329 '씨'의 오류.

음부터 텽중 사이에서는『야지³³⁰』가 나왓다

『노 — 노 —』(아니다 아니다)

『아나 — 키슴은 무산계급해방을 방해하는 낫븐 놈들이다!』

『히어! 히어!』(그러타! 그러타) 하면 한편에서는『집어내라!』하는 고함소리가 들린다 방안이 물 슬튼 써들고 요란한 째에 K씨는 소리를 놉혀『야지』를 썩고 자긔의 주장을 철뎌히 하고저 하다가 경관으로부터 중지를 당하고 중지에 복종하지 안타가 검속(檢束)되어 밧그로 쓰을리어 나갓다

한참 동안 진정해 볼 수 업는 소동이 계속된 후에 순일의 강연이 시작되엇섯스나 그 역시 중지당하고 쓰트로 T씨가 강연을 할 째에는 방안은 순사로 담을 싸케 되엇섯스니 T씨의 강연이 시작되면 즉시 해산을 명령하려는 것이 경찰의 계획인 모양이엇다

마츰내 T씨는 입을 벌리자『오늘 밤 강연회는 안녕질서를 문란케 할 넘려가 잇다』는 리유로 해산되엇다 경계하든 경관들은 일제이 방 안으로 들어와서 군중을 내어 몰앗다 경관에게 반항한 T씨와 순일과 문과, 사회과 학생의 흑색동맹원 세 사람과 그 외의 텽중 속에서 몃 사람은 일제이 검속되어 버렷다

---

330 야지(やじ, 野次). 야유, 놀림.

1929.7.18 (40)

지나간 일 (六)

『너는 웨 나가지 안니? 나가! 나가! 쌜리 나가!』

족으만 문으로 서로 쎄어 밀고 신발을 찻지 못하야 쩔쩔매면서 몰리어 나가는 사람들 뒤에 멀직이 쩔어저 잇는 조선 녀학생을 향하야 쌔려줄 듯이 덤비어 호령하는 순사를 철보[331]는 보앗다 그러나 철호는 검속된 동지들을 즉시 집으로 돌려보내 달라고 아즉 돌아가지 안코 잇는 관할 경찰서의 서장(署長)에게 교섭하고 잇는 터이엇슴으로 그 자리에서 움즉이지 아니하얏다

서장은 항상 잇는 일이라 별로 철호의 말에 귀를 기울이는 것 갓지도 안햇다

『하여간 다들 나가다[332]고』

서장은 이러케 한마듸 말할 쌘이다

사람들이 거진 다 나아간 뒤에 뒤쩔어저서 나아가는 녀학생은 족음 전에 순사에게 호령 밧든 녀자이엇다

철호의 다리는 저절로 그 녀자의 겨트로 철호의 몸을 가지고 갓다 붓으로 그린 듯한 눈섭과 족음 야튼 듯한 코 알에 칼끄트로 새긴 듯한 인중과 도툼한 입슐과 새깜아코 어글어글한 눈이 크고 둥글은 얼굴 전톄의 륜곽(輪廓) 안에서 폭 안기어 귀어움성이 가득하야 보이고 그 우에 쌔긋하고 순

---

331 '호'의 오류.

332 문맥상 '라'의 오류로 추정.

박하야 보이는 것은 그의 몸 전톄가 그다지 작지 아니한데 특별히 순백의 조선 옷을 입고 잇는 까닭이엇다 철호는 이와 가튼 녀자를 고향을 떠나서 지금까지 온갖 고초와 풍상을 격그면서 일본에 와 잇는 륙칠 년 동안에 한 번도 본 일이 업다

그 후로 여러 날이 지내도록 철호의 머리에서는 이 녀자의 인상(印象)이 살아지지 아니하얏다 아니 살아지기는커녕 점점 더 확실하야 간다 그는 신문축을 한편에 끼고 허리에 방울을 달고서 돌아다니다가 이 녀자와 비슷해 보이는 일본 옷 입은 녀자를 보고서도 깜짝 놀라는 째가 자조 잇섯다 그리다가 하로는 문과에 다니는 친구와 함께 학교에서 돌아오는 길에 그 친구의 고향 사람이 남매가 가티 와서 자취(自炊)하고 잇스니 조선 음식을 어더먹으러 가자고 함으로 끄을리어갓다가 그곳에서 우연히 마음 놀라 왓든 그 녀자 —— 철호가 이저버리지 못하고 잇는 그 녀자를 맛나서 인사까지 하게 되엇섯다 녀자 편에서도 철호의 인상이 깁헛든지 수집어하는 태도가 적지아니 의심스러웟다

——『저는 홍한경이야요』

하고서 귀ㅅ밋까지 살비치 붉어지든 것만 보아도 수상하다 아니할 수 업섯다

그 후로 철호와 한경은 자주 맛낫다 맛나는 회ㅅ수가 거듭될스록 두 사람 사이의 리해는 점점 깁허갓다

『저는요 철호 씨가 그러케 곤난을 격그시지 아니하고서도 넉넉히 댁에서 학비를 갓다 쓰실 수 잇슬 터인데 이와 가티 질겨서 고생하시는 데대해서 존경해요 그리고 이상하게 생각해요』

철호가 안성 거부 진규의 아들인 것을 알게 된 한경은 진정으로 그러케 생각하는 듯이 이러케 말하는 째도 잇섯다 그리고 또 어느 째는

『저도 될 수만 잇스면 옵바의 신세를 지지 아니햇스면 조켓다고 생각은 하지마는……』

하고서 말끗을 흐리어 버리는 째도 잇섯다 철호는 이런 말을 들을 째마다 다만 침울한 표정을 할 쑨이오 아무 말도 하지 아니하얏다

『저의 옵바가 그런 적업[333]을 내버리고서 넉넉히 집안 살림을 해가며 제 공부를 시킬 수 잇다면 저는 얼마나 조흘지 몰라요』

어느 날 밤에 한경은 철호에게 손을 쥐인 채『에도가와』(江戶川) 공원 쌘취 우에서 말하얏다 첫 가을 밤바람이 산산한데 뎐등 불빗도 비치지 안는 나무 미테는 두 사람 외에 아무도 업섯다

『그야 물론이지오 그러나 한경 씨는 나와의 약속을 이저버리시면 안 됩니다 우리들은 가뎡을 위해서 더구나『나』개인을 위해서 사는 사람이 아닙니다 우리는 올치 못한 것, 공평치 못한 일을 온 세상에서 업새고 다시는 이런 세상이 오지 안토록 하는 일을 생명을 내노코 가티 해야 합니다!』

철호는 한경의 손을 압흐게 쥐고서 힘 잇게 말하얏다

『녜 이저버라[334]지 안하요! 저는 철호 씨의 하는 일이라면 어대까지든지 가티 해요 그런데 이것 한 가지만은 꼭 약속해주서야 해요 ──?』

---

333 적업(適業). 능력이나 적성에 알맞은 직업.
334 문맥상 '리'의 오류로 추정.

1929.7.19 (41)

지나간 일 (七)

『무슨 약속입니까?』

『저 — 저 — 철호 씨가 공부를 다 하시고서는 저와 결혼해 주셔요』

한경은 비상한 용긔를 내가지고 간신히 이가티 말하고서 머리를 숙이엇다

『꼭 결혼을 해야 합니까?』

한경을 고개를 쓰덕인다

『가뎡을 맨들어야 합니까?』

그는 쏘 고개로 대답한다

『나는 집 한 간[335] 업고 결혼한대야 냄비 한 개, 질화루[336] 한 개를 그나마두 살쑹말쑹합니다 그래도 좃습니까?』

『……』

『왜, 대답을 안 하십니까?』

『그런 건 어써케든지 되지오』

『만일 굶게 된다면 어써케 합니까?』

『저도 힘껏 벌지오 저 혼자만 벌드라도 굶을 리치는 업습니다 그러치 안해요?』

『……』

『철호 씨는 저를 사랑하신다고 햇지오? 그리고 저더러 사랑해 달라고

---

[335] 간(間). 넓이의 단위. 건물의 칸살의 넓이를 잴 때 쓴다. 한 간은 보통 여섯 자 제곱의 넓이이다.
[336] 질화로(火爐). 질흙으로 구워 만든 화로.

하섯지오? 저는 래년이면 의학교(醫學校)를 마칩니다 철호 씨는 래후년
에 법과를 마치시지 안해요?』

『그러니까 래후년에 서울서 결혼을 하자는 말슴입니다그려?』

한경은 이미 이 년 전에 스므 살을 보내버렷다 지금은 보통 처녀와 가
티 아무 째나 수집어하고 용긔를 내지 못할 째가 아니엇다

『녜 저는 철호 씨가 그러케 해주실 줄 미더요』

『녜 될 수 잇는 대로 그러케 해보지오 그러나 래년 일을 몰르고 래월 일
을 몰르겟거든 래후년 일을 어찌 되리라고 단언할 수 잇습니까』

『그야 그러케 말슴하면 모든 일이 다 그러치오 그러치만 사람의 일을
반듯이 예측할 수 업다고도 말할 수 업지 안해요?』

철호는 한경의 말을 글흐다 할 아모런 리유도 가지지 못햇다 그는 한경
의 목에 쓰거운 키쓰를 하얏다

그는 얼마 뒤에 한경을 그 집에까지 바라다주고서 자긔가 거처하는 한 간
도 못 되는 판매소에서 갓가운 집의 족으만 셋ㅅ방으로 돌아와서 다 떨어
진 입울을 덥고 들어누엇다 머리ㅅ속은 휘저서 논 것가티 범벅이 되엇다

『나는 과연 한경을 그러케 깁히 사랑하는가?』

그는 얼마 뒤에 이와 가티 자긔 자신에게 물어보앗다 그러나 그는 자긔
의 현재의 감정을 랭정하게 비판할 힘은 업섯다 정직하게 말하면 그는 지
금 한경을 안해로 하고서 가뎡을 맨들고 평화로운 생활을 하고 십흔 사상
도 감정도 가지지 아니하얏슬 쑨만 아니라 그러한 환경에 잇지도 아니하
다 그는 어려서부터 부자연한 환경 속에서 자라나고 철이 들면서 가족에
대한 또는 사회에 대한 복수심을 갓게 되고 일본으로 건너와서는 비 오는
새벽바람 부는 밤중에 고단한 몸을 쉬지도 못하고 힘드는 일을 륙칠 년이
하루가티 하야왓스니 그 동안에 싸뜻한 인정이라고는 어머니의 눈물겨

운 사랑밧게 바다본 일이 업다 그러나 그 어머니의 사랑도 철호가 철이
날 째에는 이미 싣허지고 말지 아니하얏는가…… 그리하야 그는 완전히
인생이라는 황량한 사막 속에서 사회, 전통, 권력이라는 채쑥에 살이 찌
저지지도록 어더마저온 사람이 되엇다 다정한 태도, 순결한 마음, 희생덕
정신…… 이와 가튼 것이 일즉이 한 번이라도 철호의 령혼을 폭 싸안아준
일이 잇섯다 하면 한경을 발견한 철호의 감정도 그다지 동요되지 아니하
얏슬는지도 모를 일이다 그러나 철호의 령혼은 한경의 희생덕 정신과 순
결한 마음과 다정한 태도에서 한 방울의 감로(甘露)보다도 더 다듸단 위안
을 밧게 되엇든 것이다 그런 까닭으로 그의 사상이나 감정은 결혼을 하고
서 가뎡을 맨들고 사는 데 대하야 동의하지 아니하건마는 앗가 한경에게
는 결혼을 약속하얏든 것이다……

1929.7.20 (42)

지나간 일 (八)

　가을도 깁허저서 진재 후에 맨들어 논『쌔라크[337]』(假屋) 동리의 거리에
겨울바람이 불기 시작하든 쌔 한경은『조부병환시급속래』의 뎐보를 밧고
서 동경서 써낫다

　『저는 지금 가면 언제 올지 몰라요! 옵바는 작년부터 학교를 마치면 의
사개업(醫師開業)할 미천이 잇서야지 너보다 먼저 일본서 의학 졸업하고
나온 녀자들도 별수 업더라 하면서 어쎠케든지 류학을 중지시키려고
하는 것을 한아버지쎄서 그래도 하든 것은 다 마처라 집에서 군졸하
게[338] 지내드라도 계속해야 한다 내가 먹는 약갑을 한경이를 주어라 하
시어온 싸닭으로 오늘날까지 지내왓서요… ‥ 하지만 한아버지가 돌어
가시면 옵바는 반듯이 안 보내줄 줄 알아요…』

한경은 동경역에서 철호에게 이와 가티 말햇다 그러고 쏘

　『한아버지는 이번에는 돌아가시기 쉬워요 벌서 십 년 갓가이 두고 고
통하시는 병환인데요 ―― 중풍(中風)이야요… ‥』

이러케 보태어 말햇다 철호는 침울한 얼굴을 숙이고 잇섯다 한경을 위
로해 줄 아모 말도 업섯든 것이다

　한경이가 귀국한 이후로 철호는 가끔가끔 한경에게 대한 생각으로 정
신을 쌔앗기는 쌔가 적지 안햇다 그러나 그는 보통 련애긔에 잇는 청소년

---

337 바라크(baraque). 군인들이 주둔할 수 있도록 만든 건물 또는 가건물.
338 군졸(窘拙)하다. 있어야 할 것이 없거나 넉넉하지 못하여 어렵다.

들과 가티 생각날 째마다 그리워하고 가슴이 아플 째마다 슬퍼할 줄은 몰랏다 그는 여전히 신문배달을 하고 여전히 학교에 다니고 여전히 흑색동맹의 모임에 참석하얏다 그리는 동안에 흑색동맹의 두령(頭領)이라고 볼 수 잇는 고순일은 자긔의 사상덕 전환(思想的轉換)을 말하고서 흑색동맹에서 탈퇴하야 준비 중에 잇는 무산정당(無産政黨)의 긔ㅅ발 알에로 들어가버렷다 흑색동맹은 순일을 일허버린 뒤로부터 주인 업는 집과 가티 쓸쓸하야젓다

『오늘이 모이는 날이지? 무어 모일 것 잇나 별로 이야기도 업고 이다음 주일로 모이세』

한 주일에 한 번씩 모이는 동맹의 회의도 이와 가티 유야무야 간에 모이어지지 아니하얏다 물론 흑색동맹쑨 아니라 일본에 잇서서『아나』계(系)의 운동은 대정 십삼 년 전후를 그 전성긔로 하고서 점점 운동의 권외(圈外)로 멀리 썰어저 나가게 되엇섯스니 이것은 일본의 무산계급[339] 운동에 잇서서『맑스』주의(主義)의 승리를 말하는 중대한 현상이엇든 것이다 순일은 리론가(理論家)이엇다 그는 K씨나 I씨나 T씨의 의견쑨만 아니라 일반 무정부주의자의 학설은 인류사회의 력사덕 발전(歷史的發展)의 법측을 무시하는 것임을 깁히 깨달앗든 것이다 무산대중의 정치덕 각성과 단결 —— 이곳에서부터 시작되는 전면덕 투쟁에 의하야서만 계급이 잇는 사회는 력사상에서 집어버릴 수가 잇다 —— 그는 이와 가티 생각하얏든 까닭으로 조선 류학생의 맑스주의자 단톄에 참가하야 크게 단결되어가는 일본에서 가장 유수한 맑스주의자들을 중심으로 하고서 성립되는 무산정당의 일을 적극뎍으로 도왓다

---

339 무산계급(無産階級). 자본주의 사회에서, 생산 수단을 소유하지 않고 노동력을 판매하여 생활하는 계급.

철호는 이와 가튼 주위의 정세(情勢)에 동요되지 아니할 수 업섯다 자긔보다 공부가 만흔 순일의 주장이 올흔 줄을 비록 정확하게 리해하지는 못한다 할지라도 대개는 리해할 수 잇섯다 그러나 그의 감정과 사상은 순일을 쌀흘 수 업섯다

『나는 무산계급이 전톄가 오랫동안 자든 잠을 쌔어서 크게 한 덩어리가 되어가지고 무슨 일이 될 쌔가 올 쌔까지 기다릴 수 업네』

『자네는 자네 혼자 힘으로 바위ㅅ덩어리 한 개인들 움즉일 수 잇는 줄 아는가?』

순일로부터 이가티 반박을 바드면서도 종래 철호는 순일과 가튼 행동을 가지지 못하얏다——

그 이듬해 봄에 이르러 흑색동맹도 유야무야에 해산되어 버린 뒤에 철호는 대학교 졸업장도 귀치안코 이 이상 더 고학하는 것도 질겁지 아니하고 다만 무슨 일이든지 해보겟다는 생각으로 표연히 칠 년 만에 조선 쌍으로 돌아왓다 부산에 나리엇슬 쌔는 포프라[340] 나무ㅅ닙이 무성한 오월 초순경이엇다

---

340 포플러(poplar). 버드나뭇과의 낙엽 교목.

1929.7.21 (43)

지나간 일 (九)

철호는 즉시 서울로 올라와서 종로청년회관 뒤에 려관을 뎡하고 묵엇다 그는 서울에 친구가 업다 시골 보통학교에 다니다가 열여섯 살에 일본으로 가서 칠 년 만에 나왓거든 길거리에서 보고서 악수할 사람이 잇슬 리치가 업다 쏘 동경서 가튼 학교에 다니든 친구가 잇섯다 할지라도 그것은 간신히 얼굴이나 긔억할 만한 사람들이오 그남아도 몃 사람 되지 안햇다 그는 서울로 오든 이튿날 그의 유일한 친구 한경을 편지로 불러내엇다

『어쩌면 오신다는 편지도 업시 이러케 갑작이 나오셧서요? 학교는 어쩌케 하시고 오섯서요?』

그의 려관으로 차저온 한경은 철호의 편지를 바다가지고 그 길로 집에서 달아나온 것가티 보엿다 그의 손에 어젯밤에 써 부친 철호의 편지가 쇠깃쇠깃 쥐어잇는 것을 보아도 알 수 잇다

『놀라셧지오? 하여간 그동안 오륙 개월 동안 여러 번 주신 편지를 밧고서도 답장을 자주자주 못 한 것은 본래에 편지 쓰기를 실혀도 하거니와 댁에서 눈치를 알가 보아서 일부러 쓰지 아니하기도 하얏습니다 올아버니께서는 지금도 경찰부에 다니십니까?』

그들의 처음 문답은 이와 가티 시작되엇다 그들은 오랫동안 서로 그리든 이야기와 그동안에 한경은 가뎡의 변동과 철호는 자긔의 사상과 쏘는 주위 환경의 변동에 대하야 서로 이야기하얏다

『그런데 한경 씨는 내가 무슨 일을 하든지 나를 위해서 힘을 써주시지

오? 지금도 그것을 약속할 수 잇습니까?』

이야기 쓰테 철호는 이가티 물엇다

『힘쓰고말고요! 무슨 일이든지 당신이 정당하다고 생각하시는 일이면
———』

『그러면 내가 래일모레쯤 려관을 옴기고 나서 다시 맛나 뵈옵구 이야
기하지오…… 절대로 나를 신임(信任)한다고 맹서하야 주십시오』

『네 열 번이라도 백 번이라도 맹서하지오 절대로 신임합니다』

철호는 그의 표정을 보고서 안심하얏다 —— 참말로 이상한 성격(性格)
이다 어쩌면 나를 그러케 절대로 신임할가 나 가튼 사람을 이러케까지 사
랑한다는 것은 전혀 내 인격 째문인가 그러타면 경찰에 다니는 올아버니
와는 어쩌케 한집에서 사는가 나를 쌀흘려고 하면 올아버니를 버려야 할
것이요 올아버니를 밧들려면 나를 차내 버려야 하지 안흘가…… 아니다
이것이 이 녀자의 성격의 특덤이다 이 녀자는 날 째부터 희생덕 성질을
풍부하게 가지고 나왓다 살덤을 베는 일이 잇드라도 그 살덤을 베는 사람
만 밋는다면 칼날이 쌔에 닷는다 할지라도 아픈 줄을 몰를 만큼 희생덕으
로 된 녀자다 실상은 이 녀자의 이러한 성격에 내가 이쓸리어 온 것이 아
니냐 그런 싸닭으로 이 녀자는 압흐로 내가 얼마든지 리용할 수도 잇
다…… 철호는 한경의 얼굴을 바라보면서 이런 생각을 하얏다

그리하야 그 이튼날 그는 죽첨뎡 삼뎡목 근처로 돌아다니다가 수도물
을 쓰러 나온 로파의 지시로 우연히 후미진 골목 안에 잇는 지극히 조용
한 려염집[341] 하숙을 발견하고 그 밤으로 옴기어 왓다 그리고 그날 밤에
무엇을 결심하고서 쪽으만 가방 속에서 서울과 화장품 비슷한 멋 가지 병

---

341 여염(閭閻)집. 일반 백성의 살림집.

약(甁藥)과 가위와 맨든 수염 가튼 것을 쓰내 노코서 열심으로 자긔의 얼굴을 변장하기에 고심하얏다 얼마 뒤에 그의 눈은 죽음 전보다 몃 배나 더 커 보이고 눈섭은 새캄아코 코는 오쑥한 여듧팔자수염이 잇는 신사로 변하얏다 이것이야말로 그가 일즉이 대판에서 고용살이를 하고 잇슬 째 한 상뎜에 가티 잇든 일본 아이에게 배운 변장법이엇다 그 일본 아이는 활동사진을 몹시 조하하고 탐정소설을 만히 보다가 불량소년단의 단장이 되어가지고 여러 차례나 큰 돈을 훔처내다가는 유흥하다가 마츰내 철호가 그 상뎜에 잇는 동안에 경찰에 톄포되엇섯다 —— 철호는 지금 자긔의 얼굴을 거울 속으로 보고서 빙긋이 웃엇다

1929.7.22 (44)

지나간 일 (十)

　그는 이날 밤에 하든 변장으로 얼굴을 쑤미고서 그 이튼날 오정 째가 거의 다 되엿슬 째 주인집 아이는 학교에 가서 업고 로파는 안방에 들어안저 낫잠을 자는지, 집안이 쥐 죽은 듯이 종용한[342] 틈을 타서 살짝 싸저나왓다

　뎐차를 타고 안국동 종덤까지 와서 나려가지고 계동 쏙대기 자작 정완규의 집으로 차저갓섯다 이 사람의 집이며는 언제든지 현금이 잇슬 것이라는 엄밀한 추측이 잇섯든 싸닭이다

　처음에는 정 자작이 집에 업지나 아니할가 하는 의심도 업지 아니하얏 섯스나 정 자작은 ××은행의 두취라 하지만 오정 전에 은행에 나아갈 리치가 업다고 생각되엇든 고로 안심하고서 밧갓 대문을 들어선 뒤 서슴지 아니하고 대감을 차젓다 응접하든 청직이[343]는 은행에서 온 사람인 줄 알앗든지 두말하지 아니하고 그를 대감의 방문 압싸지만 인도하고서 나아가 버리는 것이엇다

　마츰 무슨 장부(帳簿)를 보고 안젓든 자작은 철호를 보고서 누구인지 알아보지 못하겟다는 듯한 표정을 하얏다 철호는 자작의 겨트로 갓가이 가 안저서 무서운 눈으로 자작의 눈을 쏘아보며 약 이십 분 동안 설교를 하얏다

　『대감이 제게 돈을 안 주실 수 업습니다 만일 대감이 주시기 실흐시거

342　종용(從容)하다. 조용하다.
343　청(廳)지기. 양반집에서 잡일을 맡아보거나 시중을 들던 사람.

든 거긔 잇는 초인종을 눌르시든지, 혹은 저를 잠간 여긔 안처 두시고
서 이다음 방으로 가서 경찰서로 뎐화를 하시든지 하십시오 그러나
대감에서는 이미 제 말슴을 모도[344] 리해하섯습니다 일을 시슬어웁게
맨드시다가는 리로웁지 못하실 것까지 쌔닷고 계십니다』

철호의 종용하고 대담한 태도는 천근의 무게로 자작의 머리를 눌르는
것 갓고 비수 가튼 칼ㅅ트로 가슴을 쏘개고 들여다보는 것가티 서늘하얏
다 자작이 일즉이 이러한 도적을 맛나본 일이 업슬 쑨만 아니라 이야기인
들 이러한 도적의 이야기를 들엇슬 리치가 잇스랴? 마츰내 자작은 반씀
정신이 나간 사람 모양으로 제 스스로 금고ㅅ문을 열고서 마츰 남아잇든
돈 삼천 원을 집어 주어버렷다 그리하야 철호가 돈을 바다가지고 나아간
뒤에 약 삼십 분이나 지내서 비롯오 자작은 경찰에 고발할 정신이 나서
경찰서로 뎐화를 걸게 되고 신문긔자들은 경찰에서 눈치를 알고서 즉시
정 자작의 집을 탐방하야 가지고 호외를 경성 시중에 쌕리엇든 것이다!

철호는 그 이튼날 밤에 서울 와서 두 번째로 주소 성명을 쓰지 안코 필
톄를 변작한 편지를 써가지고 한경에게 부치엇다

그리하야 이튼날 죽첨뎡 하숙으로 차저온 한경에게 철호는 정 자작과
쏘 진응상의 집에서 가저온 돈 중에서 천 원을 제하고서 남아지 돈을 전
부 내어주엇다

『어쩌케 하랍니까?』

『갓다가 들키지 안케 잘 감추어 두엇다가 내가 달라고 할 째에 주시오』

『철호 씨가 결심하섯다는 일은 이것입니까?』

『올습니다』

---

344 모도. '모두'의 옛말.

『압호로도 자꾸 하시렵니까』

『아니오 여긔서 동지를 구해가지고 만주에 들여보내서 필요한 수단 방법을 강구하기에 충분한 자금을 됴달만 하면 이런 일을 할 필요가 업습니다』

『얼마나 가지면 충분해요?』

『적어도 삼만 원은 잇서야 합니다』

『그러면 삼만 원을 제가 마타 가지고 잇서야겟습니다그려?』

『그럿습니다… 그런데 올아버니께서는 나를 지금 찻기에 매우 힘쓰실 것이니까 그 돈을 잘 두셔야 합니다 탄로되지 안케 잘 둘 수 잇습니까?』

『잘 둘 수 잇습니다』

『내가 불행해서 쯧을 일우지 못하는 경우가 잇드라도 경찰에 붓들려가서 절대로 나는 그 돈을 어대다 두엇다는 말은 아니할 터이니까 내가 징역을 하는 동안에 설사 당신이 시집을 가버리는 일이 잇드라도 나종에 내가 감옥에서 나와서 그 돈을 달라는 쌔에 당신은 일체를 비밀에 부쳐두엇다가 그 돈을 온전히 내어줄 결심과 용긔가 잇습니까?』

『네!』

『감사합니다 자 ― 그러면 일즉이 집으로 가십시오』

극도로 긴장된 방 안의 공긔를 쌔털이고서 철호는 마루로 난 문을 열어 한경을 내어보냇다 그러고서 약 삼십 분 뒤에 자긔도 문밧그로 나아갓다

1929.7.23 (45)

지나간 일 (十一)

　어제 호외보다도 더 자세한 신문의 보도로 말미암아 집집마다 골목마다 온 장안 사람이 시국표방설교강도라는 새로운 강도의 이야기로 수선거리고 거리거리에 형사 쎄의 경계망이 물 부어 샐 틈 업건만 철호는 이와 가튼 소란과 엄중한 경계로 뒤덥힌 경성 시가에 태연히 그 그림자를 내노핫다

　『누가 나를 알아? 어느 놈이 나를 잡아? 흐훙!』

　그는 뎐차를 타고 조선은행 압헤서 나려가지고 진고개[345]를 한 박휘 돈 뒤에 영락덩[346]으로 나려오다가 『카페 • 백마뎡』[347]으로 발길을 들여노핫다 그는 서울 오든 날 밤에 우연히 차를 한잔 사 먹으러 들어갓다가 발견한 『아이쌍』이라는 조선 녀자에게서 바든 인상이 조핫든 것을 문득 생각하고 이왕이면 모르는 데보다 거기 가서 다리를 쉬랴는 것이다

　그리하야 그날 밤에 그는 한경의 옵바──홍면후라는 사람의 얼굴을 쏙쏙히 보앗다

　『아이그 맙시사! 괴청년이나 잡지 형사과장의 할 일이 그러케 업든가!』

　애라가 이편으로 와서 써나지 안는 것이 불쾌하다는 표정을 하고서 면후가 『오아이소[348]──』ㅅ소리를 크게 질를 쌔에 철호의 등 뒤의 테──불

345　진고개. 북악과 남산을 연결하는 수많은 고개 중에서, 오늘의 충무로 2가를 지나는 것.
346　영락정(永樂町). 현 중구 저동1가 일대의 일제강점기 명칭.
347　'』'의 오류.
348　오아이소(おあいそ, お愛想). '(요릿집 따위의) 계산서'를 뜻하는 일본어.

에 안저 잇는 손님과 수작하든『란쌍』이 이가티 혼자ㅅ말하는 것을 그는
얼른 듯고서 즉시 그와 가티 추측하얏든 것이다

철호는 이튼날 새벽에 돈 천 원을 백 원씩 열 봉투에 너허가지고 효창
원 빈민굴을 차저가서 봉투 아홉 개를 집어너코서 돌아왓다(백 원 하나는
추후 계획의 경비 겸 비상금을 남긴 것이다) 그것은 빈민들에게 자긔의
첫 수확을 가지고 따쓰한 인사를 하고 십헛든 것임도 물론이지만 그보다
도 헛물켜는 경찰을 다른 수단으로 한번 깜짝 놀래게 하야주고 십헛든 싸
닭이다

그의 이러한 수단은 예상한 바와 가티 경찰로 하야금 한층 더 갈팡질팡
하게 하얏다는 것을 그날 신문의 보도를 보고서 알앗다 서둘르면 서둘를
스록 범인의 자최는 묘연하야 초조하게 지내는 경찰의 수사본부로

『어리석은 친구들이어 군국을 위하야 다할 충성이 아즉도 남아잇거든
그대들의 쓸대업는 희생을 하기 위하야 타고난 그 몸둥이의 건강을 위
하야 낫잠이라도 자게……』(下略)

이와 가튼 투서를 평양서 부친 것도 실상 알고 보면 한번 놀려먹기 위
해서 평양으로 가든 전날 한경이를 불러내어가지고 한경이 자신의 필적
으로 철호가 불르는 말을 바다쓰게 하야서 가지고 간 것이엇다 그런 것을,
면후는 이 투서를 바다가지고 누이에게 갓다보이고서 한경이가 시침이
를 쑥 잡아싸고서 탐정소설 본 이야기를 하니까

──『그래도 유인당한 일이 업스니까 안심이지, 허허』

하고 우서버리엇든 것이다 ──

이와 가티 철호가 이 긔괴한 사건의 범인이오, 면후의 누이동생 한경이
가 철호의 후원자요, 동지요, 쏘는 애인이라는 것은 철호와 한경이 외에
이 세상에서는 쥐도 개도 몰르는 비밀이엇다 그러나 철호와 한경이가 이

쥐도 개도 몰라야만 할 비밀이 영민한 애라의 눈에 씌우게 될 것을 어찌 알앗스리오! 공교롭게도 면후는 철호의 투서를 백마뎡에서 놀다가 썰어털이고 차지러 와서는 그 투서 필적이 자긔 누이동생의 필적과 쪽갓다는 말을 입 밧게 내고 그 우에 철호와 한경이는 탑골승방을 차저가다가 애라에게 들키고 그 전에 애라와 한경이는 창경원 사구라 꼿구경을 하다가 서로 얼굴을 알게 되엇스며 철호는 부지럽시 매일가티 백마뎡에를 다니다가 평양을 갓다 왓다 하는 이틀 동안만 가지 아니하는 등…… 말하자면 유력한 단서와 증거만을 골라가면서 애라에게 뎨공하야 온 세음이니 이 일이 장차 어찌 될가?

애라는 이미 철호가 확실히 진범인이라는 추측을 십분지구[349]쯤 가지고 잇는 것이 사실이다 그러나 애라는 철호를 조하한다 조하할 쑨만 아니라 그의 하는 일에 흥미를 가지고 잇다 그리하야 애라는 철호를 자긔 물건을 맨들기 위해서 속 못 차리는 면후로 하야금 한경을 시골로 나려몰도록 하얏다 그런데 철호는 한경이가 서울을 써나면서 부친 편지를 보고 이 생각 저 생각하면서도 애라가 이런 일을 쑤며노코 그 우에 자긔의 정톄를 내다보고 잇는 줄은 쑴에도 생각하지 못하얏스니 사건은 과연 어찌 될 것인가?

---

349 십분지구(十分之九). 9/10.

1929.7.24 (46)

함정(陷井) (一)

　　경찰이 눈을 홉쓰고서[350] 찻기 시작하고, 신문이 각기 경쟁하야 가며 보도하야 오든 조선서 처음 보는 긔괴한 사건은 신긔하게 생각하든 세상 사람들의 흥미가 점점 엷어지는 가운데에서 벌서 이십 일이 지냇다 괴청년의 종적은 인제는 조선 안에서 차저볼 수 업게 되엇다고, 제법 이런 일에 대하야 아는 체하는 사람들이 짓걸이고 잇슬 째에 경성 시민을 쏘다시 놀래게 하는 사건이 발생되엇다

　　—— 시국표방설교강도, 데사차로 청진동 최 부호가에 돌현, 현금 오천여 원을 강탈한 후 담을 쮜어넘어 추격하든 경관을 조롱하고서 유유히 잠적, 대담무쌍한 작야[351]의 범행 ——

　　시내의 일곱 개의 신문은 이와 가튼 의미의 대동소이한 데목으로 어제 밤에 청진동(淸進洞) 큰길거리에 잇는 미곡위탁급정미업상(米穀委托及精米業商)으로 유명한 최달원(崔達遠)이라는 부자의 집에 이십여 일 전에 정 자작의 집을 습격한 것을 필두로 하야 동대문 밧 진응상, 평양 김만일 등의 집에 나타낫든 괴청년과 톄격과 언동이 추호도 틀림업는 설교강도가 나타나서 만주속(滿洲粟) 일만여 원어치를 주문하고 시재[352]로 남기어두엇든 돈 오천여 원을 강탈하야간 사실을 전 페 —— 지(全頁)를 데공하야 상세히

---

350 홉뜨다. 눈알을 위로 굴리고 눈시울을 위로 치뜨다.
351 작야(昨夜). 어젯밤.
352 시재(時在). 당장에 가지고 있는 돈이나 곡식.

보도하얏든 것이다 이제 신용할 만한 신문의 보도를 종합하야 보건대 사실은 이와 가탓다

작일[353] 밤 새로 한 시가 지내서 첫녀름 밤에 길로 싸지르는 행인도 인제는 쑥 슨이고 큰길거리도 괴괴하야젓슬 째이다 최 부호는 안팟글 또 한 번 살핀 뒤에 책상 우에 놋는 죽으만 금고ㅅ속에 남은 돈을 너코서 잠근 뒤에 골방 속에 집어너코 나서 자리ㅅ속으로 들어갓섯는데 잠이 들가 말가 하얏슬 째에 사람의 긔척도 업시 방문이 열리면서 예쌘 수염을 길른 약 삼십 세 되어 보이는 청년이 방 안으로 성큼 들어섯다 최 부호는 깜짝 놀래어서 일어나 안즈려 하니까 그 청년은 손을 들어 자긔의 등 뒤를 가르치면서

『소리를 내시면 대단히 위태하실 것입니다 조용히 하십시오 나는 영감과 잠시 이야기를 하려고 들어왓습니다』

최 부호는 그 청년의 뒤에 무엇이 잇다는지 겁이 나서 반쯤 일으키든 몸을 다시 들어누엇다

『영감은 제가 차저오기를 기다리시엇지오? 아니 기다리시[354] 안흐섯다고 해도 좃습니다 오늘은 긔어코 제가 왓스니까 그대로 돌려보내시지 안흘 줄만은 알고 잇습니다 또 혹은 그대로 돌려보내신다 하드라도 일후에 또 올 터이니까 미안하실 것은 업습니다』

최 부호는 말문이 막히어서 업는 침만 삼키고 잇섯다 그 청년은 약 삼십 분 동안 류창한 말솜씨로 조선 사람의 형편과 돈 잇는 사람의 의무와 자긔의 목덕에 대한 설명을 늘어노핫다 그가 말을 시작하든 째부터 빗나는 눈은 점점점점 크고 밝게 빗나기 시작하야 나중에는 마치 반사경(反射

<hr/>

353 작일(昨日). 어제.
354 문맥상 '지'의 오류로 추정.

鏡)을 부친『까스』ㅅ불과 가티 휘황하게 빗나는 것이엇다 최 부호는 이야기로 듯든 설교강도의 생각이 나서 맘을 단단히 가지려고 힘써 보앗스나 등어리에서는 쌈이 흘르기 시작하얏다

『그런데 돈이 잇서야지오…?』

그는 간신이 쩔리는 목소리로 한마듸 하얏다

『네, 압니다 돈이야 오늘 은행에서 내오시는 것을 보앗스니까 더 말할 것 잇습니까 끄내시기가 힘드시다면 제가 끄내지오』

청년의 태도는 벌서 모든 것을 다 알고 모든 방비를 다 하고 모든 일을 착수해서 안 될 것이 업다는 듯한 전지전능의 태도이엇다 — 이것은 사람이 아니다! 귀신이 아니고서는 이럴 수가 업다!고 최 부호는 생각햇다 그는『골방 문을 열으시지오』하는 청년의 명령 아닌 명령대로 골방 문을 열고『금고를 이리 노코서 손수 돈을 끄내시지오』하는 지시대로 복종하얏다 돈을 세어보지도 안코서 청년은『참말로 감사합니다 이 은혜는 이저버리지 못하겟습니다 — 이다음에도 혼자서 오겟스니 후원해 주십시오』── 이러케 한마듸 남겨노코서 방문을 닷고 나가버렷다 그리자 죡음 잇다가 넉을 일코 안저 잇는 최 부호의 귀에 사랑채 뒤ㅅ담에서 버스럭 소리가 나는 것 갓드니『고랏[355]!』소리가 들리고 인해서 쿵쿵 달음질하는 소리가 들리엇다

---

[355] 코라(こ ら). 이놈아, 이 자식아.

1929.7.25 (47)

함정(陷井) (二)

밧갓 길거리에서 쫏기고, 쫏고 하는 사람의 발자욱 소리를 들은 최 부호는 그제서야 용긔가 나서

『도적이야!』

소리를 질럿다 문간채[356]의 항랑아범이 쒸어나오고, 상뎜에서 일 보는 사무원이 선잠이 쌘 눈을 부비면서 건너오고, 온 집안이 잠을 쌔어서 수선거리면서 즉시 종로경찰서로 뎐화를 걸엇다

종로경찰서 숙직(宿直)이 바든 뎐화는 즉시 그 밤으로 수사본부의 출동을 일으키고 시내 요소요소에 비상선(非常線)[357]을 늘이게 하얏다 그러나 두어 시간 만에 수사본부로 출두한 조선 순사 한 명은 이마의 쌈을 씻으면서 다음과 가튼 보고를 하얏다

『제가 열두 시 삼십 분에 파출소에서 나와서 한 시간쯤 뎡내(町內)를 순회하다가 오전 한 시 사십 분가량 되엇슬 째에 청진동 큰길거리로 다시 나려오다가 최달원의 집 압헤를 오니까 골목 안에서 수상한 인긔척이 잇슴으로 들어서 보앗습니다 그랫드니 과연 키가 오 척 오 촌이나 되어 보이는 세비로[358] 양복을 입은 자 한 명이 담을 넘어 쒸어나옴으로『이놈아! 게 잇거라!』ㅅ소리를 첫습니다 그러나 그자는 캄캄한 밤이라 잘

---

356 문간(門間)채. 대문간 곁에 있는 집채. 행랑채.
357 비상선(非常線). 뜻밖의 긴급한 사태가 일어났을 때에 비상경계를 하는 구역. 또는 그런 구역을 둘러싼 선.
358 세비로(せびろ, 背広). 신사복(저고리·조끼·바지로 이루어짐).

보이지는 아니하나, 한 손에 족으만 조히 뭉텅이를 들고서 두말하지 아니하고 도망을 가기에 즉시 쌀하가서 붓잡으려고 햇습니다 ── 』

『그래서, 못 붓잡앗단 말이냐?』

수색대 주임은 화증이 나는 것가티 물엇다

『네 ── 붓잡을 듯 붓잡을 듯하게 갓가이 썰어저서 달아남으로 다른 동료를 청하지도 아니하고 동십자가(東十字街)까지 쏘차갓습니다 한번은 곳 양복 웃저고리가 손아귀에 붓들릴 듯하앗는데 그놈은 지금 생각하건대 『마라손』 선수(選手)나 아닌가 합니다…… 비상히 몸이 날래서 눈 쌈작하는 동안에 약 이십여 간을 압서버렷습니다 그래서 광화문궁장(光化門宮墻)을 씨고서 올라가드니 경무대로 들어가 층계를 순식간에 올라가 안저서 나려다보고 ── 더 쌀하올려거든 더 쌀하오너라! 함으로 단념하고서 즉시 본서(本署)에 보고하고 오는 길입니다』

『쌔가시! 데데 잇데 오레시!』(못난 자식! 나가 잇거라!)

수사주임은 앗가부터 골이 탱중하야서[359] 욕이 혀끗까지 나오는 것을 간신히 참앗다가 긔어코 폭발하고 말앗든 것이다 ── 생각컨대 이번의 이 범인은 첫재, 담대하기 이 세상에 쏘 업고, 둘재 쒸어나게 총명하며, 셋재 날래기 비호[360] 갓고, 넷재 변장술이 교묘하다는 네 가지 특징을 지덕할 수 잇다

경찰에서는 최달원의 진술에 의하야 범인이 은행관계자(銀行關係者)와 련락을 취하고 잇는 혐의가 잇다는 새로운 심증(心證)을 어덧다 어찌하야서 범인이 하필 그날, 최달원이가 ××은행에서 팔천여 원을 차저내어 가지고 만주속 주문으로 계약금 삼천여 원을 쓰고 오천여 원이 남아잇다는

<hr>

359 탱중(撑中)하다. 화나 욕심 따위가 가슴속에 가득 차 있다.
360 비호(飛虎). 나는 듯이 빠르게 달리는 범.

것을 알앗슬가? 만일 범인이 은행관계자와 련락이 업다면 진실로 상상할 수 업는 일이다…… 그리하야 경찰에서는 그 돈 팔천 원을 치루어준 ××은행 출납계 사무원을 붓들어다가 취됴하는 동시에 전 은행원들의 신원 됴사(身元調査)를 비밀리에 진행케 하얏다

그쁜만 아니라 처음에는 범인이 일개 의덕(義賊)으로 시국을 표방하고 부호로부터 금전을 략탈하야 헛되이 소비하는 것인 줄만 알앗는데 —— 물론 그러타 하드라도 대사건임에는 틀림업슴으로 오늘날까지 전력을 다하야 범인 수사에 힘써온 터이지마는 —— 지금 와서 보건대 이 사건은 결코 일개인의 작난이 아니다 웨 그러냐 하면 벌서 경성과 평양에서 피해한 금액이 일만 이천여 원이라는 다대한 액수에 달하는 것을 보아도 알 것이다 일개인의 작난이라 가뎡한다면 결단코 전후 네 차례나 이와 가튼 모험을 다 하야가면서 만여 원을 강탈할 수가 업슬 것이다 그리고 보면 이 녀름에 들어서부터 소란한 국경 방면의 정보(情報)와 이 사건과는 밀접한 관계가 잇지 아니하면 안 된다 —— 이와 가티 단뎡한 경찰의 수노자[361]들은 온몸이 전부 신경(神經)덩어리가 되어가지고 활동하게 되엇다 ——

대개 각 신문지의 보도는 이상과 가탓다

---

361 수뇌자(首腦者). 어떤 조직, 단체, 기관의 가장 중요한 자리의 인물.

1929.7.26 (48)

함정(陷穽) (三)

　카페 • 백마뎡에서는 최달원의 집에서 도적마진 사건이 생긴 그 이튼날 밤에도 애라와 철호의 속살거리는 모양을 발견할 수 잇섯다

　『세상 사람들이란 어리석은 것이야요 저는 요사이에 더욱 그러케 생각해요』

　애라는 요염한 얼굴에 삼 분 명상(瞑想)하는 표정을 씌우고서 말한다

　『왜?』

　『왜? ──』

　애라는 철호의 뭇는 말을 바더서 되풀이하고서 새ㅅ별 가튼 눈을 싸막싸막하며 철호의 눈을 들여다보다가 ──

　『이거 보세요 저 가튼 사람이 어대가 잘낫서요? 남 가진 눈을 가젓고 남 가진 코를 가젓고 남 가진 입을 가젓슬 쑌인데 그래도 백마뎡에 출입하는 산애들은 나를 집어삼키지 못해서 애들을 쓰지 안하요 ──? 그야 물론 일시뎍으로 그런다 할지라도 하여간 일시뎍이건 아니건 우숩지 안하요?』

　『흐 ─ ㅁ ──』

　『그리고 쏘 보세요, 『시국표방』인지 『괴청년』인지 하는 사람의 이야기를 가지고 얼마나 세상 사람들이 써들고 십허 하느냐 말이야요 물론 조흔 의미로든지 낫븐 의미로든지 범인(凡人)과는 달른 뎜이 잇는 인물이 겟지마는 그러타고 그러케 써들ㅅ게 무어야요? ──』

『그야 그러치 ──』

철호는 시원치 안혼 대답을 던젓다 애라는 철호의 표정에서 무엇인가를 발견하려고 노력하는 것 가탓다 그리고 다시 애라는 침묵을 깨트리엇다

『그러타고 저는 세상 사람들로 하야금 입에 춤이 말르게 써들도록 하고 쏘는 세상 산애들을 애 말러[362] 하게 하는 그 본인을 어리석은 인물이라고는 결단코 말하지 아니해요 예를 들어 말씀하면 말이야요, 즉 그 괴청년이라는 남자를 제일 어리석다거나 낫브다거나 하는 것이 아니오 쏘 내 자신을 어리석다거나 낫브다고는 절대로 생각하지 아니합니다 어째서 제가 어리석어요? 백마뎡에 드나들면서 저희 집안에서 쓸 잔돈푼을 내버리고 다니게 한대서 제가 낫븐 사람이어야 하겟습니까? 절대로 아니야요! 저는 지금보다도 더 유명해젓스면 조켓서요 잘나고 못난 것은 둘재 치고 온 세상 사람이 『애라』라는 이름을 몰를 사람이 업슬만치 그러케 유명한 인물이 되어 보앗스면 조켓서요 낫브게 말하면 산애들을 롱락하더래도 그 방면으로 유명한 『카르멘』의 대명사를 바더가지고 어쎗든지 몰를 사람이 업도록 이름을 날렷스면 저는 만족이야요』

휘스키 ── 서너 잔을 들이켠 애라는 술긔운이 량협[363]에 만발하야 가지고 자긔의 야심(野心)의 전부, 욕구(慾求)의 전부를 쏘다 놋는다

『훌륭하오 ── 그런데 애라의 일본말은 과연 류창한걸』

철호는 애라의 연설이 언중유골(言中有骨)로 짐즛 사람의 맘을 써보려 하는 속쯧이 잇슴을 깨닷지 못한 바는 아니엇스나 될 수 잇는 대로 이 자리에서 눈치를 보일 필요는 업다고 생각하얏든 고로 일부러 말쯧을 돌려버린 것이다

---

362 애 마르다. (사람이) 매우 초조하거나 안타까워서 속이 상하다.
363 양협(雨頰). 두 뺨.

『훌륭하지오 ── ? 호호호! 하여간 저는 한째라도 세상을 움즈길 만한 큰일을 저즐르고서 이름을 내고 죽엇스면 소원이 업겟서요 저는 이 욕심 째문에 언제든지 가슴이 하나 가득하답니다 호호』

애라는 다시 이러케 말하고 요염한 웃음을 웃엇다 철호는 압헤 노힌 술잔을 쪽쪽 쌜고서

『소원대로 하야 보구려 유명하게 되어 보시오 우리 가튼 사람은 그째에 박수갈채하고 구경할 터이니 ── 』

『아라! 마 ─ 소 ─ 시라쌔구레데 이룬자나이고도요!』── (아니, 참, 그러케 싼청만 하실 쎄 아니야요!) ──

이러케 말하고서 애라는 철호의 귀에다 입을 쏙 부치고서 계속하야 말하얏다

『 ── 저를 쏙 사랑하신다고 해주서요 네? 나는 너만 사랑한다고 해주세요 그러면 저는 당신을 위해서 무슨 일이든지 해들일 것이니 네……?』

1929.7.27 (49)

함정(陷穽) (四)

　그는 무어라고 대답하얏스면 조흘지 생각이 안 낫다 그러나 우선 아모 러치도 안타는 태도를 보이기 위해서는 어써케든지 대답을 하야 둘 필요 가 잇슴으로

　이[364]『그야 말하나마나지 ―』

　하고서 어물어물하야 버렷다 애라는 입을 쎄고서 대답을 기다리고 잇 다가 이 말을 듯고서는 어써케 해석하얏는지 정확한 대답을 요구하지 아 니하고 잠시 침묵하얏다 그리자 료리ㅅ간[365]에서 초인종 소리가 들리니 까 일어서서 들어갓다

　철호는 생각하얏다 ― 대관절 녀자를 어써케 해야 조흘가? 큰일을 저즐 러도 유명해저 보겟다 하고 난 뒤ㅅ테 짠청을 말라고 하는 것을 보면 이 녀자는 내 일을 죄다 알고 잇는 모양이 아닌가? 수일 전에 온양온천에 더 리고 갓슬 째에도 눈치가 이상스럽더니 오늘은 한층 더 이상하다 이 녀자 는 다만 사랑해달라는 것이 자긔의 목덕의 전부가 아니다 사랑을 밧는 외 에 쏘 다른 목덕이 잇다……

　올타! 과연 이 녀자는 드믈게 보는 근대덕 녀성의 뎐형(典型)이다 어대까 지든지 자긔라는 것을 세워나가려 하고 죽음도 희생되기를 실혀하며, 사

364　문맥상 오식으로 추정.

365　요리간(料理間). 음식점의 주방. (송철의 외, 『일제 식민지 시기의 어휘』, 서울대학교 출판 부, 2007, 10쪽.)

랑하면 쌕다구[366]까지 갈어 바칠 듯이 열렬하게 덤비고 그 대신 사랑이 식기만 하면 초개[367]가티 내버릴 녀자요, 경우에 의하야서는 제 몸을 제 스스로 쌔강정가티 부시어 버릴른지도 몰르는 녀자다 그러타! 제 말과 가티 『카르멘』과 가튼 녀자다 그런데 다른 산애들에게는 그러케 쌀쌀히 굴고 내게만은 미칠 듯이 매달리는 것은 무슨 까닭인가? 아니 그보다도 내 정톄를 알앗다면 대관절 어써케 하야서 알게 되엇단 말인가? 이야말로 귀신이 곡할 일이 아니냐? 그리고 이 녀자가 만일 모든 비밀을 다 알고 잇는 것이 사실이라 하면 이야말로 대사건이다 면후와 애라의 관계…… 설영 지금은 애라가 면후를 얼렁얼렁해가며 쩨어버릴려고 한다 할지라도……

철호는 이 이상 더 생각할 여디가 업섯다 인저[368]는 자긔 일신의 쏘는 계획하는 사업의 사활(死活)이 오즉 이 녀자 하나를 잘 조종(操縱)하고 잘못 조종하는 데 달려 잇는 위긔(危機)에 쌔진 것을 쌔닷지 안흘 수 업섯다

그째에 애라는 『아스파라가스』의 새 접시를 들고서 철호의 압헤 나타낫다

『무엇을 그러케 열심히 생각하심니까?』

『아무것도 아니야…… 애라와 함께 산보를 갓스면 조켓다고 생각을 하는 판이야…』

『마 — 우레시이와!』 —— (아이 조하라!)

애라는 이러케 소리치고서 들고 섯든 접시를 테 — 불 우에 노코 다시 그의 겨트로 다거안즈면서 계속하얏다

『정말이야요?』

---

366 쌕다구. '뼈다귀'의 방언(강원, 경남).
367 초개(草芥). 쓸모없고 하찮은 것을 비유적으로 이르는 말.
368 인저. '이제'의 방언(충남).

『…………』

『쏘 짠 생각이 나는 모양입니다그려 ──?』

『아 ─ 니 어대가 조흘가?』

『청량리 ──?』

『재미업서』

『그러면 ── 한강?』

『누가 아츰부터 한강을 간단 말이오?』

『그러면 어대가 조하요?』

애라는 철호의 성미를 마추기 힘든다는 듯이 말하얏다

『오전 열 시부터 열두 시까지만 조용하게 두 사람이 산보할 만한 곳 ──
── 그런 곳이 아니면 재미가 업단 말이오』

『그러면…… 장충단이 조치 안하요?』

『음, 장충단이 조켓소 그러면 래일 오전 열 시까지 장충단 연못 다리 우
에서 맛납시다 꼭 ──?』

철호는 이와 가티 다저서 말하고 의자에서 일어섯다 애라는 철호의 웬
일인지 오늘 밤만은 착 가라안저 잇지 못하고 족음 허둥지둥하는 듯한 태
도를 보고서 이상히 생각되엇다

『올치! 래일 맛나서는 반듯이 무슨 이야기가 잇슬 것이다 ── 만일 래
일도 아무 이야기를 안는다면 긔어코 자백을 시키어 노코야 만다!』

애라는 맘속으로 이와 가티 말하고서 철호를 쌀하 문밧까지 나아갓다
그째에 문을 열고 나아가는 그들과 엇갈리어서 카페 안으로 들어온 사람
은 면후이엇다

1929.7.28 (50)

함정(陷穽) (五)

『호호호 웬일이십니짜 심긔가 불평하신 모양이니 어대가 어써십니짜?』

애라는 까닭 업시 유쾌[369]하얏다 자긔의 계획이 차차 익어 가는 깃븜을 늣기는 참을 수 업는 유쾌한 맘이엇다 그래서 문을 닷고 들어와서 심술이나 안저 잇는 면후의 얼굴을 들여다보고 이가티 말하얏다 그러나 면후는 아무 말도 안는다

애라는 면후의 목을 두 팔 사이에 씨워가지고 그다지 괴롭지 안케 고개를[370] 좌우로 흔들면서

『왜 쏘 노하섯서요? 마치 어린 아이들 가태 ― 호호 그러치만 그 청년에게는 반지 한 개도 선사 바든 일이 업는데 무얼 그러세요……』

그리고서 면후에게 바든 반지를 씬 손으로 그의 알에턱을 간질엿다 면후는 울든 아이가 엿 한 가락에 눈물을 씻고 웃듯이 금시에 희색이 만면하야 가지고 입을 열엇다

『아서 아서 간지러워요! 하하하…… 오늘은 내가 이래저래 속도 상하고 갑갑해서 애라의 얼굴을 보러 왓스니 이리로 와 안즈시오』

『무엇이 그닥지 속상하는 일이야요?』

애라는 맘에 업는 우슴을 짓고서 말햇다

『그건 다 알아 무얼 하겟소 그 대신 시원한 맥주나 갓다 주시오』

---

369 문맥상 '쾌'의 오류로 추정.
370 문맥상 '를'의 오류로 추정.

애라는 잠간 안으로 들어갓다가 맥주와 먹을 것을 들고 나와서

『어쌔서 이 며칠 동안 오시지 안햇서요? 속상하는 일 쌔문이엇서요?』

『응 속도 상하고 밧브기도 하고 해서……』

『가엽서라 —— 아 참! 그런데 시굴 간 누이는 잘 잇답닛까?』

애라는 한경이의 소식을 물엇다

『응 잘 잇지 안코 그럼 제가 별수 잇나! 그런데 오늘 밤에는 내가 놀라
도 왓거니와 대관절 어쌔서 한경이를 시굴로 시집보내 버린다고 해야
반지를 밧겟다고 햇는가 그 리유를 들으러 왓스니 말하시오』

면후는 정색을 하고서 이가티 물엇다

『호호…… 그런 이야기는 들어서 무슨 소용이야요』

『무슨 소용이라니 세상에 소용업는 일이 어대 잇소? 궁굼하닛까 알아
둘 소용이지!』

『아이 그 별『소용』이 다 만습니다그려 —— 자아 맥주나 더 자서요』

애라는 면후의 뭇는 말에서 발을 쌔기 위하야 상긋 웃고서 맥주병을 면
후의 압흐로 내어민다

면후는 맥주를 바더들고서 그래도 궁굼한 듯이

『아니 그쌔는 이 다음에 리유는 알라고 말하지 안햇는가? 사람이 약속
한 일은 실행해야지 —— ?』

그는 긔어코 자긔의 누이를 시굴로 보내게 한 애라의 목덕을 알아야만
속이 시원할 것 가탓다 그러나 애라는 이에 말하지 안키로 결심한 일이다

『참말 고집쟁이십니다그려 누가 약속을 실행하지 안는다고 햇서요? 나
종에 긔회가 오거는 이야기할 것이니 가만이 게[371]서요!』

---

371 문맥상 '게'의 오류로 추정.

그의 태도는 얼마쯤 불유쾌한 것 가탓다 그리하야 면후는 애라의 표정이 조치 못한 것을 보고서 더 뭇고 십헛지만 마츰내 입을 다물어 버리엇다

『그런데 그 후로 괴청년의 종적은 들어낫습니싸?』

애라는 불숙 이와 가튼 말을 물엇다 면후가 만일 제정신을 가지고 술잔이나 사 먹으러 들어온 형사과장이엇드면『그런 말을 할 수 잇는 줄 알고 뭇는가?』라고 한마듸로 거절하얏슬 것이다 그러나 애라의 압헤서 면후는 형사과장으로 잇는 면후가 절대로 아니엇다

『글세 내가 속상한다는 게 다른 게 아니야 그 망할 괴청년인지 무엇인지 쌔문에 내가 살이 내릴 디경이라오… 숨어잇는 곳만 알아오는 놈에게는 오백 원을 주마고 하얏는데도 아모 효과가 업스니 살이 쌔지지 안켓소?』

『고싸짓 것 오백 원! 오백 원 가지고 무슨 범인을 잡겟습니싸!』

『왜 오백 원이 적어서──? 그야 애라 가튼 사람이 탐정해[372] 온다면 천 원인들 못 내줄가!』

면후는 맥주 긔운이 나서 된 말 안 된 말을 함부로 하는 모양이다 애라는 눈을 싸막거리면서 면후의 얼굴을 들여다보고 안젓다

◇ 明日부터
廉尙燮 作
李用雨 畵

---

372 탐정(探偵)하다. 드러나지 않은 사정을 몰래 살펴 알아내다.

51회 ～ 75회

염상섭廉想涉 作

이묵로李墨鷺 畵

1929.7.29 (51)

위긔일발 (一)

　장춘단 종뎜에서 뎐차를 나린 애라는 팔쑥의 시계를 잠간 보앗다 열 시 오 분 전이다 애라가 이째까지 남자와 약속한 시간을 이러케 성실히 지켜 본 일은 업다 저번 텬안 갈 째에는 차ㅅ시간이라 그러하얏켓지만 어쌧든 열 시 약됴를 열한 시에만 맛나준다면 그것은 큰맘 쓴 것이요 팔자 조흔 놈이라야 이러한 극상 가는 대접을 밧는 것이다 의례 지금쯤은 오밤중으로 잣바젓슬 사람이 싸른 밤을 공상으로 새이고 쏘 이러케 일즉 동한 것은 여간한 열성이 아니다 그러나 이 열성은 다만 정열에 씌어서만이 아니엇다 철호의 정톄를 알랴는 호긔심이 이 녀자의 맘을 더욱 밧브게 한 것이다 그러나 그러면 철호의 정톄를 안 뒤에는 어쩌케 할싸? 그가 과연 애라 자신의 상상한 바와 가티 조선 텬디가 써들석하야 찻는 죄인인 것이 확실한 것을 안 뒤에는 애라는 어쩌케 할싸? 그 순간부터 애라의 맘은 어쩌케 변할가?…… 애라는 차ㅅ속에 안저서도 자긔의 맘을 분명히 알 수가 업섯다

　철호가 그런 무서운 죄인인 줄을 알고 사랑하얏다면 애라는 공범(共犯)이 되거나 련루자가 된다 사랑의 대가(代價)로 큰 희생을 바처야 한다 텰창에서 오 년, 십 년을 썩는 동안에는 이 아까운 청춘은 속절업시 스러지고 말고 오 년, 십 년 후에 사바세계(娑婆世界)[373]에 나온대야 그때는 벌서 아모도 거듧써보지도 안흘 것이다

---

[373] 사바세계(娑婆世界). 석가(釋迦)가 교화하는 땅. 곧 괴로움이 많은 인간 세계를 이른다.

『그러나 대관절 나는 무엇 째문에 누구를 위하야 사는 것이냐? 카페 — 구석에서 하로에도 몃십 명, 몃백 명의 남자의 손째에 반즈르를 기름이 흘러서, 조호나 언쟌흐나 시시덕어리며 한세상을 보낸대야 고러케 알쓸한 건 무어냐? 그걸 생각하면 그이(철호)의 안광(眼光)에서 자긔의 전 생명을 부지직부지직 태우듯이 열정의 불길이 쌔처오르는 한순간 — — 다만 한순간만이라도 이내 눈으로 볼 수 잇다면!⋯ 그이의 슬른 그 벌건 입술 자국이 나의 온 얼굴, 온 몸둥아리를, 천만의 키쓰로 빈틈업시 뒤덥허 준다면!⋯⋯ 아 —, 그이의 눈길과 입김으로 그 자리에서 절명이 된다기로 나는 그이를 원망할까? 나의 입가에는 행복한 웃음이 방그레 — 써올을 것이다! 깃븜에 취한 내 눈은 몽롱히 흐려질 것이다! 그리고 인제는 절명이라 할 제 다시 한번 눈을 번쩍 쓰고 나는 행복입니다 용감스럽게 싸워주시고 뒤딸하 어서 오십쇼! —— 이러케 유언을 하면 그이는 쌤을 대고 문지르며 슬는 촛농 가튼 눈물을 떨어트려서 얼음장이 된 내 쌤을 다시 발가케 피어나게 하야 줄 것이다!⋯⋯』

애라는 정말 자긔가 철호의 품에 안겨서 사랑에 도취하야 금시로 절명이나 할 듯이 이러한 공상을 간밤에 날이 새도록 자리ㅅ속에서 혼자 니어 나갓든 것이다 그의 입술, 그의 눈, 그의 팔⋯⋯ 이러한 것을 상상할 제 사지가 녹으라지는 것 갓고 몸둥아리가 으스러지는 듯한 유쾌한 감각에 도취하야 혼자 웃어보앗다, 역정을 내엇다 하며 몽유병자처럼 열정에 씌엇섯다

그러나 이러□[374] □상의 뒤를 딸하서 문득 면후의 얼굴이 캄캄한 방안에서 눈암[375]헤 불쑥 솟아낫다 그 네모진 턱이, 쌔드러진 쌔만 남은 주름살 얼굴이 고개를 쌔어 내려다보는 것 가튼 환삭(헛개비)를 보고는 전신

---

374 문맥상 '한'으로 추정.
375 문맥상 '앞'의 오류로 추정.

에 소름이 쭉 솟는 것을 깨다랏다 그러나 정신을 밧작 차린 애라의 눈압해서는 면후의 얼굴이 스러지고 이번에는 귀미테서

『[376]… 이건 취담이 아니요 참 정말 삼천 원…… 그래 정말 삼천 원을 당장이라도 내노흘 테니 알려만 주어요!』

하고 아까 면후가 졸르든 나즉하면서도 침통하고 힘잇는 목소리가 들리는 듯십헛다 사실 면후는 애라가 새럽시[377]

『한 삼천 원 준다면 내 알아다 들이지!』

하고 놀리는 말에 취중에도 정신이 홱 돌은 듯이 붓적 달려들며 애라를 졸라도 보고 달래도 보앗든 것이다

『궐자가 몸이 달은 품이 정말 삼천 원이라도 내노흘 모양이야! 그야 얼마든지 긔밀비가 나올 것이니까……』

애라는 금방 철호에게 대한 열정이 식은 듯이 그와는 얼토당토안흔 이러한 생각을 하야 보앗섯다

---

376 '『'의 오류.
377 새럽시. 실(實)없이(말이나 하는 짓이 실답지 못하게). (곽원석, 『염상섭 소설어사전』, 고려대학교출판부, 2002, 392쪽.)

1929.7.30 (52)

위긔일발 (二)

『하지만 돈에 애인을 팔다니! 돈 삼천 원에 애인을 팔어? 팔기만 하나?
아조 죽이는 것이지! 그러 량이면 그이를 내 손으로 죽여서 이 입으로
고기를 씹는 것이 낫지!』

애라는 제풀에 자긔에게 대하야 의분을 늣기면서 니를 악물어 보앗다

『그러나 만일 그이가 싯싯내 내 말을 안 듯고 한경이와 다시 맛붓는다
면 그째는 어써케 할구?』

하는 생각을 하야 보고는 아까와는 다른 의미로 쏘 한 번 니를 한층 더
몹시 악물엇다 만일 그러케 된다면 삼천 원 아니라 삼백 원, 삼십 원에 팔
아서 하로고 이틀이고 실컨 휘스키 가튼 독주를 들이켜다가 그 자리에 걱
구러지고 십다는 공상이 머리에 써올으면서 금시로 철호를 노친 듯이 쏘
제풀에 분긔가 치밀어 올라왓다

『그러케 되면 전 조선의 수만 명 경관이 못 한 일을 이 약한 녀자의 손
으로 해냇다는 것만 으로도 애라의 이름은 붓적 올라설 것이다! 세상
을 한번 악 — 하고 놀래 보는 것만 소원이라면 이러나 저러나 매한가
지지……』

이러케도 생각이 들다가 애라는 제정신이 다시 든 듯이

『이게 다 — 무슨 망상인구? 내가 죽구 썩어도 돈 삼천 원에 두 눈이 멀
어서 우리 철호 씨를 팔아먹을 내가 아니다!』고 혼자 코웃음을 치며 동
이 트기를 기다리다가 잠이 잠간 들엇든 것이다

뎐차에서 나린 애라는 지금도 새벽녁에 쑴꾸듯이 혼자 조화하얏다 노하얏다 하며 공상하든 것을 생각하야 보고는

『설마 내가 돈 삼천 원에…』

하는 소리를 속으로 몃 번이나 뇌이며 것는다

공원 안을 들어서자 애라는 저편 수통 엽헤 섯든 양복쟁이의 눈이 날카로이 번적이는 것과 마조첫다

『흥 여기도 경계망이 널럿구나!』 하며 애라는 선쓱하다가 코웃음을 첫다 내 뒤에는 형사과장이 잇다는 암심이 이 녀자를 돌이어 호긔스럽게 하얏다 내 압헤는 너의들의 눈에는 안 보이는 범인이 잇다는 자랑에 엇개춤이 낫다

『너의들 눈깔은 쥐 눈이냐? 똥을 쌀 놈들!』——애라는 속으로 쏘 한 번 통쾌한 코웃음을 첫다 그러나 그동안 잡혓스면 어쩌나 하는 애가 더럭 씨우자 애라의 맘은 금시로 조급하야젓스나 수상히 보일까 보아서 텬연히 걸으면서 약삭쌜리 두 눈을 굴리엇다 뒤에서는 몃 간통 썰어저서 남자의 발자곡 소리가 자박자박 난다 수통 엽헤 섯든 양복쟁이가 대어서는 모양이다

약속한 연못 우까지 왓스나 철호의 그림자는 눈에 아니 씌인다 여기저기 송림 사이로 산보하는 듯한 사람은 모다 형사 가타얏다 그러자 어느 틈엔지 큰길을 건너 운동장 언덕에서 말숙한 양복쟁이가 단장을 슬며 나려오다가 왼손을 잠간 들어 인사를 하야 보인다 —— 아 철호다! 애라는 가슴이 더럭 나려안는 것 가트면서 당장 다라나서 그 품에 안기고 십흘 만치 반가웟다

금테 안경 속에서 빗나는 남자의 두 눈에는 웃음이 어리엇나

『벌서 오섯세요?』

『삼십 분 전에』

두 사람은 나란히 것기 시작하얏다 뒤에서 양복쟁이가 여전히 쌀흐는 것은 철호도 벌서 알아차렷다

『이러케도 대담한 남자가 잇슬가? 아 참 무서운 이다!』

애라는 철호의 낫비[378]이 털씃만치도 삿닥업는 것을 보고 속으로 감탄하얏다

『호랑굴에 들어와서 네 활개ㅅ짓하는 이런 남자는 난생 처음 보앗다! 아닌 게 아니라 이런 위험한 디대를 일부러 골라 오는 것이 돌이어 안전할 것이다』

생각할스록 탄복할 일쑨이다

철호는 언제 만들어 둔 것인지 백마뎡에 올 째에는 보지도 못하든 훌륭한 회색 여름 세루 양복에 비단 와이샤쓰라든지 미국제인 듯한 넥타이의 빗갈 등, 어대로 보든지 모던쌘이의 차림차리[379]다 외인손에는 야시에서 이십 전에 산 것인지 백금 반지가 번쩍이고 안경은 금테 평면경이엇다

『아츰 전이지? 어대로 가서 밥부터 먹읍시다』

철호가 이러케 친절히 발론[380]을 하니까

『그럼 남산장으로 가시죠』

하며 애라도 얼른 동의를 하고 살짝 돌처서자 뒤쫏든 양복쟁이가 멈춧 선다

두 남녀는 본체만체하고 지나치랴니까

『오이, 기미, 좃도!』―(여보 이리 잠간)

하며 양복쟁이가 붓든다

---

378 문맥상 '빗'의 오류로 추정.
379 차림차리. 옷 따위를 차려입은 모양.
380 발론(發論). 제안(提案) 또는 의논거리 따위를 말하여 드러냄.

1929.7.31 (53)

위긔일발 (三)

『걸렷다!』하는 번개 가튼 공포가 두 사람의 머리에 번썩 써올라왓다가
스러지자 두 사람은제각기 다시 맘이 평탄하야젓다

『어듸 사우?』

형사의 부라리는 두 눈은 철호의 우알에를 오르나린다

『안성 살아요』

하는 철호의 입가에는 너의 헛수고가 가엽다는 듯이 미소까지 써올라왓다

『이름은?』

『저 철호요』

형사는 안성 사는 리철호라 하고 차림차리가 부자ㅅ집 자식 가튼 것으
로 보아 문득 무슨 생각이 돌앗든지

『무얼 하우?』

하고 뭇다가 철호가 채 대답도 하기 전에 잼처서[381] 조급한 듯이

『당신 아버지는 누구요?』

하고 뭇는다

『진ㅅ자, 규ㅅ자시요』

『형님, 잇소?』

『녜 — 돌아간 대호 씨는 내 백씨[382]요 관호 씨는 내 중씨[383]요』

---

381 잼처. 어떤 일에 바로 뒤이어 거듭.
382 백씨(伯氏). 맏형을 높여 이르는 말.
383 중씨(仲氏). 자기의 둘째 형.

형사는 아모 말 업시 철호의 얼굴을 한참 치어다보다가 엽헤 섯든 양장 미인에게로 시선을 돌려보낸다

　안성 사는 리씨의 호ㅅ자(鎬字) 돌림인 것을 생각한 형사는 리진규라는 이름을 얼든[384] 련상한 것이엇다 「안성사건」 —— 그리고 서울의 「충신동 사건」이라면 조선 사람의 긔억에 아즉도 새로운 살인 사건이오 중대 사건이다 ××단원 김찬수가 안성 부호 리진규의 집을 습격하야 목덕은 달치 못하고 그의 장남 대호를 살해한 것이 그 소위 안성사건이니 바로 작년 섯달 일이다 뒤를 니어 일어난 동대문서 관내인 충신동의 뎐당포를 습격한 권총청년사건도 경찰관으로서는 소름이 끼칠 만한 가튼 김찬수의 사건이다 지금 본뎡서[385]의 응원으로 와서 장충단을 경계하고 잇든 이 형사는 자긔 서(署) 관내의 충신동사건으로 하야 당시 안성에까지 출장하야 리진규의 집을 사실하고 왓든 형사대의 한 사람이니만치 리진규, 리대호라는 이름은 최근까지도 짓니기듯 논 니기듯[386] 무상시로 입에 초들든[387] 이름이엇다 그리고 당시에 리진규의 세ㅅ재 아들이 서자로서 동경에 가서 류학한다는 말도 진규와 그 동리ㅅ사람의 입에서 들어 알든 바이다

　『그럼 댁에 강도 사건이 잇섯슬 째 보앗슬 텐데……?』

　형사는 애라에게서 눈을 쎄어 다시 철호를 바라보며 뭇는다 그 얼굴빗은 아까보다 훨신 풀려서 돌이어 안심과 호의를 보이는 눈치엇다

　『나는 당시 동경에 잇섯습니다마는……』

　하며 철호는 집안의 불행을 슬퍼하는 듯이 비통한 낫빗을 지어 보엿다

　『그래, 이 녀자는 누구요?』

---

384 문맥상 '른'의 오류로 추정.
385 본뎡서(本町署). 본정(일제시기 평안북도 신의주시 본 부동 영역에 설치되어 있던 옛 행정단위) 경찰서.
386 '짓이기듯 논 이기듯'은 한번 한 말을 자꾸 되풀이한다는 의미의 '논 이기듯 밭(신) 이기듯'이라는 속담의 변형 표현으로 추정.
387 초들다. 어떤 사실을 입에 올려서 말하다.

형사는 이제야 애라에게로 말을 돌리엇다

『나는 원남동 ××번디 리애라얘요』

철호가 대답하기 전에 애라가 압질러 나섯다. 웬일인지 형사는 애라라는 말에 조롱하는 듯한 웃음을 씌우며 댓자곳자 일본말로

『기미와 독까노 카페 — 니 이루쟈나이까?(자네는 어느 카페 — 에 잇지 안흐냐?)』

고 핀잔[388]을 준다

『예　백마뎡에 잇서요』

『식전 참부터 어대를 이러케 단여? 응! 공연히 이러케 싸지르다가 걸려들면 리할[389] 건 업슬걸……』

형사는 이런 볼멘소리를 하면서도 실업시 놀리는 어됴이었다 서울의 모던썰로 유명한 리애라, 더구나 자긔 서(署) 관내에 사는 리애라, 경찰부의 홍 형사과장이 상투고가 넘어갈 디경까지 되엇다는 문뎨의 미인 리애라를 이 형사가 모른다면 모르는 사람의 잘못이다 형사는 얼러대기는 하면서도 얼른 이 경계 구역에서 쌔저나가라고 일러서 보냇다

두 남녀는 가슴속이 간질간질할 만치 깃브고 통쾌한 것을 쌔다르며 발길을 돌처서 신뎡유곽으로 넘어가는 언덕으로 올라갓다

『어째 별안간 이러케 하이칼라를 하섯나 하얏더니 부자ㅅ집 아드님 행세를 하시느라구 그랫군!』

하며 애라는 웃는다

철호는 잠잣고 걸으면서

『역시 이 녀자가 내 일을 소상히 아는 게다!』하는 생각을 쏘 한 번 하며 남산장으로 들어섯다

---

388 문맥상 '잔'의 오류로 추정.
389 이(利)하다. 이익이나 이득이 되다.

1929.8.1 (54)

혈서(血書) ㅡ

지금 취료를 바든 것은 예상은 한 바이지만 통쾌하면서도 아슬[390]아슬
하얏다 그러나 이러한 모험으로 하야 철호는 어써한 경계선이든지 무사
히 돌파할 수 잇다는 자신이 생기엇다

『철호 씨 정말 안성사건이 댁에서 일어난 것이야요?』

남산장에 들어가 안저서 한참 동안은 피차의 눈치들을 보느라고 잠자
코 안젓다가 애라가 먼저 말을 쓰냇다

『그럼 정말이지 누가 거짓말을 할가요』

철호는 핀잔을 주듯이 랭연히 대답을 하얏다

철호는 애라가 자긔의 비밀을 어써케 알앗든지 간에 안 것은 사실이나
그러타고 애라가 자긔의 일을 도아주겟다느니 큰일을 저즐러도 유명하야
저 보겟다느니 하는 말을 그대로 고지들을 수는 업섯다 애라가 자긔에게
대하야 단순한 홍미(興味) 이상으로 사랑을 늣기는 것도 사실이지마는 어
써케 생각하면 그 사랑조차가 자긔의 비밀을 확덕히 알아내랴는 일시의
수단이 아니라는 법도 업스리라는 의혹이 가끔 들 때도 잇섯다 우선 의심
나는 것은 애라가 면후에게 얼마큼 맘을 주는지는 알 수 업스나 면후란 어
써한 사람이냐? 온 조선이 써들석하는 소위 시국표방설교강도를 잡으랴
고 주야로 노심초사하는 경관대의 총지휘관이다 그러면 면후가 애라에게
미친 것도 사실이지마는 애라를 한편으로는 경찰 사무에까지 리용하랴고

---

390 문맥상 '슬'의 오류로 추정.

하지 안흐란 법도 업슬 것이다 면후 자신이 백마뎡에서 자조 맛나는 철호를 수상하게 보고서 애라를 시켜서 철호의 뒤를 캐어 보게 할지도 모를 것이오 쏘는 애라가 철호의 행동을 눈치채이고 면후에게 범인은 내 수중에 잇스니 잡아줄게 돈을 내라고 한다든지 하야 애라가 제풀에 면후에게 매수가 되엇슬지도 모를 일이다 어쌧든 철호로서는 의심이 날스록에 애라를 경계하면서도 애라의 진의를 캐어 보아야 할 것이오 쏘 애라를 여간 잘 조종하지 안타가는 큰코다칠 디경인 것을 분명히 쌔달앗다 철호 일신의 위급존망지추(秋)다 그러나 그러타고 지금 불숙 애라에게서 발을 쎄어버린다는 것은 더 위험한 일이다 애라가 자긔 사람이 될 가망이 잇는 것을 보면 자긔의 비밀을 어써한 정도까지 설토[391]하야 단단히 그 맘을 붓들어야 하겟고 그러치 못하면 다만 열렬히 사랑하는 눈치만 보여서 현상 유지를 해나가는 수밧게는 다른 도리가 업다고 생각하얏든 것이다

『밤새에 세간 늘엇구려?』

철호는 유쾌한 긔색을 보이면서도 잠자코 안젓다가 별안간 이런 소리를 쓰내며 실업시 빙긋 웃엇다 이째까지 철호의 입에서 이러한 롱담을 들어보지 못하든 애라는 별안간 파탈한[392] 태[393]로 대하야 주는 철호의 심리를 의아히 생각하얏다 대관절 침울한 성격이 이 남자의 본색인지 이러한 째의 철호가 가면을 벗은 철호의 제 바탕인지 판단하기에 괴로웟다

『그게 무슨 소리셔요? 무엇 말애요?』

하며 애라는 오른손에 들엇든 손수건으로 외인손등을 살작 덥허버렷다

『잠[394]추긴 웨 감추슈 누가 쌧어가나?』

---

391 설토(說吐). 사실대로 모두 이야기함.
392 파탈(擺脫)하다. 어떤 구속이나 예절로부터 벗어나다.
393 태(態). 겉에 나타나는 모양새.
394 문맥상 '감'의 오류로 추정.

철호는 여전히 실업슨 태도이엇다

『이것 말애요? 호호……』

하며 애라는 그제서야 알앗다는 듯이 왼손을 들어서 남자에게 살짝 손등을 보엿다 백어[395] 가튼 다섯 손가락의 한복판에서는 『싸이야몬드』가 아츰 해ㅅ발에 반짝하고 청량한 반사광을 픳들인다

애라는 이 반지를 면후에게서 바다만 노코 씨어보지는 안햇섯다 면후가 보는 데는 그까짓 것 시들하다는 눈치를 보이랴고 안 씨는 것이오 철호에게는 면후가 사준 눈치를 보이기 실혀서 안 씨엇든 것이다 그러나 오늘 나올 쌔는 일부러 철호에게 보이랴고 씨고 나선 것이다

---

395 백어(白魚). 뱅엇과의 민물고기. 몸의 길이는 10cm 정도이고 가늘며, 반투명한 흰색이고 배에는 작은 흰색 점이 있다.

1929.8.2 (55)

혈서(血書) 二

『그러케 자랑하지 안흐면 못 하나! 결국 나도『싸이야』반지를 사들일
힘이 잇서야 애라 씨의 사랑을 바다보겟구려?』

하며 철호는 비소아본다

『그럼 뭐요?⋯⋯ 어쌧든지 한『카라트』의『싸이야』를 사온 사람을 이기
랴면, 두『카라트』의 금강석 반지만 사들이면 애라 씨의 사랑은 독차지
를 할 수 잇겟지오? 그러나 나가튼『푸로』야 맘은 잇서두 하는 수 업시
홍면후 령감한테 실패를 당하는 게지⋯⋯』

철호는 여전히 비소으며 픽 웃고 누어버렷다

『사람을 그러케 무시하시구두 맘이 편하서요? 얼마 지내보지는 안햇습
니다마는 리애라를 그러케만 아섯다가는⋯⋯』

하며 애라는 분한 듯이 누은 남자를 살짝 흘겨보다가

『내가 정말 사랑을 돈에 파는 년이오, 쏘 철호 씨께에 진정 나를 사랑하
신다면 철호 씨가 지금 씨고 계신 그 반지는 못 주실 게 뭐야요?』

애라는 이 남자가 정말 안성부호 리진규의 아들이라면 진자 백금반지
를 씨울 째도 잇슬지 모를 것이라고 생각하얏다 그리고 만일 그 반지가
진자라고 하면 오늘 이러케 호사를 한 것이 부호 자식으로 변장하느라고
한 것이 아니라 정말 자긔를 사랑할 생각이 나서 모양을 내고 온 것일지
도 모른다 쏘 그러타면 철호에게 대한 이째까지의 의심은 다만 자긔의 공
상이리라는 의문이 슬쩍 들어서 이번에는 철호의 반지 놀[396]래를 쓰내본

것이다

『이 반지가 탐이 나슈? 이 반지만 들이면 애라 씨의 사랑은 내 차지가 될까? 허허허…… 그러지 말고 우리 그 반지허고 밧구어 씹시다그려』

하며 철호는 룽처버렷다[397]

『고만두셔요 나는 다―모르는 줄 아시고… 이 반지를 거저 달라고 하셔도 지금 당장 못 들일 것이 아니야요! 무엇에 몰리시는 일이 잇다든지 이 반지도 팔아서『그 돈』에 보태라고 하시면 안 들어들일 내가 아니야요! 그만하면 내 맘도 족음은 짐작하시겟지오? 네?』

하며 애라는 누은 남자에게로 닥아안즈며 한 팔을 걸어서 몸을 실린다

『그 돈이 무슨 돈이란 말이오?』

철호는 녀자의 손등을 애무(愛撫)하듯이 쓰다듬어주며 레사로이 물엇다

『그래도 나를 못 미더워서 그러시지만 한경 씨도 녀자요 나도 녀자야요! 한경 씨는 미더도 나는 못 미드시는 까닭이 어대 잇서요? 오! 한경 씨는 의학전문학교에 다니는 지식계급이오 나는 카페―의 「웨―트레쓰」 싸위니까 그도 그러켓지오!』

애라의 입에서는 차차 차차 원망이 풀리어 나왓다 그러자 하녀가 장지 밧게 와서 문은 열지 안코 밥 준비가 되엇스니 가저오라느냐고 뭇는다 애라는 하든 말을 끈코 밥은 가저오라고 할 째에 가저오라고 일러 보냇다

『한경이 이야기는 웨 쏘 끄내는 거요? 한경이를 못 맛난 지가 벌서 십여 일이나 되고 지금은 서울 잇는지 일본으로 다시 갓는지조차 모르는 사람더러 그게 다―무슨 종작업는 말요 그는 그러타 하고, 보태고 채고 한다는 그 돈이란 것은 무슨 돈이오?』

---

396 문맥상 '노'의 오류로 추정.
397 놓치다. 좋은 말로 마음을 풀어서 누그러게 하다.

철호는 착은착은히 이러케 대ㅅ구를 하야 주고 누엇다

『고만두셔요 내가 홍면후허고 갓갑다고 의심을 하실 지경이면야 한경 씨는 홍면후의 친누이니 어써캐요?』

『홍면후의 친누이거나 홍면후의 애인이거나 그게 내게 무슨 상관이오 이것두 인연이라고, 우연히 이러케 맛나게 된 것을 형사과장의 누이나 애인이라고 해서 내가 교제 못 할 것은 뭐요? 내가 무슨 큰 죄나 저즐르고 다니는 줄 아나 보구려?』

하며 철호는 쏘 한번 썰썰 웃고 말앗다

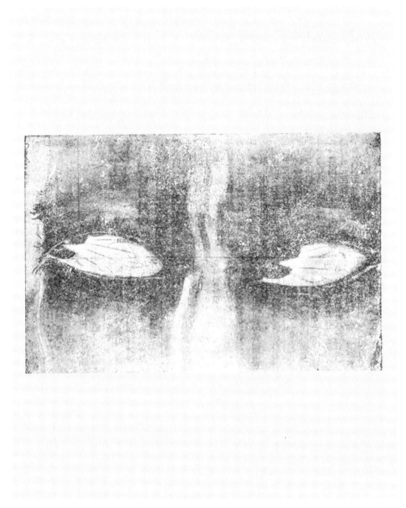

1929.8.3 (56)

혈서(血書) 三

『선생님이 큰 죄나 저즐르고 다니는 줄 아느냐고요? 그러니까 내가 홍
면후의 싣아불이 되어서 철호 씨의 속을 쌉아보고 십허서 이러케 쏘차
다닌다는 말슴이지오? 이 금강석 반지 갑슬 해주느라고 철호 씨를 올
가 너흐랴고 스파이 노릇 ─ 개노릇을 하고 다니는 줄 아시는 게지오?』
하며 애라는 점점 목소리가 날칼오어지드니 분해 못 견듸겟다는 듯이
『홍면후 싸위의 싣아불이 될 리애라는 이 세상에 생겨나지도 안햇서
요! 생각이 그러케 들어가시면야 내가 무슨 말슴을 하기로 고지들으시
겟습니까[398]! 어쩌면 사람의 맘을 그러케도 몰라주셔요!…… 모든 게 ─
─ 이 방에 들어와 안즈면서부터 말슴하시는 눈치가, 모두 이놈의 반지
쌔문에……』
하며 애라는 악이 밧작 난 듯이 히스테리증이 나서 반지를 쏙 쌔드니
금강석이 부서지라고 방구석으로 팽개를 친다. 다다미 우이라 반지는 멧
번 굴으지도 안코 무엇에 놀란 눈가티 금강석만 이리로 향하야 반짝인다
애라는 남자에게서 쩔어저서 엽헤 노힌 상(床) 모퉁이에 한 팔을 고이고
파르족족하야 무심히 밧글 내어다보고 안젓다
『반지가 무슨 죄가 잇다고 그러슈? 그러고 내가 무슨 말을 햇기에 별안
간 이러케 역정을 낼 게 뭐요?』
철호는 한참 만에 슬멋이 일어나서 애라의 엇개에 한 손을 가만히 노흐

---

[398] 곧이듣다. 남의 말을 듣고 그대로 믿다.

며 달래엇다

『내가 홍면후에게 대한 일을 선생님께 요만치라도 속이랴면 오늘 일부

러 그 반지를 씨고 나서지를 안햇겟서요! 홍가와 무슨 관계나 잇는 줄

의심하실싸봐서 리 선생님께 일부러 보여들이고 자세한 이야기를 하

랴고 씨고 온 것이야요…… 그런 것을 남의 속은 모르시고…[399]

히스테리ㅅ증이 난 애라는 말을 맷지 못하고 눈물이 글성글성하야지드

니 상 우에 언즌 팔 우에 업듸어[400] 버린다

철호는 잠자코 하는 대로 내버려 두엇다 이 녀자가 자긔의 비밀을 쌍그

리 알고 잇는 것도 인제는 더 의심할 나위 업는 일이오 또 그 비밀을 알랴

고 애를 쓰는 것도 사실이나 그러타면 알아서 어쩌케 하자는 배ㅅ장인지

를 모를 일이다 면후에게 가르처 주지 안호면 그야말로 애라 자신이 세상

을 놀래 보고 십흔 허영심으로 그러는 것이라 하겟스나 또 그러타 하면

녀류명정탐(女流名偵探)의 소리를 들어 보겟다는 말인가 혹은 자긔와 동지

가 되어서 사랑의 승리자가 되는 동시에 일세의 녀류지사(女流志士), 일대

의 녀걸(女傑)이 되어 보겟다는 말인가? 암만하야도 이 녀자의 심지와 성

격은 수수썩기엇다

『바른대로 말슴이지 홍면후는 어썬 됴건 알에서 돈 삼천 원을 내노마

고 바로 어젯저녁에 약됴하얏서요 그러고 내가 만일 돈에 탐이 나서 그

됴건을 시행하랴면 지금 이 자리에서 뎐화 한 번만 걸면 당장 될 일이

야요! 그건 고사하고 앗가 형사에게 취톄[401]를 바들 쌔 내가 선생님 뒤

에서 눈 한 번만 씀적하면 고만이엇서요! 또 그것두 고만두고 내 관찰

---

399 '』' 누락.
400 엎디다. '엎드리다'의 준말.
401 취체(取締). 규칙, 법령, 명령 따위를 지키도록 통제함.

이 설사 틀렷다 하드라도 사랑을 못 어든 질투나 복수 수단으로, 한 남자를 함정에 싸털이겟다는 결심만 하면 나종 일은 어쨌든지 —— 나종에 그이가 진범인이 아니고 내가 잘못 추측한 것이 판명되는 한이 잇드라도 돈 삼천 원만 먹엇스면 고만이라고 생각하면 못 될 일이 아니야요! 나는 독하랴면 그만큼 독한 년이야요!……』

다시 차차 흥분되어진 애라는 거진 썰리는 목소리로 한마듸 한마듸씩 힘을 주어서 여긔까지 말을 닛다가 멈춧하고 남자의 얼굴을 살짝 거듭써 보앗다 해쓱한 애라의 얼굴에는 살긔가 쪽쪽 덧고 이상한 영채가 쌔치는 두 눈은 타오르는 정열과 철호에게 대하야 좌우간 최후의 결심을 하랴는 번민에 뒤틀리어 마조보기가 무서울 만하얏다. 철호는 긴장한 신□을 감추느라고 부자연한 미소를 씌우며 해연히 녀자의 시선을 피하며 안젓다

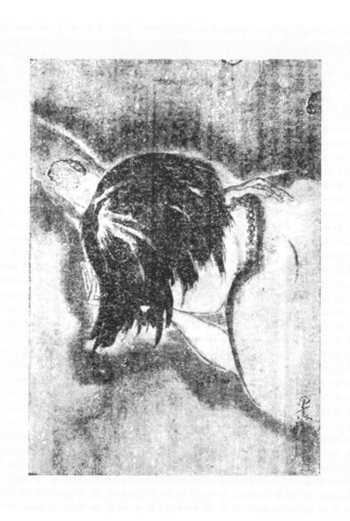

1929.8.4 (57)

혈서(血書) 四

『하지만, ── 하지만…』

애라는 한층 더 안까님을 쓰듯이 힘을 주어 말을 잇는다

『……내 손가락에 멋 백 원짜리 「싸이야」가 씨어보지 못하얏드면 홍 가의 반지가 고맙겟지오 쏘 돈 삼천 원! 그것도 적은 돈은 아니겟지오 그러치만 애라가 인제는 다 ── 낡고 물이 쌔젓다 하야도 일주일, ── 아니 이틀만 하면 어느 놈의 등을 처내든지 돈 삼천이나 오천쯤은 당장에 맨들어 보일 수도 잇⁴⁰²서요. ……그러치만 내게는 사랑이 잇서요! 사랑이 귀한 줄을 누구보다 알아요! 사랑을 못 엇는 괴롬이 얼마나 괴로운지를 남달리 알아요! 저는 처음에 시국표방설교강도의 눈이 정 자작의 륙십 평생에 처음 볼 만큼 알콜 불이 타올르는 것 갓드라는 신문 긔사를 보고 저는 웬일인지 호긔심이 생겨서 그런 눈은 어쩌케 생긴 눈인구? 그런 눈을 가진 청년을 좀 보앗스면 하는 공상을 하다가 바로 그날이든가 그 이튼날 저녁에 리 선생님이 백마뎡에 쏙 들어서시는 첫 순간에 내 눈압헤 번개가티 번적하는 선생님의 눈을 뵈올 쌔 저는 공연히 가슴속이 두근거리면서 저도 알 수 업는 무슨 힘에 끌려가는 것 가탓서요! 정 자작이 륙십 평생에 처음 보앗다는 눈 ── 신출귀몰하는 범인의 눈이 저런 눈이 아닌가? 하는 생각을 하면 쏠음이 씨치게 무서우면서도 당신 압헤 가서 안즈면 모든 것을 다 ── 니저버리는, 자긔의 어리

---

⁴⁰² 원문에는 '잇'의 글자 방향 오식.

석은 것을 혼자 비웃고 니저버리랴고 애를 쓰면서도 니처지지 안는 것을 어썹니까! 오늘날까지 혼자 그러타고도 생각하고 그런 리가 만무하다고 부인도 해보면서 그동안 얼마나 혼자 제 맘속에 싸우며 고민하얏는지 선생님이 아시겟습니까!…』

『그래 내 눈이 어써탄 말슴요? 내 싸위가 그런 큰일을 할 사람이라고 보아준 것도 고맙고 그처럼 사랑하야 준 것도 고마운 일이지만……』

한참 퍼붓듯이 푸념을 하든 애라가 잠간 숨을 돌리랴고 말이 슨힌 틈을 타서 철호는 웃는 낫으로 말을 쓰냇다 ——

『……하여간 홍면후가 삼천 원 내노흐마 하얏다 하고 쏘 지금 당장에 뎐화만 걸면 된다니 맘대로 해보시구려? 그러나 그것보다도 딱한 일은 나 가튼 강도범을 무엇하자고 사랑하겟다는 말요? 지금 고발을 아니하면 련루자가 될 것이오. 홍면후가 뒤에 잇다 하야도 애라 씨가 저편의 긔밀을 알려주고 삼천 원을 안 먹을 테니 어서 달아나라고 일러주드란 말이 내 입에서 나오면 애라 씨도 올켜들기 쉽지 안소. 그러니까 나는 당신에게 삼천 원 벌이를 해들일 터이니 뎐화를 어서 걸으슈 내 몸이야 긔위[403] 언제 잡히나 잡힐 것이니 그러케 하면 삼천 원 하나라도 생기는 게 아니오. 홍면후를 불러오슈』

철호는 애라의 입에서 무서운 비밀을 듯고 가슴이 선듯하지 안흘 수 업섯스나 벌서 애라가 홍면후와 약속한 비밀까지 토설한[404] 다음에는 애라의 맘이 자긔게로 더 쏠린 것은 분명한 즉 돌이어 안심도 되엇고 쏘는 한층 더 쮜어서 네가 그런 비밀을 내통한 다음에는 네가 나를 임의로 할 수 잇는 것과 가티 내가 붓들리는 날이면 나도 너를 공범으로 올가녀흘 만한

---

403 기위(旣爲). 이미.
404 토설(吐說)하다. 사실대로 모두 이야기하다.

언턱거리[405]가 생기엇다는 쯧을 보여서 애라가 다시 배심[406]을 먹지 못

하게 얼러 노핫다

---

405 언턱거리. 남에게 무턱대고 억지로 떼를 쓸 만한 근거나 핑계.
406 배심(背心). 배반하는 마음.

1929.8.5 (58)

혈서(血書) 五

『남의 말을 웨 그러케 들으셔요? 내가 생색을 내서 철호 씨를 내 손으로 구해들인다는 말도 아니고………』

하고 다시 애라가 말을 쓰내랴니까 철호는 구해들인다는 말에 역정을 내면서

『구하는 것은 뭐요? 어대까지든지 내가 범인이란 말이지만, 당장에 홍면후만 불러오면 모든 게 판명될 게 아니오. 정하면 내가 뎐화를 걸리다』

하고 철호가 일어선다 철호로서는 그래도 애라가 못 미더워서 한층 더 서둘러 보는 것이다

애라는 자긔가 삼천 원 비밀을 감잡힌[407] 모양이 된 것도 불쾌하고 쏘 철호가 헛긔운[408]으로 쌧대는[409] 것인 줄은 번연히 알면서도 얼른 일어나서 붓든다

『웨 이러셔요 철호 씨가 강도거나 살인을 하얏거나 나는 몰라요! 홍면후가 찾는 범인이거나 말거나 나는 몰라요! 리철호라는 이름조차 그것이 본명이거나 가명이거나 그것도 나는 알랴는 게 아니야요 열병자가 물그릇 찾듯이 내가 찾는 것은 「선생님」이야요 여긔 안즈신 선생님의 육톄덕 존재애요 선생님의 하ー트(맘)애요 선생님의 무어라고 설명

---

407 감잡히다. 남과 시비(是非)를 다툴 때, 약점을 잡히다.
408 헛긔운. 쓸데없거나 보람 없이 내는 기운.
409 쌧대다. 쉬이 따르지 아니하고 고집스럽게 버티다.

할 수 업는 인격이야요! 네? 선생님! 그 시국표방설교강도가 돈 내라고
할 제 타올르듯이 선생님의 그 눈이 알콜 불가티 타올르시는 다만 한순
간을 붓들랴는 듯이 제 일생을 바처서 비는 소원이야요! 그 다음 일은
나는 몰라요 죽이시든지 살리시든지…… 어썬 서양 사람의 시(詩)에 쓰
인 것처럼 내 이 머리를 풀어서 내 목을 찬찬 얽어 죽이신대도 나는 행
복과 깃븜에 도취하야 안심하고 세상을 써나겟지오! 이십여 년 산 보람
잇는 한순간을 엇자는 것입니다! 귀여운 한순간! 그것은 제게 영원한
생명이겟지오! 선생님 리 선생님! 리애라가 이 세상 남자에게 이러케
애원해 본 일은 참 업섯습니다!……』

애라의 말소리가 정열에 썰리며 칵칵 막히는 것을 철호도 못 알아차린
것은 아니다 남자의 무릅에 두 손을 집고 애원하듯이 치어다보는 애라의
입김은 불가티 쓰거윗다

『하!, 「포퓌리아의 애인410」처럼 애라 씨의 사랑을 독차지하기 위하야
당신의 머리를 싸어서 목을 얽으란 말이구려! 그런 것은 홍면후 씨에게
가서 청하슈!』

철호는 녀자의 타는 듯한 눈 속을 들여다보다가 고개를 썰어털며 랭
연히 이러케 한마듸 던젓다 그러나 남자의 말소리도 녀자의 맘에 움즉인
듯이 약간 썰리며 침통하얏다

애라는 남자의 말이 썰어지자 바르를 썰며 철호의 무릅에서 두 팔을 쑥
쎄어서 상큼 남자의 엇개에 좌우로 올려 집고 남자의 눈을 몹씨 쏘아보드
니 거의 절망한 듯이 쥐어싸는 목소리로

『알앗습니다! 아즉두 나를 의심하시는 겝나! 하는 수 입지오! 하지만

---

410 로버트 브라우닝(Robert Browning)의 작품인 「포퓌리아의 애인(Porphyria's Lover)」을 지칭
하는 것으로 추정.

나는 결코 원망은 안 해요 그럼 안녕히 계십쇼! 나는 갑니다!』

하고 발딱 일어선다. 이째에 간다고 일어서는 애라는 결코 이 자리를 쓰면 굴욕을 당하고 실련을 한 복수로 밀고를 하겟다는 생각이 잇는 것은 아니엇다 『스핑쓰』와 가튼 극단의 성격을 가지고 사랑에 줄인 애라는 억제할 수 업는 정열의 괴롬과 면전에 당한 굴욕을 이기지 못하야 제 맘을 수습하지 못하는 것일 쑨이엇다

『애라 씨!』

돌처서는⁴¹¹ 녀자를 철호는 한참 바라보다가 침중히 불럿다

남자의 목이 마른 듯한 침울한 목소리를 듯자 애라는 그대로 상 우에 걱굴어지며 울음이 탁 터지엇다 철호는 선듯하면서 눈이 휘둥글애젓다…… 녀자의 입가에는 쌜건 피가 쭈르를 흘른다

『에 — ㅅ……』

하며 철호가 덤비랴니싸 애라는 흰 비단수건을 외인 손으로 덤비는 남자를 제지하드니 눈 쌈짝할 새도 업시 상 우에 수건이 후르를 펴 노히며 선지피가 쑥쑥 덧는다⁴¹²

『丹心無二心』—— (붉은 맘에 두 맘 업다!)⁴¹³

애라의 오른손 식지⁴¹⁴손가락에서 흘러나오는 피는 이러케 한문 글자 다섯 자를 어느 틈에 서⁴¹⁵혈이 림리⁴¹⁶하게 그려내엇다

---

411 돌쳐서다. 돌아서다.
412 듣다. 눈물, 빗물 따위의 액체가 방울져 떨어지다.
413 ')'의 오류.
414 식지(食指). 집게손가락.
415 문맥상 '선'의 오류로 추정.
416 임리(淋漓). 피, 땀, 물 따위의 액체가 흘러 흥건한 모양.

1929.8.6 (59)

혈서(血書) 六

애라는 자기 눈물에 흥분이 되어 손가락을 깨문 것이다. 그러나 피를 보자 한층 더 흥분이 되어 『단심에 무이심』이라고 써노흔 흰 비단 수건 우에 업듸어 소리를 죽여 가며 늣겨 운다. 수건의 피는 점점 번지고 손가락의 피는 여전히 줄줄 흘러나린다. 그러나 피를 본 철호는 잔인하다고 할 만치 통쾌함을 깨달앗다. 인제는 덤비어 말리랴고도 아니하고 녀자의 손에서 흘르는 피를 씻어 주랴든지 손을 처매어 주랴고도 아니하고 얼싸진 사람처럼 멀건이 바라만 보고 안젓다. 그러나 억제하얏든 정열은 가슴 미테서 차츰차츰 끌허올랏다. 그의 눈은 감격에 타올르기 시작하얏다

『선생님…… 선생님의 맘을 요까진 피ㅅ방울로 사겟다는 것은 아니야요. 선생님의 그 신성한, 바다가티 넓고 깁흐신 맘을 저 가튼 것이, 어쩌케 측량을 해 알겟습니까. 그러나 래일은 몰라도 오늘, 이 순간까지는 제게 티슬만한 거짓도 업섯다는 것을, 이 피ㅅ방울로라도 알아주시면 그것으로나 겨우 만족하지오……』

애라의 울음 석긴 소리로 하는 이러한 하소연을 들을 제, 철호는 눈 속이 쓰거운 것을 늣겻다. 그러나 눈물을 보일 철호는 아니엇다. 괴로운 듯이 니를 악물고 안젓든 철호는 무슨 수단으로든지 감사한 쯧을 애라에게 보여야 하겟다고 생각하얏다. 그것은 애라의 맘을 단단히 붓들겟다는 리해타산으로만이 아니라 사람의 호의를 고맘[417]게 밧지 안코 언제까지 의

---

417 문맥상 '맘'의 오류로 추정.

혹을 품는 것은 도리가 아니라고 생각하는 리지와 감격한 열정으로이엇다. 철호는 여전히 달삭도 아니하고 안젓다가 애라의 압헤 노힌 혈서를 슬어다가 한참 들여다보더니 별안간 눈에 피ㅅ발이 솟으며 왼손 새끼손가락을 꽉 깨물어 쓰덧다 피가 쭉쭉 덧는다……

애라는 힐신 눈에 씌우자 본능덕으로 홱 달려들랴는 자세를 지으랴다가 참아버리고 말그럼이 바라만 본다 —— 그 얼굴에는 감출 수 업는 깃븜이 피어올라오며 숨이 차갓다

철호는 여전히 침착한 자세로 애라의 혈서 한 엽헤 한 획 한 획씩 박아 쓰듯이 천천히

『이혈보혈』——(以血報血)이라고 썼다. 왼손이건마는 우(右)로 쓰듯이 썼다. 피를 피로 갑는다 하얏스니 더도 덜도 아니한다는 뜻일 것이다. 철호가 오른손을 깨물지 안코 왼손도 새끼손가락에 피를 낸 것은 손을 임의로 쓰지 못하게 되면 자긔 일에 방해가 잇슬가보아 그런 것이엇다

철호는 넉 자를 다 쓰자 피나는 손을 오글여 꼭 쥐고 선듯 자긔의 손수건을 쭉 씨저들고 애라에게로 달려들어 쑤리치랴는 애라의 손을 붓들어 찬찬 동여주고 나서 씻고 남은 수건 조각을 차ㅅ종[418] 물에 축여 애라의 입가를 정성껏 골고로 씻어주엇다. 애라는 딴 사람이 된 듯이 부끄러워서 고개를 잘 처들지 못하고 돌이질을 하며 이리저리 피하다가 더 참을 수 업는 듯이 남자의 목에 매어달리며 눈물이 다시 터저 나오면서도 확확 달른 입술의 향방을 찾느라고 분주하얏다 —— 애라는 영원한 일순간을 붓들엇다!

---

418 찻종(茶鍾). 차를 따라 마시는 종지.

삼천 원 ―

애라가 잠을 깨어보니 방 안은 어둑어둑하고 차양에 부딧는[419] 비ㅅ소리가 부슬부슬한다. 낫까지도 그르케 조튼 일긔가 자는 동안에 비가 오기 시작한 모양이다

애라는 공영[420] 히 심란하얏다 그러나 눈을 쓰자 머리에 써올르는 것은 철호의 얼굴이다 이런 째 엽헤 잇섯스면 하는 생각이 간절하나 앗가 남산장에서 돌아올 제 자동차 속에서 여덜 시에 오[421]마고 약속한 것을 생각하고는 금시로 생긔가 나서 발딱 일어나는 길로 세수간으로 갓다. 붕대로 처맨 손가락에 물을 아니 들이자니 세수하기가 퍽으나 거북살스러윗다

방에 돌아와서 문을 열어젓덜이고 경대 압헤 안즈니 짠 사람이 된 것가티 얼굴이 해쓱하고 눈이 싸칫하나 그래도 자긔 보기에도 새로운 화긔[422] 가 돌아서 이상히 요염(妖艶)한 긔운이 도는 듯십헛다

그러나 애라가 막 분을 발르고 머리를 매만즈랴니까 『란쌍』이 타달타달 들어오더니

『모―기데요! 아노히도』(벌서 왓서 ― 그 사람이)

하며 놀리듯이 생긋 웃는다

---

419 부딪다. 무엇과 무엇이 힘 있게 마주 닿거나 마주 대다. 또는 닿거나 대게 하다.
420 문맥상 '연'의 오류로 추정.
421 원문에는 '오'의 글자 방향 오식.
422 화기(和氣). 생기 있는 기색.

1929.8.7 (60)

삼천 원 二

　머릿속에 철호의 생각으로 가득한 애라는 그 사람이 왔다는 말에 반색을 하며

　『응 곳 나갈게!』

　하며 급히 머리를 매만즈랴니싸 『란쌍』은 쏘 한 번 생글 웃으며

　『누군 줄 알구?』

　하고 놀린다

　『누구야?』

　애라는 허구만흔 『그 사람』 중에 철호라고 고지식하게 속은 것이 분한 듯이

　『홍 씨야?』

　하며 눈쌀을 씹흐렸다

　『스미마셍!』―(미안합니다)

　하고 란쌍은 톡톡 튀어나갓다

　애라는 가벼운 실망을 늣기며 잽싸지든 손이 다시 늘어젓다 옷을 갈아입는 동안에 세 번이나 재촉이 들어왓다

　『남 밧브다는데 그러케 거래를 할 수야 잇나 ― 내, 애라 쌔문에 머리가 요새로 붓적 더 세엇서』

　홍면후는 불평을 늘어노흐면서도 행여 애라의 신긔[423]를 덧들일가[424]

423　신기(身氣). 몸과 마음의 상태. '심기(心氣)'의 오류 가능성도 있음.
424　덧들이다. 남을 건드려서 언쨚게 하다.

보아 어름어름[425]하며 헤 — 웃엇다

『누가 밧브신데 오시라고 청자 보냇습듸까?』

하며 애라는 포달스럽게[426] 톡 쏘다가

『세고 안 세고 묵사발이 다 — 된 머리를 가지고 무슨 큰소리야!』

하며 대머리진 대를 진주가티 빗나는 손톱으로 톡 튀기며 상긋 웃고 엽자리에 안는다

『아서라 늙은이 대접을 하기로 어대 그럴 수야 잇니 이래 봐두 이 머리人속에서 멧만 명 경관대를 움즉일 긔상텬외(奇想天外)의 묘안(妙案)이 나온단다』

『홍, 그래서 이째씻 못 잡는 게로군! 쏭만 들은 저 머리를 밋고 견마(犬馬)와 가티 싸지르는 순사들이 불상하지! 내, 이 반지도 일허버릴가 무서우니 어서 그 설교강도[427]가 하는 것을 잡아놔요 호호호』

하며 애라는 면후가 선사한 —— 앗가 남산장에서 쌔버렷든 보석 반지를 이리저리 만진다

『일허버리면 쏘 사주지.…… 한데 어대 조용한 대 업서? 우층에 아무도 업겟시[428]?』

면후는 엉덩이가 붓지 안는 눈치로 뭇는다 애라는 알아차리고 우층으로 안내를 하얏다

『그런데 어제 어써케 되엇서?』

면후는 우층 외싸론 방에 애라와 테불을 격하야[429] 마조 안즈며 말을

---

425 어름어름. 말이나 행동을 똑똑하게 하지 못하고 우물쭈물하는 모양.
426 포달스럽다. 보기에 암상이 나서 악을 쓰고 함부로 욕을 하며 대들 듯하다.
427 문맥상 ‘,’은 ‘도’에 붙을 받침 ‘ㄴ’의 오식으로 추정.
428 문맥상 ‘시’의 오류로 추정.
429 격(隔)하다. 시간적으로나 공간적으로 사이를 두다.

쓰낸다

『나두 몰라!』

애라는 좀 시달렷다 사실 면후는 무엇으로 호박씨 깐다는 세음[430]으로 의례이 그 전날 한 일은 취햇거나 취하지 안햇거나 생각이 아니 난다는 듯이 짠전을 부치는 것이 밉살스러웟다 더군다나 어제 삼천 원 약속으로 말하면 취담 비슷하면서도 제 속셈은 다 — 차리고 참다케 하고 간 것이오 지금 밧브다면서 이러케 서두르는 것도 그 료건 째문인 것이 분명한데 새 판으로 말을 부치랴는 것이 밉살스러워 보엿다 이러케 어름어름하는 버릇은 이번의 큰 사건이 생긴 뒤에 더욱 심[431]하얏다 애라가 한경이를 시골로 시집 보내라는 것을 무됴건하고 얼른 들어준 것이라든지 범인이 평양에서 부친 편지를 지갑에서 썰어털인 것은 취중의 큰 실수라 하드라도 그 편지의 필적이 한경이의 필적과 쪽갓다는 비밀을 들려준 것이라든지 심지어 경찰부 내에서 범인 톄포에 대하야 오백 원의 현상을 걸엇다는 말 싸지를 면후가 텅텅 하는 것은 애라를 사랑하야서만 그런 것이 아니라고 애라 자신도 의심을 품고 잇는 터이다 면후의 이러한 행동이나 수작이 모다 애라가 형편 쌀하서는 면후의 슨아불이 되어줄 듯한 긔미를 보인 뒤의 일인 것을 생각하면 면후의 심중에 쏘 한 겹 무슨 배포가 잇는 것을 애라도 의심하지 안흘 수 업섯다

『계집을 사랑은 할지언정 중대한 긔밀(機密)을 취중에라도 한만히 설토할 리는 만무한 일이다 더구나 정도 허락치 안흔 터인데…… 그런 멍텅구리면야 이쌔까지 형사과장으로 부터 잇슬 리가 업지 안흔가!』

애라는 속으로 벌서부터 이런 짐작을 하고 잇든 것이다

---

430 세음(細音). '셈'을 한자를 빌려서 쓴 말.
431 문맥상 '심'의 오류로 추정.

1929.8.8 (61)

삼천 원 三

『어제 내가 취한 김에 남이 들으면 안 될 소리를 하지 안햇서?』

면후는 다시 이러케 말을 부친다

『허다 마다요! 입을 마추자는 둥 코를 씻기라는 둥…… 령감 부인이나 아드님들이나, 아니 그보다도 몃천 명 몃만 명이라고 자랑하시는 부하들이 들으면 놀라 잣바질 소소[432]리만 하섯지오』

『아니 그런 거야 상관 잇나마는 허허허…… 그런데 대관절 키쓰는 해주기나 하얏나?』

『저러코야 키쓰해 들일 반 미친년이 잇드람! 하는 소리가 쪽 계집에게 귀염바들 소리만 하시는군!』

하며 애라는 어이업다는 듯이 깔깔 웃엇다

『자 ― 그런데 그럼 시럽슨 소리는 나종 하기로 하고……』

면후는 정색으로 고개를 맛댈 듯이 닥아안즈며 목소리를 나춰서

『저번부터 내 일을 좀 도아준다고 하얏지?』

하고 어색한 웃음을 보인다

『무어 어째요?』

하며 애라는 별소리를 다 듯겟다는 듯이 고개를 피하야 뒤로 제치며 면구스럽게[433] 면후의 얼굴을 바라보다가 깔깔 웃으며

---

432 문맥상 '소'의 중복 오류로 추정.
433 면(面)구스럽다. 낯을 들고 대하기에 부끄러운 데가 있다.

『금방 자랑하시든 그 머리의 알맹이는 경찰부에 내노코 오섯는 게군
요? 긔상텬외의 묘안은 다 — 어대 가고 수만 명 경관은 세금 물어 밥 먹
여서 낫잠만 재우든가요? 나 가트면 창피해서라도 이런 카페ㅅ구석에
서 술이나 쌀하주는 계집에게 그런 말은 참아 아니 나오겟네!』

하며 애라는 슬몃이 골을 올린다

『지당하외다, 하지만 권도⁴³⁴라는 게 업지 안하 잇는 거야! 애라면야
내 비밀을 루설시킬 리도 만무하고 쏘 그만한 총명에 혹시 늙은 나보다
도 더 조흔 지혜가 나올 듯하니까 말이지……』

『그럴 테거든 형사과장을 나를 시켜요! 그러면 내 당장에라도 톄포령
을 노흘 터이니…… 하하하』

애라의 말이 어대까지가 진담인지 종작을 잡을 수가 업슬 만치 남의 애
를 태운다

『괜이 그러면 애라부터 더려다가⁴³⁵ 족칠 테야!』

면후는 롱담 비슷도 하고 얼르는 듯도 한 긔색을 보엿다 애라는 금시로
샐루퉁하야 독살스럽게 말씀이 치어다보다가

『어서 가슈! 그따위 소리를 하랴거든 어서 가셔요!…… 못 붓들어갈 게
뭐야! 사랑이니 깨몽둥이⁴³⁶니 하드니 인제는 더 할 소리 업나!』

하며 포달⁴³⁷을 부린다

『에그 요런! 요런 걸 어썬 부모가 나 낫누? 전 암상구럭이⁴³⁸!』

하며 면후는 귀여워 못 견디겟다는 듯이 잔줄음 잡힌 커단 손을 내밀어서

---

434 권도(權道). 복적 날성을 위하여 그때그때의 형편에 띠러 임기웅변으로 일을 처리하는 방도.
435 더리다. '데리다'의 방언(경기).
436 깨몽둥이. 깨엿.
437 포달. 암상이 나서 악을 쓰고 함부로 욕을 하며 대드는 일.
438 암상꾸러기. 남을 시기하고 샘을 잘 내는 사람.

애라의 쌤을 쇠집으랴다가 돌이질을 하니까 반지 찐 손을 삽붓이 쥐인다

『참 그런데…… 난 밧븐 틈을 타서 나왓는데 어서 맥주 한 잔 가저와! 그리구 오다닷다 하는 말 갓지만 정말 될 상 십거든 귀틈만 해주어요 보수야 우리 사이에 문뎨가 아니지만 집 한 채라도 성성거리고 지니게 맨들어 줄쎄니?』

이러케도 핀잔을 맛고 놀림을 바다가면서도 애걸하듯이 하는 것을 보면 오늘도 단서를 못 엇고 갑갑증에 울화가 써서 일을 집어치우고 쒸어온 모양이다

『그럼 얼마 내노실 테요 긔밀비는 말 말고라도 령감이 이번에 실수하면 먹국[439]일 게구려? 그러니까 긔밀비는 긔밀비대로 예산치고 령감의 삼 년 년봉의 반은 주셔야 하시지 안켓소? 결국에 형사과장 사무는 내가 뒤에서 보는 세음이니까!』

『셈속은 되우[440] 쌔르다! 글세 얼마든지 준다는밧게! 현숙한 부인은 내조(內助)하는 게 업지 안혼가? 형사과장은 내가 하나 애라가 하나 잘만 해스면 고만이지! 그럼 자! 애조 내놀 테니 우선 이거를…』

하고 면후는 저고리의 안 포케트에서 커단 봉투를 하나 내놋는다

---

439 먹국. '미역국'의 준말.
440 되우. 되게.

1929.8.9 (62)

삼천 원 四

『얼마애요?』

애라는 봉투에 손도 아니 대보고 물엇다 면후는 손가락을 하나 째쳐 보인다 애라는 고개를 좌우로 몹시 내둘럿다

『그럼 얼마란 말야?』

면후는 머리를 긁으며 좀 싸증을 내어 보인다

『그러케 싸증을 내실 테면 고만두셔요 이째껏 범인이 못 잡힌 것을 보면 벌서 국경을 넘어 선 것은 분명한 일이오 적어도 만주 일판과 상해 싸지 사람을 늘어세워야 할 텐데 고까짓 것을 가지고 무얼 하란 말애요 여차직하면 내가 상해싸지라도 갓다 와야 할 텐데 내 로자(路資)도 못 되는 것을 가지고 수십 명 부하를 어써케 부려본단 말슴애요? 아모리 줄잡아도 어제 말슴한 대로 삼천 원은 잇서야 해요』

애라가 만주로 상해로 돌아다니는 동안에 어엿이 이편 일을 하얏다거나 저편 일을 한 것은 업스나 어쌨든 그 내막을 알고 그 계통을 잘 아는 것은 사실이오 쏘 이번 범행이 소위 시국표방설교강도라고 세상에서는 써들지만 기실 당국자로서는 시국표방도 아니오 순전한 설교강도도 아니라고 인뎡하고 잇는 터이다 다만 흉긔를 아니 쓰는 덤이 이상하나 어쌨든 전후 사정이 국외에서 들어온 이삼 명 이상의 일단이 각디로 허터저서 서울서 처음 나타난 범인과 평양의 범인은 벌서 달아나고 데이차로 청진동에 나타난 범인만은 아즉 서울에 잠복하야 잇스리라고 추측한다 물론 그

범행의 방법과 인물로 보아 한 사람의 짓 가트나 그것은 톄격이 어상반한[441] 사람들이 일치한 계획과 일치한 변장으로 하면 가능한 일이라고 추측한다 어찌 되엇든지 간에 이미 국외에서 파견되어 들어온 것이라고 판뎡한 다음에는 한편으로는 형사대를 파송[442]도 하얏지만 애라가 별동대로 활약을 하게 하는 것은 보담 더 유리하리라고 홍면후는 생각하는 것[443]이다 쏘 자긔 누이의 필적을 범인이 모사(模寫)한 뎜이라든지 누이를 애라가 무됴건하고 멀리 치워달라고 한 뎜에 특히 착목[444]하고 잇는 면후는 수사 본부에서도 자긔만 비밀로 애라의 활동을 기다려서 이 중대한 수수썩기를 풀랴는 것이다

『셋싸지는 지금 당장에 어려우이 ── 정 하다면 하나만 더 줌세 그러고 활동을 개시한 후에 만일 애라가 직접 활동을 하게 될 쌔에 쏘 하나는 할 수도 잇겟지!』

하며 면후는 미리 준비하얏든지 다른 봉투를 쏘 하나 쯔냇다

애라는 거긔서 더 버틔어도 아니 되겟다 생각하고 봉투 둘을 들어서 속을 살피엇다 백 원짜리 열 장씩이다

『아 ─ 그런데 애라 그 손은 웨 그랫서?』

면후는 봉투를 집어 드는 애라의 오른손 식지[445]에 붕대가 감긴 것을 인제야 보고 놀랫다

『앗가 찬간에서 베엇서요』

─────────────

441 어상반(於相半)하다. 양쪽의 수준, 역량, 수량, 의견 따위가 서로 걸맞아 비슷하다.
442 파송(派送). 일정한 임무를 주어 사람을 보냄.
443 원문에는 '것'의 글자 방향 오식.
444 착목(着目). 어떤 일을 주의하여 봄. 또는 어떤 문제를 해결하기 위한 실마리를 잡음. '눈여겨봄', '실마리를 얻음'으로 순화.
445 식지(食指). 집게손가락.

『도마질을 하다가 식칼에 상하면야 왼손을 베일 게 아닌가?』

면후는 아무 생각 업시 한 말이엇으나 생각해보니 애라가 잘못 대답하얏다

『이러케 칼을 쑥 쇠자 논 엽헤 안젓다가 일어서는 바람에 스쳐서요.[446]』

애라는 얼른 이러케 대답하얏다 일본 집에서는 식칼을 쇠자노키 째문이다

『자 ― 그럼 나는 어서 쏘 가봐야 하겟소』

하며 면후는 허둥허둥 일어나다가

『아, 참 맥주라도 한잔 먹고 가야, 남이 수상썩게 아니 알지』

하고 다시 주저안저 맥주를 올려다가 한 병을 그대로 켜고 후닥닥 가버렷다

오늘은 다행하다고 할지 면후와 철호는 마조치지 안햇다 면후가 간 지 두어 시간이나 지내서 오기 째문이다

철호는 들어온 지 이십 분 만에 차 한 잔만 먹고 애라와 몇 마듸 숙은숙은 한 뒤에 슬몃이 가버렷다 복색은 아츰과도 쏘 달라 역시 겨을 양복에 넥타이가 업고 마치 동리에서 잠간 건너온 것처럼 오늘은 모자도 안 썻다

---

446 문맥상 '?'는 오식으로 추정.

1929.8.10 (63)

애라의 계획 ―

애라는 앗가 철호와 약속한 대로 열 시에 백마뎡에서 나와서 죽첨뎡 삼
뎡목으로 철호의 숙소를 차저갓다 백마뎡에서는 뎨일 인긔 잇는 애라가
자조 나가서는 흥정이 업서 걱정이지만 또 그만치 배가 부르고 코가 놉흔
애라의 비위를 덧들일[447] 수가 업서서 무상시[448]로 나다니는 것을 그리
총찰[449]하지는 못하얏다

애라는 이 집이 처음이다 비밀한 곳을 차저오느라니 인력거를 탈 수도
업고 길거리에서 물으면 양장미인[450]이라는 것이 동리ㅅ사람의 눈에라
도 유표히[451] 보일 것이 무서워서 철호가 가르처준 것과 성냥 통 한 갑만
의지를 하야 밤중에 휘더듬어서[452] 간신히 차저 들어간 것이다

철호의 방은 바로 문간방이엇다 애라가 문 미테서 문패를 보랴고 성냥
을 또 그으랴니까 마츰 철호가 들창으로 내어다보고 손짓을 하기 째문에
아모에게도 들키지는 안코 들어갓다

『예서 이야기를 하면 길에서 모다 들리겟군요?』

애라는 들어와 안즈며 우선 그것이 걱정되는 모양이엇다

『그 대신에 드나들기가 편하니까요…… 또 내게는 차저오는 사람도 업
스니까 별 이야기하는 째도 업고오』

---

[447] 덧들이다. 남을 건드려서 언짢게 하다.
[448] 무상시(無常時). 일정한 때가 없음.
[449] 총찰(總察). 모든 일을 맡아 총괄하여 살핌. 또는 그런 직무.
[450] 양장미인(洋裝美人). 서양식 차림새의 미인.
[451] 유표(有表)히. 여럿 가운데 두드러진 특징이 있게.
[452] 휘더듬다. 휘돌아 찾아다니다.

『한경 씨는 차저오겟지오?』

『두어 번 와본 일이 잇지만 요새는 볼 수도 업서요』

철호는 특히 비밀히 할 필요가 업서서 사실대로 말하얏스나 그래도 애라는 조치 못한 긔색이다

『여긔, 이것 보셔요』

애라는 손가방에서 봉투를 끄내서 주며 잠자코 손가락 두 개를 처들어 보엿다. 철호도 아모 말 업시 바다서 지폐의 끗만 쌔내어 헤어보고 침칠을 하야 봉한 우에 다시 신문지로 싼다

『일주일 한얘요 일주일 후에는 일이 되나 안 되나 쏘 하나는 내노마고 하얏는데……』

애라는 말을 싣코 발짝 일어나서 양복을 벗기 시작한다

『어서 가는 게 조치 안하요? 백마뎡에서 알기에도 안 되엇고 홍가가 쏘 오면……』

철호는 그러한 것이 문뎨가 아니엇다. 애라를 얼른 돌려보내랴는 핑계엇다

『별소리를 다 하십니다 고단해 꼼작할 수가 업서요』

애라는 아미[453]를 잠간 쌔붓하야 보이며 속치맛바랑[454]으로 안저서 분ㅅ갑을 끄내어 얼굴을 매만즈다가

『아, 참, 앗가 누가 차저왔서요 백마뎡으로』

하며 남자를 놀리는 듯이 눈을 치쓰며 웃는다

『누굴가?』

『애인!』

---

453 아미(蛾眉). 누에나방의 눈썹이라는 뜻으로, 가늘고 길게 굽어진 아름다운 눈썹을 이르는 말. 미인의 눈썹을 이른다.

454 문맥상 '람'의 오류로 추정.

『애인이 누구란 말요?』

『싼전 고만하셔요 이러케 지랄을 버릇는[455] 내가 미친년이지! 긔쩟해야 잇다가 째갈지[456]……』

애라는 이러케 사랑에 겨운 강짜[457]를 하다가 넘우 말이 무식하고도 불길하게 나온 것을 깜짝 놀라며 입을 답치려다가[458] 철호의 눈살 찝흐리는 것을 보고 한층 더 찔금하며 남자에게 매어달리며

『선생님 잘못햇셔요! 용서해 주셔요』

하고 어리광 피우듯이 사과를 하고 남자의 팔에 고개를 파뭇는다

백마뎡으로 철호를 차저온 사람은 고순일이라 한다. 흑색동맹이 쌔어진 이래로 가튼 동경에 잇서서도 상종이 쓸하야젓섯든 고순일이가 이 판에 백마뎡으로까지 수소문을 하야 왓다는 것은 의외일 쌘 아니라 좀 의심도 낫다

『그래 무어라고 합듸싸?』

『자세한 말은 업시 언제 오면 맛나겟느냐고 하기에 래일 오정[459] 째쯤 오라고 일러두엇지오 그런데 무슨 일애요?』

『아무 일은 업지만……』

『수상한 사람은 아니지오? 구두에 누런 진흙이 뒤발[460]을 하고 헌 양복 째기를 입은 쏠이 시골 면서긔인지 소학교 선생님인지……』

하며 애라는 생긋 웃는다

철호는 구두에 진흙이 무덧드라는 말을 듯고 반색을 하얏다. 고순일이가 강원도 태생인 것을 아는 철호는 춘천 잇는 한경의 소식을 알리랴고 온 것이나 아닌가 하는 생각으로 안심도 되고 반가웟다

---

455 지랄버릇. 말짱하다가 갑자기 변덕스럽게 구는 버릇.
456 째가다. (속되게) 죄지은 사람이 잡혀가다.
457 강짜. '강샘'(질투)을 속되게 이르는 말.
458 답치다. '입을 다물다'의 속어. (곽원석, 『염상섭 소설어사전』, 고려대학교출판부, 2002, 163쪽.)
459 오정(午正). 정오.
460 뒤발. 온몸에 뒤집어써서 바름.

1929.8.11 (64)

애라의 계획 二

『한경 씨가 시골 갓다드니 고 씨라는 이가 거긔서 혹시 온 것인지도 모르지오?』

애라는 철호의 얼굴에서 근심스런 빗이 슬어지는[461] 것을 보고 이런 소리를 한다

『한경이가 어느 시골 갓답듸까?』

철호는 시침이를 쑥 쩨는 수밧게 업섯다

『몰라요 홍면후에게 물어보지오』

간사한 인간은, 사랑을 맹서한 두 남녀는 첫날부터 서로 속이지 안흘 수 업섯다. 한 사람은 사업을 위하야서요 한 사람은 사랑을 위하야서다

『그런데 어써케 하실 테애요? 무작뎡하고 이러케 계시면 어써케 합니까?』

애라는 자긔의 계획을 의론해 보랴고 우선 말을 쓰내노핫다

『그게 무슨 걱정이오 내가 붓들릴가 보아서? 붓들려도 상관업지만 념려 업소! 아즉두 더 할 일이 태산 가튼데 할 일을 쓴내노하야 몸을 쌔내지 안켓소』

철호는 구든 결심을 가진 어됴로 애라의 념려를 물리첫다

『그러나 선생님이 서울서 활동하신대야 고작 일주일이 압헤 잇슬 쑨이 아니야요 그러면 그동안에 무슨 조처를 하셔야지오』

애라의 의견으로 말하면 철호더러 래일이라도 훌적 써나가라는 것이

---

[461] 스러지다. 형체나 현상 따위가 차차 희미해지면서 없어지다.

다 홍면후에게 자긔 부하를 국경 밧그로 내어보낼 터이니 소개장 하나만 하야달라고 하야 명함이라도 한 장 어더가지면 국경을 돌파하고 나가기는 여반장[462]이오 또 만주로 나간 뒤에는 자긔도 뒤미처서[463] 천 원 하나라도 더 어더 가지고 쏘차가겟다는 것이다

애라가 이러케 생각한 것은 물론 철호를 얼른 구해서 내쏫겟다는 생각이오 자긔도 쌀하가서 긔를 펴고 재미잇는 련애생활을 하야보겟다는 욕심으로이지만 또 한 가지는 쑥스럽게 한경이를 춘천으로 귀양을 보내노핫댓자 안심이 아니 되기 째문이다

『아무러튼지 홍가의 소개장이나 명함 한 장만 잇스면 그동안 벌어노흔 신 돈을 몸에 지니고 가셔도 조코 제가 가지고 가도 아모 넘려 업슬 것 아니야요』

애라는 이런 것까지 생각을 하고 잇다

『번 돈!……』

하며 철호는 실소를 하다가

『어쩌케든지 될 대로 되겟지!』

하며 입을 답처버렷다

철호로서는 어대로 간다면 한경의 일을 잘 조처해주고 가야 안심이 될 일이다 공연한 객긔로 한경의 필적을 빌어 경찰 측을 놀린 것이 지금 와서는 후회가 낫다 작난[464]이 넘우 과하얏다고 생각하얏다 여차직하면 쌔져나가는 사람은 나간다 하야로[465] 뒤에 남을 사람이 공연한 편지ㅅ장으로 해서 고생을 할가 보아 애가 씨우기 시작한 것이엇다 만일 쌔져나간다

---

462 여반장(如反掌). 손바닥을 뒤집는 것 같다는 뜻으로, 일이 매우 쉬움을 이르는 말.
463 뒤미치다. 뒤이어 곧 정하여 둔 곳이나 범주에 이르다.
464 작난. 장난.
465 문맥상 '도'의 오류로 추정.

면 한경이까지 끌고 가야만 될 것 갓기도 하나 지금 형편으로 보아서는 나가랴면 애라를 리용 아니 할 수가 업는 터이니 애라가 순순히 들을 리가 만무한 노릇이다

『어차피에 지금 와서는 한경이는 한경이대로 떨어저서 얼른 시집이나 가게 하는 것이 제 신상에도 조흘 일이다 제 올아비만 하드라도 한경이를 그 편지 째문에 치의466는 하면서도 참아 취됴에 착수는 못 하는 모양이니 이러구러467 하는 동안에는 무사타첩468도 되겟지! 설마 제 공 세우랴고 누이를 텰창에 집어너흘랴구!』

철호는 이러한 생각을 하며 스스로 위안을 하얏다

『한경 씨가 못 니저서 조선을 못 써나시겟서요?』

애라는 남자가 무슨 생각에 골돌하는469 것을 한참 치어다보다가 불숙 이런 소리를 하야 보앗다

『별소리를 다 —』

하며 철호는 눈을 찌긋해470 보엿다 그러나 애라는 애라대로 한경이를 어써케 조처할가 혼자 곰곰 궁리를 하고 안젓는 것이엇다

---

466 치의(致疑). 의심을 둠.
467 이러구러. 이럭저럭 일이 진행되는 모양.
468 무사타첩(無事妥帖). 아무 사고 없이 무사히 잘 끝남.
469 골똘하다. 한 가지 일에 온 정신을 쏟아 딴생각이 없다.
470 찌긋하다. 눈 따위를 슬쩍 찌그리다.

1929.8.12 (65)

한경이의 소식 ―

철호가 백마뎡에 들어설 째는 아즉 오정을 불지 안햇스나 고순일이는
벌서 와서 안젓다 이 사람은 이만치나 순실한[471] 사람이다

『아 — 이게 얼마 만인가!』

『피차 넘우 련신[472]이 업서서 간혹 궁금하데마는……』

두 청년은 악수를 하고 나서 철호가 주인 격으로 구석 테불로 가며 자
리를 권하랴니까 순일이는 거진 철호의 귀에 입을 대고

『아니 잠간 자네게 긴히 할 말이 잇스니 어대 종용한[473] 대 업겟나?』

하며 긴급한 눈치를 보인다 철호는 알아차리고 애라에게 이층으로 안
내하게 하야 쌀하 올라갓다

두 청년이 좌뎡한 뒤에도 애라는 눈치를 보랴는 듯이 얼른 나려가지 안
코 서성거리다가 잠간 피해달라는 말에

『그럼 자실 것을 아조 일러 주시지오』

하며 주문을 기다럇다는 듯이 말을 쓱 돌려서 철호와 덤심 가저올 것을
의론하고 나려갓다

『그런데 자네 일은 대강 들엇네마는 무작뎡하고 그러다가 어썬단 말인
가! 어쎗든 지금 주의상 토론을 할 째가 아니니 그것은 추후로 밀고 급

---

471 순실(純實)하다. 순직하고 참되다.
472 연신(連信). 소식이 끊이지 아니함. 또는 그 소식.
473 종용(從容)하다. 조용하다.

한 대로 이 편지부터 보게 내가 그동안 집에 나와서 잇다가 일전에 춘천 읍내에를 들어갓든 길에 우면[474]히 청년회에서 홍한경이가 춘천 나려와 잇다는 말을 듯고 반가워서 차저갓다가 자네 소식도 듯고 이 편지를 급히 전하여야 하겟기로 미들 만한 사람을 내세우랴다가 내가 직접 가지고 왓네』

순일이는 대강 이러한 설명을 하고 한경의 편지를 내어 놋는다 철호는 밧작 긴장한 낫빗이나 역시 침착한 솜씨로 편지를 쓰드며

『자네는 요새 주목을 밧지 안나?』

하고 우선 순일이에게 미행이 잇는가 뭇는다

『응 일본의 무산정당[475]이라는 것에도 실망을 하고 화ㅅ김에 집에 돌아와서 가만히 누어잇스니까 요새는 성이 가시게 굴지 안흐나 춘천이고 서울이고 경계가 이러케 심하니까 누가 알겟나 하지만 춘천서는 아마 한경의 신변을 몹시 경계하고 쏘 서울서 나려가는 사람을 더 취테[476]하나보데 하여간 나는 한경이를 한 번만 맛나보앗고 쏘 자동차도 멧십 리나 걸어 나와서 탓스니까 서울에서는 쏙 들어안젓거나 래일 아츰차로라도 나려가면 별일 업겟네』

『그러나 사람의 일을 모르니까 만일을 경계하여야 하지 안켓나』

철호는 편지를 보랴 수작을 하랴 정신이 얼썰썰하면서 신경만 날칼오 워젓다

『그래서 나도 여긔를 일즉 온 것일세마는 어쌧든 우리가 맛난 것은 후일에라도 절대 비밀히 하고 피차 모른다고 하여야 하네 그런데 앗가 그

---

474 문맥상 '연'의 오류로 추정.
475 무산정당(無産政黨). 무산 계급의 이익을 대표하는 정당.
476 취체(取締). 규칙, 법령, 명령 따위를 지키도록 통제함.

『리애라』라는 녀자는 스파이 아닌가? 한경이 말을 들으면 경긔도 형사 과장의 정부라지?』

『상관업서!』

『상관업는 것은 무언가 자네는 어쩌케 하자고 섭[477]흘 지고 불더미로 만 휘젓고 다니는가』

『넘려 업네 동지가 되엇다네 위험하기로 말하면야 한경이가 더 위험하다고 할 게 아닌가 나는 이러케 위험을 피하지 안키 째문에 위험에서 벗어나는 것일세 불 속에 들어가서 타지 안는 동두텰신[478]일세 이번에 애라가 경찰부 돈을 우선 이천 원이나 슬어내다 준 것을 보아도……』

철호가 말을 채 맷기 전에 순일이는 쌈작 놀래며

『무어?』

하고 소리를 친다

『여보게 지각업는 일을 햇네 돈을 써가면서 슬어넛는 것을 웨 몰르나 허 ― 큰일 낫네 홍면후가 고의로 꾸미는 일이 아니면 애라가 꾸미는 일일세 일을 크게 벌으집어가지고[479] 런루자가 다 ― 판명된 뒤에 못 작[480] 쇠들자는 롱락일세 그러치 안흐면야 저이들이 등신만 남앗다고 눈압헤 자네를 두고 가만 내버려 두겟나!……』

---

477 섶. 잎나무, 풋나무, 물거리 따위의 땔나무를 통틀어 이르는 말.
478 동두철신(銅頭鐵身). 구리 덩이 같은 얼굴에 쇳덩이 같은 몸이라는 뜻으로, 성질이 모질고 완강한 사람을 비유적으로 이르는 말.
479 버르집다. (사람이 숨은 일이나 아니 해도 좋을 일을) 드러나게 하거나 일으켜 벌여놓다.
480 모짝. 한 번에 있는 대로 다 몰아서.

1929.8.13 (66)

한경이의 소식 二

철호는 친구의 말은 듯기만 하고 편지를 여전히 읽는다 한경이의 편지
는 이러하다

그동안 얼마나 그립고 얼마나 애가 씨우는지 몰랏습니다마는 무엇보
다도 신문긔사에 보면 무사히 계신 것과 쏘 이곳으로 편지 아니 하신
것이 다행합니다 이곳으로 어림업시 씰려 나려온 것은 제가 하도 겁이
나고 쏘 맘이 약하야 올아버니 말슴을 거역치 못한 째문입니다마는 어
쌧든 올아버님은 무슨 계획으로 이리 보내 두신 것 갓습니다 이곳 경찰
서에서는 제가 어대로 도망이나 할가 보아서 날마다 주목을 하고 자동
차 발착[481] 시간에 혹시 산보 삼아 나가면 경관들이 어대 가느냐고 성
화가티들 뭇습니다 쏘 우편물도 동무에게서 오는 것이 의례 몃 시간씩
은 늦게야 싸로 배달을 하야줍니다 그리고 일본 잇슬 째에도 일 년에
한 번 편지를 할가 말가 하시든 올아버니가 그동안에 사오 차례나 편지
를 하셔서 쏙 제 답장이 가도록만 하시는 것은 뎡녕 제 필적을 대조하
야 보시랴고 하는 것인 모양입니다 쏘 일전에는 혼인을 이른다고 남자
의 이름을 죽—적어 보내고 그중에 아는 사람을 말하라고 하셧서요
물론 혼담이라는 핑계지오 그러나 뎨일 가슴이 더럭 나려안즌 것은 선
생님쎄서 흑색동맹 시에 쓰시든 리창(李蒼)이라는 함자가 그 속에 씨인

---
481 발착(發着). 출발과 도착을 아울러 이르는 말.

것이엇서요 꼭 무슨 일이 난 줄 알앗습니다마는 누구나 선생님을 리창 씨로만 알고 철호 씨라는 이름은 조선 오신 뒤부터 쓰신 것이니까 우선은 상관업겟지오 어쨋든 선생님을 아즉까지는 치의[482]를 아니 하나 무슨 긔미를 차리고 원적디[483]를 됴사한다면 큰일 나겟지오 어쨋든 인제는 급하야진 것 가트니 어서 건너가시지오 시시각각으로 조마조마하고 피가 밧작밧작 마르는 것 가트어 못 견듸겟습니다 저를 살리시랴 하드라도 제발 어서 조선에 계시지 마셔요 셋잿 번 사건을 신문에서 보고서는 간이 콩알만 하야젓습니다 이 붓을 들고 잇는 이 순간에도 어느 구석에서 무슨 고초를 당하시는지 누가 알겟습니까 그런데 저도 언제까지 이러케 잇슬 수는 업스니까 이 편지를 가지고 가시는 고 선생님이 돌아오시는 것만 뵈오면 이 땅을 곳 써나겟습니다 어써한 수단으로 국경을 넘어가겟느냐는 것은 념려 마셔요 그동안 올아버니께서 하신 편지의 피봉[484]만 몃 장 가저도 넉넉합니다 경찰부라고 인쇄하고 게다가 올아버니 이름이 쑤렷하니까요. 그건 고사하고 봉텬만 가면 부령사[485]로 잇는 강장숙(姜長肅)의 작은집이 보호해 줄 터이니까 념려는 족음도 업습니다 그리고 『그것』은 지금 제가 여긔 가지고 잇스니까 바로 가지고 갈 수 잇스나 형편 보아서는 서울을 거처 갈지 모르오니 그러케 되면 무슨 방도를 차리든지 동행을 하실 작정 치시고 쏘 그러치 못하면 제가 먼저 가든 나종 가든 봉텬가무뎡(天奉[486] 加茂町) ××번디 강장숙

482 치의(致疑). 의심을 둠.
483 원적지(原籍地). 호적을 옮기기 전의 호적지.
484 피봉(皮封). 겉봉.
485 부영사(副領事). 영사의 다음 위치에 있는 외교관. 총영사관이나 영사관에서 영사를 보좌하는 외무 공무원이다.
486 '奉天'의 글자 배열 오류.

의 작은집으로 오셔요 이 녀자는 그전 제가 서울서 ××녀자고등보통 학교에 다닐 쌔에 부끄러운 말슴입니다마는 동성련애를 하든 아우니 싸 어쩐 수단을 쓰든지 몸을 우선 감출 수는 잇습니다. 어쨋든 다시는 그런 위태한 노릇을 마시고 쌜리 서둘러 주셔요. 잡히는 게 무섭지 안혼 것도 아니지마는 잡히는 게 목뎍이 아니니싸 말슴입니다. 그러고 고 선생님을 죽첨뎡으로 가시게 하얏다가는 위험할 듯하야 백마뎡으로 가시게는 하얏습니다마는 아예 애라에게 눈치를 보이지 마십시요. 두 분이 친하신 눈치이나 그러타고 제가 싀긔를 해서 이런 말슴을 하는 것이 아니라 그런 대로 놀든 사람이란 성미에 틀리거나 리해 상관이 잇스면 어써케 될 줄 알고 속을 주겟습니싸. 부대[487] 조심하시고 곳 거긔 형편을 적어서 고 선생님께 부탁하야 주시옵소서

---

[487] 부대. '부디'의 방언(경남, 전남, 함북).

1929.8.14 (67)

애라의 계획[488] 三

　철호는 두서를 차리기가 어려웟다 침착하고 과감한 것을 내심으로 자랑하든 철호도 순일의 말과 한경의 편지로 맘이 헷갈렷다 더욱이 저들이 등하불명으로 모르는 것이 아니라 가만 내버려 두어 가지고 일을 맨들어가며 사건이 더 훨신 확대된 뒤에 련루자 전부를 일망타진하랴는 계책이라는 말을 들으면 그도 그럴듯하다 더구나 이번 범인은 흉긔를 절대로 가지지 안혼 설교강도니까 위험성이 적으니만큼 청진동사건 이후에는 진범인을 눈치채고도 다만 감시만 하면서 오늘래일간 톄포에 착수하랴는지 모를 것이다 그러타고 의심한다면 애라를 내세워서 어제와 가튼 남산장의 연극을 쑤미고 돈 이천 원을 잠간 수중에 쥐어준 것도 그런 계교ㅅ속이오 또 어젯밤에 애라가 와서 자고 허신[489]을 한 것도 도망할가 보아 지키느라고 그런 것 갓기도 하다 철호는 인제야 참 정말 올개밋[490]속에 슬려든 것 갓다 몸이 으슬으슬한 것 갓기도 하다

　이째에 애라가 기침을 하며 올라오드니

　『인젠 고만 진지 가저올가요?』

　하며 방안을 들여다본다 들여다보는 그 눈이 철호에게도 금시에 수상스러워 보엿다 애라의 붕대를 처맨 손가락이 철호의 눈에 씌우자 얼굴이

---

488 소제목 회차로 보면 '한경이의 소식'이 적절함.
489 허신(許身). 몸을 허락함. 주로 여자가 남자에게 자기 몸을 내맡김을 이른다.
490 올개미. '올가미'의 방언(강원, 경기, 경상, 전라, 충청).

확근 달른 것을 깨달앗다 저 손가락 때문에 할 일도 못하고 일신을 망치나 보다 하는 생각을 하면 녀자란 큰일 하는 데에 업서도 안 되고 잇서도 안 될 요물이라고 저주하고 십헛다 그러나 녀자를 저주할 게 아니라 자긔가 아즉 큰일을 할 자격을 수양치 못하얏고 경험이 부족하다는 반성을 하고서는 압헤 안젓는 순일이를 보기에 부끄러운증이 낫다

『좀 더 잇다가 가저오슈』

철호는 이러케 일러 나려보내고 나서는 순일에게 의론을 건다

『하지만 지금 내가 나서랴면 역시 저 애라를 리용해야 하지 안켓나? 설사 애라에게 속아서 잡히는 한이 잇드라도』

『긔위[491] 그러케 된 다음에는 물론 애라를 잘 달래서 배심을 먹지 안케 길을 들여가며 리용해야지』

『자——그는 그러타 하고 한경이를 내보낸다는 수도 업고 안 내보낸다는 수도 업스니 어쩌면 조켓소?』

『내보내는 게 어쨋든 안전하지 그대로 두엇다가 진범은 노치고 한경이가 유력한——유력하다느니보다도 자네의 유일한 공범이거나 조력자인 것을 알게 되면 그 올아비 놈 솜씨에 그대로 눈감아 버리고 내버려둘 줄 아나? 올아비 놈은 고사하고 애라부터라도 련애의 경쟁자인 듯하니 무슨 요변을 부릴지 누가 아나? 어쨋든 자네가 더리고[492] 간다면 동지요 애인이오 내조자요…… 어대로 보든지 피차에 조흘 게 아닌가!』

사실 그러하다고 철호도 생각하얏다 그쑨 아니라『그것』을(돈) 몸에 지니고 가서 잇다는데 한경이 아니고는 가지고 갈 사람도 업다

그러나 쏘다시 애라를 생각하면 여간 난처한 노릇이 아니다 엽희ㅅ사

---

491 긔위(旣爲). 이미.
492 더리다. '데리다'의 방언(경기).

람들은 이러니저러니 하야도 적어도 십의 륙칠은 애라가 진정이라고 밋는 철호로서는 애라를 리용할 대로 리용만 하고 툭 차버릴 용긔도 아니나고 의리로도 그럴 수 업고 새로 든 정으로도 그럴 수 업슬 것 가탓다 그 쌘 아니라 나중에 속은 줄 알면 그야말로 한경의 편지ㅅ사연처럼 무슨 짓을 하야 일을 새판으로 뒤집어 노홀지 모를 것이다 철호의 몸과 맘은 문틈에 씨인 손가락 가탓다

철호는 그래도 맘이 올씨갈씨 하다가 싹 결심한 듯이

『그럼 여보게! 한경이한테 편지는 쓸 새도 업고 부질업서 안 쓰니 자네가 가서 봉뎐으로 곳 써나 보내주게! 나종 일을 지금 누가 생각하겟나!』

하고 흥분한 머리를 쉬랴는지 벌썩 일어나서 뒷짐을 짓고 방안을 건일며 순일이가 실망하얏다는 일본 무산정당에 대한 한담[493]을 쓰낸다

---

493 한담(閑談). 심심하거나 한가할 때 나누는 이야기. 또는 별로 중요하지 아니한 이야기.

1929.8.15 (68)

면후의 활동 ―

『그 고순일이란 사람이 대관절 누구얘요? 동지얘요[494]』

순일이를 보낸 뒤에 애라는 철호를 다시 우층으로 쓸고 올라가서 열심
으로 물으니까

『아니야, 나와는 주의상 다른 사람인데, 지금은 씬아불을 다니는지, 어
쩌케 내기[495] 여긔 오는 것을 알앗슬구?』

하며 철호는 싼청을 한다

『그래 뭐라고 해요?』

『별말은 업스나, 자긔와 가티 동경으로 다시 건너가서 일본의 무산정
당과 결탁을 하야 다시 한번 일을 하자는군! 선생이 원래 간판은 공산
주의자니까…』

철호는 입에서 나오는 대로 그럴 듯이 말을 피한다. 한경의 편지를 보
자고 할 것이 무서워 그런 것이다

『갓득이나 이런 판에 그런 수상한 사람과 추축[496]을 하시면 어째요!』

하며 애라는 고지들엇는지 눈살을 집흐려 보인다

『[497]큰일을 저즐러도 유명한 사람이 되겟다면서 그러케 벌벌 떨어서야
긔껏 백마뎡 속에서만 유명하고 네 활개를 치는 게지 ―― 어대 명탐정

---

494 문맥상 '?'의 누락으로 추정.
495 문맥상 '가'의 오류로 추정.
496 추축(追逐). 친구끼리 서로 오가며 사귐.
497 '『'의 오류.

노릇인들 하겟소』

하며 철호는 썰썰 웃엇다

『또, 또 그런 소리를……』

애라는 명탐정이라는 말에 질급⁴⁹⁸을 하는 것이엇다. 어쨋든 지금 애라
로서는 유명한 사람이 되고 십흔 꿈도 인젠 슬어지고 철호가 유명해지는
것도 실헛다 어쩌케 하면 모처럼 애를 써 어든 사랑을 흡족하도록 향락하
겟느냐는 욕망 이외에는 아모것도 업섯다 남자를 내노치 안코 이 남자의
압헤서 밤이나 낫이나 맛부터 안저서 안락하고 단란한 가뎡 긔분에 싸여
보고 십헛다 벌서 멧 해를 써돌아다니며 긔분이 거칠 대로 거칠은 애라는
사람의 정이 그지업시 그립고 녀자다운 본능이 머리를 도는 것이엇다

『그런데 어써케 하실 테야요? 곳 써나시겟서요?』

애라는 또 졸랏다

『좀 가만잇서요 밤에 생각 좀 더 해보고 뎡합시다』

철호의 맘은 칠팔 분 서울을 쓰기로 결심이 돌앗스나 이러케 이하고⁴⁹⁹
훌적 나가 버렷다

『그럼 잇다가……』

애라는 뒤쌀하 나오며 입을 벌이다가 층계 중턱에서 면후가 알에 와서
안젓는 것을 보고 입을 담을어 버렷다

『가레노 오가에리까? 오삿시시마스』──(애인의 환택(還宅)⁵⁰⁰이군.
얼마나 섭섭오)하⁵⁰¹

하며 면후는 썰썰 웃는다. 면후는 뎜심시간을 리용하야 이리로 달려온

---

498 질급(窒急). 몹시 놀라거나 겁이 나서 갑자기 숨이 막힘.
499 문맥상 '끝내고'를 의미하는 '이(已)하고'로 추정.
500 환택(還宅). 남이 자기 집으로 돌아감을 높여 이르는 말.
501 '하오'의 글자 배열 오류로 추정.

것이다

『예이 나히 앗갑소』

애라도 마조 웃고 면후의 엽헤 와서 안즈며 남자의 손등을 싹 째린다

『그런데 그건 누구야? 거진 날마다 보겟스니』

『그건 알아 뭘 해요? 뭇지 안해도 알 일이지!』

애라는 한술 더 쩟다

『흥 돈 갓다가 새ㅅ서방 뒤치닥거리나 하고…… 자 ― 리 한다!』

면후는 애라만 듯게 이런 실업슨 소리를 하고 볼다구니를 살짝 쇠집어 본다 애라는 『아야 아야 ―― 』[502] ㅅ소리를 치다가

『웨 샘이 나셔요? 호호…』

하고 남자에게로 정다이 달려든다

『그런데 이거 보셔요……』

애라는 목소리를 죽여 말을 새판으로 쯰낸다

『지금 그 사람이 김순태(金淳泰)라고 하는 내가 부리는 청년인데 래일은 우선 쩌나보낼가 해요』

『그래서……?』

『그런데 지금 당자 말이 무슨 소개장 가튼 것이 잇섯스면 저긔 가서 어 썬 경우에는 편의도 어들 수 잇고 하다는데……?』

『응! 그두 그러켓지?』

하고 면후는 잠간 무슨 생각을 하는 모양이다

『그래 위인은 쏙쏙한가?』

『그럼은요……』

---

502 '」'의 오류.

1929.8.16 (69)

면후의 활동 二

『그래 김순태ㄴ가는 어대로 보내 볼 모양이야?』

『상해로 직행하라고 하얏지요 여긔서 어제오늘 활동을 시켜보앗는데 별도리 업서요 어쌧든 여긔 일은 내가 잇스니까요. 한데 명함에라도 도장을 찍어서 주시지오?』

『글세 ─ 지금 명함이 업서…… 어쌧든 래일 오후 다섯 시쯤 이리 와서 기다리라고 하구려 당자도 좀 보고 소개ㅅ장을 써 줄 터이니』

『그럼 그러케 하시지오』

『그런데 일은 나허고 좀 런락을 취하세』

『족음만 참으서요 한 구녕 쑬른 게 잇스니까……』

『글세 그러니까 자네가 혼자 공을 일우랴고 하지 말고 어쌧든 형사라도 빌려달라면 얼마든지 보내줄 테니 맘대로 지휘를 해 써도 조탄 말일세』

『홍, 인제는 나도 올라서는 판이로구나! 정말 형사과장 사무를 인계하실 테야요?』

하며 애라는 새롱댄다[503]

『시럽시 할 째가 다 ─ 싸루 잇지 저러고서야 어대 무슨 일을 하는 것 가튼가?』

홍면후는 제법 젊쟌케 잠간 짜증을 내며 애라의 성의를 의심한다는 눈치를 보엿다

---

503 새롱대다. 경솔하고 방정맞게 까불며 자꾸 지껄이다.

『념려 마셔요! 삼천 원어치는 일주일 안으로 해노흘 테니 남아지 천 원이나 어서 가저오셔요!』

『일주일은 밤낮 비스러매노혼[504] 일주일인가?』

『응 참 오늘까지 쌔면 닷세 남앗군! 어써튼지 성공해 보일 테니 넘려마셔요』

애라는 구든 자신이 잇는 듯이 장담을 한다

『그야 우리 귀한 애라가 형사과장 무릅 우에 올라 안저 지휘를 하는데 범연할[505] 리가 잇슬라구!』

면후는 이런 소리를 하다가 런일 밤을 새느라고 무척 홍분된 머리에 본능덕 충동의 불길이 것잡을 수 업시 일어낫는지 애라는 피할 새 업시 그 묘각덕 곡선(彫刻的曲線)을 가진 두 입술에 싹금하고 남자의 수염이 씨르는 것을 쌔달앗다

『창피하게 대낮에 이게 무슨 젊쟌치 안혼 짓이야!』

애라는 남자의 썩진[506] 팔에서 머리를 쌔내으며 종알대 보앗스나 생각하면 이것이 이 남자의 요구에 응하야 준 처음 일이다 돈 이천 원에 금강석 반지 갑슬 이러케라도 쌔는 수밧게 업섯다

『그런데 애라! 꼭 애라의 승낙을 바다야 할 것은 아니지만 한경이를 잠간 불러올려 와도 조케지?』

면후는 마시고 난 맥주잔을 노흐며 별안간 이런 소리를 하고 애라의 긔색을 살핀다

『어째 내 승락을 안 바다도 조하요? 벌서부터 이러실 테요?』

---

504 비끄러매다. 줄이나 끈 따위로 서로 떨어지지 못하게 붙잡아 매다.
505 범연(泛然)하다. 차근차근한 맛이 없이 데면데면하다.
506 꺽지다. 성격이 억세고 꿋꿋하며 용감하다.

하며 애라는 눈을 몹시 써서 남자를 흘겨본다

『아니 그런 게 아니라 어머님께서 보고 싶허도 하시고 나도 그 편지 사
단으로 좀 더 물어보고 싶기에 부른 것이야 글세 한경이를 웨 그러케
성화가 나서 서울 못 잇게 하랴는지 알 수가 업군!』

면후는 빌 듯이 이러케 사정을 하얏스나 언제 생각하나 의문의 초덤이
애라의 한경에게 대한 태도이다

『내 일에 방해가 되니싸 그래요! 내 일이 역시 당신 일이 아니야요』

하며 애라는 핀잔을 주엇다 그러나 애라는 넘우 말릴 수도 업섯다 말리
면 더욱 수상히 알 것이다 한 남자를 새에 너코 겻고틀기[507] 째문에 한경
이를 귀양살이 시키랴는 것이라고 눈치를 채면 면후는 애라의 사랑하는
남자에게 대한 질투로라도 불러올리랴고 할 것이오 쏘 누이동생이 어썬
남자와 친한가? 쌀하서 그 범인의 편지를 누이가 그 사랑하는 남자를 위
하야 써준 것이 아닌가? ── 쏘 그러하면 애라와 한경이가 겻고트는 그
남자가 범인이거나 범인이 아니라도 범인의 친구쯤은 되어서 그 한경의
애인이 간접으로 청을 하야 편지를 씨운 것이리라고 추측할지도 모를 것
이니 그러타면 철호의 신변은 차차 더 위급하야저 올 것이다 그러나 말리
면 말릴스록 뒤ㅅ구멍으로라도 불러올 것이다, 아니 벌서 불러왓는지 누
가 알 일인가 한경이를 지키지 안는 다음에야 쑥스런 헛애[508]를 쓰는 것
이라고 애라는 어림업는 자긔를 속으로 웃엇다

---

507 겻고틀다. 시비나 승부를 다툴 때에, 서로 지지 않으려고 버티어 겨루다.
508 헛애. 아무 보람 없이 쓰는 애.

1929.8.17 (70)

면후의 활동 三

『그래 벌서 불럿서요?』

『응 앗가 춘천 경찰서에 뎐화할 제 당자에게 긔별해 달라고 부탁하얏
스니까 래일쯤은 오겟지 사후승락이 되어서 미안하지만 내가 올 새가
잇서야지』

하며 면후는 웃어버린다

애라는 래일 온다는 소리에 쌈짝 놀랏다 긔ㅅ것 쏘차버린 한경이를 쇠
털 가튼 날[509]에 하로 바다 쓸 날이 업다는 세음으로 마츰 철호를 써나보
내랴는 래일 불러올린다는 것을 생각하면 그대로 내버려둘 수 업슬 것 갓
기도 하다.

『그러면 물어보실 것만 물어보시고 집에서 내보내시지를 마셔요 맛나
면 아니 될 사람이 잇스니까 만일 한경 씨가 서울서 누구를 맛난다면
이것두 저것두 다 — 틀려요! 곡[510] 그러케 하셔요』

『그거 어렵지 안치!, 한데 한경에게 어썬 놈이 쏘차다니나?』

하며 면후는 눈을 일부러 쭝글어케 써 보인다

『그건 이삼일만 잇스면 알려들여요 지금은 절대 비밀!』

애라는 싹 잘라 버렷다 그러나 면후는 한경이가 맛나면 안 될 사람이
잇다는 말에 속으로 한층 더 반기엇다 어제오늘로 생각해 낸 자긔의 계획

---

509 쇠털 같은 날. 헤아릴 수 없이 많은 나날을 비유적으로 이르는 말.
510 문맥상 '꼭'의 오류로 추정.

을 실행하여야만 하겟다는 확신이 더 구더젓다

면후의 계획이라는 것은 다른 게 아니엇다 즉 래일 누이가 올라오면 이 백마뎡에서 철호와 맛날 긔회를 맨들어주어 보자는 것이다 면후는 철호를 처음 몃 번 볼 째는 그리 눈여겨보지도 안핫섯다 그러나 차차 지내볼스록에 애라와 절친한 모양이오 쏘 그러자 애라가 한사코 한경이를 쎄 보내달라는 것을 보고 이 세 남녀가 소위 련애의 삼각관계가 아닌가 의심이 들기 시작하얏다 그러나 그 청년의 래력을 애라에게 물어본다면 숙호충비[511]가 되어 돌이어 나올 말도 문을 막는 세음이 될 것이오 쏘 그 청년을 불러다가 뭇는다 하야도 무슨 터문[512]이든지 아조 업시야 검속[513]할 형편도 아니엇다 그래서 이째까지 미루미루 두어 왓고 쏘 지금 와서는 검거하야 허허 실수로라도 취됴를 하자면 못 할 것이 업슬 만큼은 되엇스나 그랫다가 만일에 정말 누이와 관계가 깁흔 것이 발각된다든지 하야 한경이마저 붓들지 안흘 수 업는 진퇴량난의 궁디에 쌔지는 경우면 동긔간에 참아 못 할 것 가튼 정리가 그래도 얼마쯤은 잇서서 좀 더 분명하고 확적한 심증(心證)이라도 어더 가지고 착수하랴는 생각으로 인제는 결단하고 한경이더러 올라오라고 하야 노흔 것이다 그러자 지금 애라가 소개ㅅ장을 부탁을 밧고는 마츰 잘되엇다고 래일 오후 다섯 시에 그 청년을 오게 하면 소개ㅅ장을 써 주마고 한 것이다 하여간 래일 춘천서 오는 자동차는 오후 여섯 시까지는 도착될 것이오 쏘 한경이더러 서울 도착하는 길로 백마뎡에서 맛나자고 하야 노흔 터이니까 모든 준비는 다 된 세음이다

백마뎡에서 나온 면후는 경찰부로 인력거를 달리면서 래일 어쩌케 경

---

511 숙호충비(宿虎衝鼻). 자는 호랑이의 코를 찌른다는 뜻으로, 가만히 있는 사람을 공연히 건드려서 화를 입거나 일을 불리하게 만듦을 이르는 말.

512 터문. 처지나 형편.

513 검속(檢束). 엄중하게 단속함.

관을 배치할가 하는 궁리에 여념이 업섯다

　(그싸진 것쯤 —— 설령 그놈이 설교강도라 하드라도 톄포하기야 무난지사니쌔 백마뎡을 포위까지는 할 필요는 업지만 그보다도 그 안에서 저의 씨리 하는 거동을 잘 살펴야 할 것인 즉 아모쪼록 여럿을 변장을 시켜 들이 안처야 할 것이다⋯⋯! 무엇보다도 중요한 것은 한경이가 백마뎡에 쑥 들어서면서 그 김가인가 하는 청년을 보고 창졸간[514]에 나타나는 표정을 잘 보도록 부하에게 일러노하야 할 것이다⋯⋯ 그러나 부하들 중에 한경이를 아는 놈이 잇스면 좀 창피하고 안되엇는데⋯⋯ 아니 그보다도 한경이가 아는 형사를 들여안첫다가는 죽도 밥도 아니 될 것이다!』[515]

　면후는 인선(人選)에 주의하여야 하겟다고 생각하얏다

---

514 창졸간(倉卒間). 미처 어찌할 수 없이 매우 급작스러운 사이.
515 ')'의 오류.

1929.8.18 (71)

백마뎡의 일막 ―

　래일 홍면후가 소개ㅅ장을 써줄 테니 오후 다섯 시에 백마뎡에서 직접 맛
나자 하고 또 한경이가 그째쯤 올라온다는 말을 애라에게 듯자 철호는 얼마
쯤 선듯하지 안흘 수 업섯다 첫재 머리에 써오르는 것은 한경의 편지엿다.
면후가 혼인 이르는 사람이라 하고 적어 보낸 남자의 성명 중에 리창(李蒼)이
라는 철호의 변명[516]이 씨엇드라는 사실과 런락하야 생각할 제 경찰 측에서
는 리창이가 곳 리철호로, 리철호가 곳 애라의 이른바 김순태인 것을 벌서
됴사하야 노코 안저서 인제는 한경이를 불러다가 서로 아는 사인가를 보자
는 것이 분명하다고 생각하얏다. 인제는 다시 의심할 여디가 업섯다
　『암만해두 선생님을 주목하고 한경 씨를 불러다가 맛대해 노코 무릅마
　침[517]을 하랴는가 봐요』
　애라도 난처하다는 듯이 눈살을 짜긋하얏다[518]
　『글세 ―― 하지만 맛나는 봐야지』
　『그럼은요』
　『경계가 좀 심할걸! 어쩌면 백마뎡을 포위할지도 모르지』
　철호는 본심으로 그러한지, 인제는 죽음도 동하는 긔색 업시 쏘다시 유
산태평[519]이다.

---

516 변명(變名). 이름을 달리 바꿈. 또는 그렇게 바꾼 이름.
517 무릎맞춤. 두 사람의 말이 서로 어긋날 때, 제삼자를 앞에 두고 전에 한 말을 되풀이하여 옳
　　고 그름을 따짐.
518 짜긋하다. 눈 따위를 살짝 짜그리다.

『어쩌케 하시겟서요?』

『어쩌케든지 되겟지오』

『그야 잡혀가신다드라도 되는 건 되는 것이지요만……』

하며 애라는 웃는다

두 남녀는 그날 밤에 이러케 만단[520] 상의를 하다가 밝을 녁에야 눈을 부치엇다 래일 어쩌케 할 것을 작뎡도 하고 우선 래일 아츰에는 이 집을 옴겨 애라에게로 가기로 하야 변변치 안흔 짐이나마 다 — 꾸려 노핫다

이튼날 오후 다섯 시 뎡각에 철호는 백마뎡에 들어섯다. 겨울 양복에 모자도 업시 물론 넥타이도 아니 매고.

석양 해ㅅ발을 바다서 환한 알에층에는 두어 테불에 손님이 안저 잇다. 한 테불에는 어느 히[521] 사원 가튼 사람이 마조 안저서 맥주를 마시고 하나는 청부업자 비젓하게[522] 스탁킹에 짜른 바지를 입고 안저서 차를 먹는데 테불 엽헤는 커다란 검정 가죽가방이 노혀 잇다. 애라는 이 사람과 이야기를 하고 안젓다가 철호에게로 와서 인사를 하며 테불 전[523]을 만지든 손가락 한 개를 슬몃이 쌔치어 보인다. 형사가 한 사람 왓다는 암호이다. 과시[524] 중턱에 안즌 두 사람은 무관심한 태도이나 그 청부자 가튼 일인은 차 한 잔만 노코 시간을 보내랴고 거래를 하는 모양이다. 그자의 얼굴이 두 번재 이리로 향하얏슬 새 철호의 눈과 마조첫다

애라는 안으로 쪼르를 들어가드니 죠금 잇다가 목욕 가는 제구[525]를 들

---

519 유산태평(遊山太平). 아무 근심 걱정 없이 한가하고 편안함.

520 만단(萬端). 여러 가지나 온갖.

521 문맥상 '회'의 오류로 추정.

522 비젓하다. '비슷하다'의 방언(강원, 충남, 함경).

523 전(邊). 물건의 위쪽 가장자리가 조금 넓적하게 된 부분.

524 과시(果是). 과연.

525 제구(諸具). 여러 가지의 기구.

고 나온다

『잠간 다녀올게요』

철호를 보고만 인사를 하고 나간다. 애라는 목욕 가는 것이 급한 게 아니라 밧긔 경계가 어쩌한 것을 보랴 나가는 것이다

마즌편의 시계가 반 시를 친다

혼자 안젓든 남자는 슬쩍 일어나서 나가버리드니 잠간 동안을 두어서 일복 입은 상인 하나가 들어와서 역시 철호와 마조 보이는 테불에 안는다 (교대(交代)로군!) 하며 철호는 신문 보는 눈을 들어 잠간 관상을 하야 두었다. 저편은 부자연한 자세로 외면을 하고 안젓다

그러나 다섯 시에 오라고 약속한 면후는 현영[526]도 아니한다. 그도 그럴 것이 면후가 와서 안젓는 것을 누이가 들어오다가 보면 의례 철호와는 모르는 행세를 하고 시침이를 쎄일 것이니 한경이가 온 뒤에야 올 것이다

철호는 심심하야 못 견딜 디경이다. 간혹 조바심드[527] 나기는 하나 맘을 가라안치고 안젓다

(만일 한경이가 들어오다가 반가이 인사를 하면 어쩔가)

하는 애도 씨이나 그르케 경솔하지는 안흘 것도 가트엇다

여섯 시를 치고 십오 분이나 장침[528]이 돌아갓슬 쌔다. 백마뎡의 유착한[529] 류리 창문이 방긋이 열리며 야쌕장한[530] 녀학생의 얼굴이 나타낫다

—— 한경의 얼굴이다!

---

526 현영(現形). 형체를 눈앞에 드러냄. 또는 그 형체.
527 문맥상 '도'의 오류로 추정.
528 장침(長針). 분침.
529 유착하다. 몹시 투박하고 크다.
530 야쁘장하다. '예쁘장하다'를 귀엽게 이르는 말.

1929.8.19 (72)

백마뎡의 일막 二

　서고 안즌 남녀의 시선은 한경에게로 일제 사격을 하얏다 철호의 눈도 다른 사람과 가티 —— 오히려 다른 사람보다 더 대담히 거듭써 보앗다 앗가 새로 들어온 일본 옷 입은 사십 세가량의 상인의 눈은 한경의 얼굴과 철호의 얼굴 사이에서 써나지를 못하얏다 그러나 수긔(羞氣)[531]에 눌린 한경의 눈에는 마조 섯는 일녀의 얼굴이 다만 하야케 보일 쑨이엇다 눈동자를 좌우로 놀릴 용긔도 업섯거니와 무심코라도 눈길이 엽흐로 흐를가 보아 애를 썻다 이 속에 어느구석에든지 철호가 안젓슬 것을 알긔 째문이다

　『이랏샤이마시!』(어서 오십쇼.』[532]

　일복을 입은 『란쌍』은 영문도 모르고 갓가이 오며 맛는다 한경이는 구원자를 어든 것가티 안심이 되엇다

　『여긔 홍면후 씨 오섯서요?』

　『아즉 아니 오섯서요 인제 오시겟지오』

　한경이는 잘되엇다 생각하고

　『그럼 오시거든 춘천서 올라온 누이 되는 사람이 다녀갓다고 해주셔요. 집으로 갈 테니까 뎐화를 걸어줍시사고 하셔요.』

　이러케 일러 노코 한경이가 돌쳐 나가랴니까 목욕 갓든 애라가 쑥 들어온다 두 녀자는 목례만 하고 지내치랴다가 애라가 멈칫하며

---

531 수기(羞氣). 부끄러워하는 기색.
532 ')'의 오류.

『한경 씨 아니셔요? 우리 한번 창경원에서 잠간 뵈엇건만……』

하고 인사를 한다

『녜 —』

하고 한경이는 고개를 숙여 보엇다

『어쌔 오셧서요? 올아버니 뵈랴 오셧어요?』

『녜 —』

『들어와 기다리십쇼그려 곳 오실걸요 여긔 약됴한 량반도 와서 기다리시니싸』

애라는 이런 소리를 하며 철호 편을 돌려다 보앗다 한경이도 쌀해서 그편을 잠간 거듭써보앗다.…… 저편의 『그 일인』은 전신의 신경을 눈으로 모아서 쏘아보앗다 그러나 소긔(所期)[533]한 아모 혐의뎜도 엇지 못하얏다

『지금 시골서 올라오는 길인데 집으로 가보아야 하겟서요 올아버니 오시거든 다녀갓다는 말슴만 해주셔요』

한경이는 쏘 이러케 애라에게 일러 노코 나와버렷다 애라도 더 붓들랴고는 아니하얏다 한경이가 나간 뒤에는 여러 사람의 긴장하얏든 신경이 금시로 풀리는 것 가트엇다

애라는 손에 든 목욕 제구를 갓다 두랴고 들어가서 일복을 양장으로 갈아입고 나왔다

『그 녀자가 홍씨의 매씨[534]요?』

철호는 방안이 다 듯도록 커다케 물엇다

『녜! 이쓰지오?』

하며 애라는 상긋 웃는다 철호도 인사성으로 식은 웃음을 보엇다

---

[533] 소긔(所期). 기대한 바.
[534] 매씨(妹氏). 남의 손아래 누이를 높여 이르는 말.

『그런데 이 량반이 웬일이야? 벌서 여섯 시 반이나 되는데』

애라는 팔쑥시계를 들여다 본다 그러자 문이 안으로 밀리며 면후가 압흘 서고 한경이가 뒤쌀하 들어온다

『량반은 못 되시겟습니다 지금 막 말슴을 하니까 오시는군! 한데 사람을 이러케 기다리게 하시는 법이 어대 잇서요? 그러나 두 분이 마츰 잘 맛나섯습니다그려!』

애라는 퍼붓듯이 종알거리며 자리를 권한다

『아 실례햇군 좀 밧버서… 한데 이분이 김 군?』

하고 애라를 돌려다 본 뒤에 경찰관의 직업덕 안광[535]을 내쏨듯이 철호를 쏘아보며 위압덕 태도로 돌변하야 간단한 인사를 하면서도 엽헤 고개를 다소곳하고 섯는 누이의 얼굴과 철호의 긔색에 주의하다가

『애라, 내 누이 모르지?』

하고 한경이를 소개한다

『왜 한번 뵈엇지오 그리구 앗가 인사 여쭈엇서요』

『응 그러튼가 그럼 김순태 군, 내 누이와 인사하슈』

하고 이번에는 철호에게 소개를 한다

한경이는 얼굴이 밝애지며 머리를 숙여만 보이고 철호는

『김순태올시다!』

하고 정중히 인사를 한다

인사가 긋난 뒤에 일동은 우층으로 올라가서 종용한 방으로 들어갓다

---

535 안광(眼光). 사물을 보는 힘을 이르는 말.

1929.8.20 (73)

백마덩의 일막 三

『김 군, 오늘 써난다지오?』

좌덩한 뒤에 면후는 철호에게 말을 부친다

『네! 오늘 밤차든지 래일 아츰차에 류로로 가든지 그러치 안흐면 우선 신호싸지 가서 배 형편대로 갈 터입니다』

『그런데 혹시 김 군 리창이라고 하는 사람 아슈?』

면후는 불시에 이런 소리를 하며『리창』——(철호)—— 이와 누이를 등분하야 몹시 노려본다

『몰라요』

철호는 서슴지 안코 대답하얏다

『그자가 동경서 나온 뒤로는 도모지 종적도 업고 본적은 황해도 장연 이라고 하건만 그런 사람은 업다는구려 어쌧든 그 방면으로 새어버린 것 가트니 가거든 좀 잘 됴사를 해보슈』

면후는 김순태인 철호를 턱 밋는 듯한 눈치면서도 그래도 미심쩍은 듯 이 련해 철호의 얼굴을 치어다본다

『그리지오. 한데 리창이라고는 무슨『창』자인가요?』

『푸를창자요』

철호는 수텹을 끄내서 적는다

『그런데 지금 어대서 묵으슈?』

『애라 씨 집에서 묵지오』

『응──』

하며 면후는 무심코 애라의 얼굴을 치어다본다

『실상은 우리 의(義)동생애요. 우리 집에 한번 와보서요. 동생, 부하들로 북적북적하고 려관이나 하숙 가트니…』

애라는 자긔 압헤 병뎡이 만타는 자랑 비슷한 소리를 하면서 이 사람이 자긔의 애인은 아니라는 변명을 슬쩍 하얏다

(오늘 아츰에 철호의 집은 애라의 집으로 옴겨 노코 애라의 집에 가서는 김순태로 행세하얏슬 쑨 아니라 업는 새에 누가 와서 뭇드라도 벌서 반년 동안이나 묵고 잇다고 하라고 식구들에게 일러노핫스니까 면후가 뒤로 알아본대도 넘려는 업게 되엇다)

『그럼 원 고향은 어대슈?』

『원래는 전의536(全義)지오. 하지만 부쓰러운 말습537입니다마는 민적이 업서요. 사생자(私生子)538로 내가 일가를 세워야 할 형편인데 써돌아다니고…』

철호가 채 말을 맛기 전에 애라가 말을 가로마트며

『그싸위 쓸대업는 소리는 장황히 해 뭘해요 이러케 급한 째에 그런 잔사설을 뭇는 이도 싹하지! 신원됴사를 하시랴우? 신원보증은 내가 하리다』

하며 면후를 몰아댓다

『아, 그런 게 아니라 피차 알고 지내자는 말이지』

면후는 좀 얼썰썰한 눈치로 다시 철호를 보며 쏘 뭇는다──

『민적이 업다는 것은 그거 안되엇군요. 한데 춘부장쎄서는………』

『녜 가친은 돌아가섯지오 김철진씨라고 녜전 리조참판까지 지내셧는

---

536 전의(全義). 세종특별자치시에 포함된 구 연기군의 옛 지명.
537 문맥상 '슴'의 오류로 추정.
538 사생자(私生子). 법률적으로 부부가 아닌 남녀 사이에서 태어난 아이.

데 실상은 어머님도 자세는 모르지오』

하며 철호는 풀[539] 업시 고개를 찔어털인다

『흥──』

하고 면후는 잠간 말을 긋타가

『그럼 저긔ㅅ사정은 익숙하슈?』

『녜! 그야 작년까지 잇다가 나왓스니까요!』

면후는 상해, 북경, 만주 등디의 사정과 중요 인물들의 이야기를 풀엇[540]내며 철호를 써보랴하얏스나 원래 그런 방면의 계통과 소식에 횅한 지라[541] 거침업시 척척 대답을 하얏다

면후가 『리창』이란 이름은 알면서도 그 실물인 철호를 압헤 노코 명텅구리로 아조 몰르는 것은 철호가 어려서부터 써돌아다녓고 또 사진을 박인 일이 업기 째문에 동경으로 조회해 보아도 알 길이 업섯든 싸닭이다 그쑨 아니라 동경서 일시 흑색동밍[542]이라는 비밀단톄 비젓한데[543] 참가하얏다 하야도 표면에 나타난 일로는 언젠가 열렷든 강연회에서 사회 노릇을 잠간 해본 째쑨이엇다 그러나 그것 역시 당시의 연사가 『아나키스트』이기 째문에 경시청의 주목을 바닷섯스나 그 강연회의 주최(主催)는 철호가 재적하얏든 ××대학 조선학생동창회의 명의이엇든 고로 당국에서는그 동창회 속에 흑색동맹이라는 명칭이 잇섯든 것도 몰랏섯고 쌀하서 철호를 동경 경시청에서는 그리 중대한 주의인물로 보지 안핫든 관계상 철호의 신분에 대하야 분명한 묘사가 업는 것이오 쏘 지금 경찰부에서도 그리 중대시하는 것은 아니나 다만 종적을 모르니까 붓적 찾는 것이다

---

539 풀. 세찬 기세나 활발한 기운.
540 문맥상 '어'의 오류로 추정.
541 횅하다. 무슨 일에나 막힘이 없이 다 잘 알아 환하다.
542 문맥상 '맹'의 오류로 추정.
543 비젓하다. '비슷하다'의 방언(강원, 충남, 함경).

1929.8.21 (74)

백마뎡의 일막 四

『어서 늦기 전에 써나보내게 소개ㅅ장을 써 주실 테거든 써 주셔요 쓰시기 실흐면 나도 상해에 아는 사람이 잇스니까 내가 쓰지오』

『상해에 누구?』

『누구는 알아 뭘해요 그래두 내 싸위보다는 현직 형사과장이라면 쓰르를 할 테니까 말이지……』

『글세 ── . 뉘게다 쓸구?』

『장히544 어렵다! 이러케 비쌀 줄이야 누가 알앗나!』

하며 애라는 면후를 까짜를 올린다545. 철호와 한경이도 짤하서 웃엇다.

『그래 쓰지!』

면후는 겨우 결심을 한 듯이 지갑을 쓰내서 명함 한 장을 내노코 만년필로 쓰적어리고 안젓다……

면후가 쑵을이고 붓대를 놀리는 동안에 기욱자로 안젓는 한경이는 엽의 철호를 쑥 찔르고 무엇이 철호의 손으로 넘어간다……

면후는 다 ──쓴 뒤에 도장을 쓰내서 찍어 내노흐며

『이만하면 되겟지?』

하고 애라를 치어다본다 애라는 명함을 들어 읽는다 ──

---

544 장히. 매우 또는 몹시.
545 까짜를 올리다. 추는 말로 남을 놀리다.(출처 : 염상섭 소설어사전, 고려대학교출판부, 2002, 106쪽)

(친우 김순태 군을 소개합니다 동 군의 소청대로 덕당한 편의를 도아주시기를 바랍니라[546])

『참 그런데 그 범인의 필적은 어써케 판명되엇서요?』

면후는 무슨 큰일이나 한 가지 해노코 숨을 돌리랴는 듯이 맥주 한 곱보를 한숨에 들이켜고 나니까 애라는 다시 쌀흐면서 슬쩍 이러케 뭇는다

『응, 금명간[547] 판명될 테야. 즉 말하면 필자의 정부가 잇는데 그 정부가 씨어서 범인에게 준 모양이지…… 이것은 비밀이지만 우리끼리니 말일세』

면후는 써리씨는 긔색도 업시 이런 대답을 하고 누이를 번쩍하는 눈으로 치어다본다. 한경이는 잠자코 안젓스나 얼굴빗이 좀 밝아케 보이는 것이 면후의 머리를 쥐어뜻듯이 교란(攪亂) 시키며 의심이 쏘다시 붓적 나게 하얏다

(얼굴빗이 변해지는 것은 내 말이 사실의 정곡을 찔럿기 때문인가? 그러치 안흐면 자기를 치의하고[548] 자긔에게 말성되는 일이니까 제풀에 겁이 나서 그런 건가?……)

면후는 그래도 기연가 미연가[549]하야 속을 혼자 태엇다. 원래 그 편지의 필적이라는 것이 다소간 변통을 부린 것이오 쏘 한경이가 춘천 가서 한 편지의 필적을 보아도 별 특증을 잡기가 어렵기 때문에 이러케 보면 가튼 뎜이 보이고 저러케 보면 녀필인 것은 일치해도 틀리는 뎜이 만히 발견되어서 좀처럼 결뎡키가 어려웟다

『그러면 그 필적의 임자는 대강이라도 타뎜[550]을 하야 노핫겟지오?』

---

546 문맥상 ‘다’의 오류로 추정.
547 금명간(今明間). 오늘이나 내일 사이.
548 치의(致疑)하다. 의심을 두다.
549 기연미연(其然未然). 그런지 그렇지 않은지 분명하지 않은 사이.

애라는 자긔도 활동상 참고를 하겟다는 듯이 쏘 뭇는다

『글세 ── 두엇다 이야기하지』

하며 면후는 누이를 다소간 역정스런 눈으로 보며

『그럼 너는 집으로 가렴으나 이야기는 잇다가 집에서 하자 그리고 내 인력거를 타고 가서 곳 다시 이리 보내라. 참 그런데 어대 가지 말고 기다려야 한다』──

이러케 일러서 누이를 내어보냇다

한경이는 인력거 우에서 곰곰 생각하얏다

(이 인력거를 타고 가라는 것도 어대로 샐가 보아 그러는 게지. 하지만 애라가 속임수가 아니고 쏘 무슨 병통만 업스면야 어쌧든 철호 씨만은 곱다케 쌔저가는 게다. 그런데 앗가 망우리ㅅ고개에서 편지 준 녀자는 누구인구?……』[551]

한경이는 전후사정이 얼썰썰하얏다. 앗가 망우리ㅅ고개 못미처 뎡류장에서 한경이가 탄 차에 어썬 녀학생이 올라타드니 편지종히를 쏙 씰르고 준 일이 잇다. 그 편지는 만일 백마뎡으로 오게 되거든 철호나 누구나 맛나드라도 모른 톄 할 일 쏘 돈은 애라에게 전할 일 ── 이 두 가지를 통긔[552]한 것이엇다 그리고 그 녀학생은 삼성 자동차부에서 한경이와 가티 나려서 인사도 업시 가버렵[553]다(이것은 한경이에게 미행이 부터올 념려가 잇고 쏘 백마뎡으로 온다면 실수가 잇슬가 보아 애라가 사람을 부린 것이엇다. 사실 한경이에게는 춘천서부터 미행이 잇섯고 서울 도착하야서는 경찰부 형사까지 쌀핫든 것이다)

---

550 타점(打點). 마음속으로 정하여 둠.
551 ')'의 오류.
552 통기(通奇/通寄). 기별을 보내어 알게 함.
553 문맥상 '렷'의 오류로 추정.

1929.8.22 (75)

백마뎡의 일막 五

(여긔는 다시 백마뎡이다)

한경이가 나간 뒤에 면후는 남은 맥주를 마시고나서 일어섯다

『자! 그럼 잘 다녀오시오 성공을 밋고 바랍니다』

『대단히 고맙습니다!』

철호와 이러케 인사를 하고 세 사람은 알에층까지 나려갓다. 나려갈 제 면후가 압흘 서고 전송하는[554] 두 남녀는 뒤쌀핫다. 그러나 만일 이 경우에 무심코 철호가 압흘 섯다면 철호의 운명은 뒤집혓슬 것이다. 실상은 면후가 압흘 설가 뒤를 설가 하며 층계에 첫발을 내노흘 그 순간까지도 싹 결심을 못 하얏든 것이다. 그러나 면후는 마츰내 첫 층계를 먼저 밟앗든 것이다 그것은 다름아니엇다 면후와 알에층에서 지키고 잇는 부하ㅅ 사이에 암호가 잇섯든 것이다 면후가 압흘 서거든 그 청년(철호)을 잡지 말고 만일 면후가 뒤에 쌀코 청년이 압흘 서서 나려오거든 곳 포박을 하라고 명령하야 두엇든 것이다…… 눈이 등잔이 되어 안젓든 일복 입은 부하는 상관이 압선 것을 보고 실망한 듯이 손에 들엇든 오십 전 한 푼을 내던지고 창황히[555] 나가 버렷다 문 밧게 두 겹 세 겹으로 포위하얏든 사복 경관대도 일복 입은 자가 군호로 모자를 벗어 흔드니까 슬슬 피하듯이 쌀

---

554 전송(餞送)하다. 예를 갖추어 떠나보내다. 서운하여 잔치를 베풀고 보낸다는 뜻에서 나온 말이다.

555 창황히. 놀라거나 다급하여 어찌할 바를 모르게.

쌀이 헤어저 갓다

(내 관찰이 틀릴 리 업겟지! 첫재 김가란 청년은 스믈두셋밧게 아니 되
어 보인다 그러나 설교강도는 적어도 삼십오륙 세 이상 사십가량은 되
엇슬 것이니까…… 그만 낫세[556]가 아니고서야 그러케 담대하지도 못
할 것이오 그런 설교가 나오지도 못할 것이니까…)

면후는 자긔 인력거가 누구를 태고 갓는지 돌아왓는지 도모지 이저버
리고 혼자 걸으며 속으로 생각하고 혼자 변명하얏다

×

『춘천을 써나기 전에 고 선생을 경찰서에서 제게로 차저왓서요. 눈치
가 수상합니다. 고 선생을 피하게 하십쇼. 또 돈은 제가 어써케든지 가
지고 가겟습니다. 애라 씨에게는 아니 들이겟습니다. 곳 써나주십쇼
── (망우리 고개를 지내서)[557]

이 편지는 백마뎡에서 한경이가 철호에게 준 것이다 철호는 지금 애라
의 집 건넌방에 누어서 혼자 보고 놀랫다 첫재 고순일이는 오늘 아츰차로
써나갓슬[558] 게니 길이 어긋난지라 붓들릴 것은 뎡한 일이오 둘재 그 돈
을 애라에게 전하라고는 한 일 업스니 이것은 분명히 애라가 뒤ㅅ구멍으
로 외수[559]ㅅ전갈을 한 것이다. 어쨋든 한경이도 가겟다, 애라도 가겟다
하니 량난한[560] 노릇이다

(그러나 한경이가 오늘 저녁에 써나랴면야 면후가 지금쯤은 한잠 들엇
슬 게니까 못 써날 것도 업겟지!)

---

556 낫세(歲). 지긋한 나이를 낮삽아 이르는 말.
557 '」' 누락.
558 문맥상 '슬'의 오류로 추정.
559 외숫(外數). 속임수.
560 양난(兩難)하다. 이러기도 어렵고 저러기도 어렵다.

철호는 웬일인지 이런 생각을 하고 빙글에 웃는다

애라는 여듧 시가 지내서 가방 개한[561]를 인력거 압헤 노하가지고 돌아왔다 이것은 백마뎡에서 경관대의 포위가 위급하면 변장할 준비로 백마뎡 뒤ㅅ방에 감추어 두엇든 것이다

×

경찰부 형사과장실에서는 홍면후가 졸린 눈을 부비며 회의를 하다가 쇠박쇠박 존다

『과죠도노!』—[562]과장 령감!)

부하가 소리를 치는 바람에 면후는 앗 — 하며 흐릿한 눈을 떠보다가 무심코 기지개를 켜고는 쏘다시 눈이 스르를 감긴다

『과죠도노! 오늘은 일즉 댁에 가서 쉬시지오』

엽헤 안젓든 부하 한 사람이 권한다 면후는 그제서야 창피한 듯이 헤 — 웃으며

『글세, 잠간 가서 자고 와야 하겟군!』

하며 시계를 본다 아즉 여듧 시 반이다 쏘 하품이 나온다 하품의 홍수가 터저 나온다 면후는 부하에게 쓸려 나오듯이 하야 자동차를 탓다 자동차ㅅ속에서도 쿨쿨 코를 곤다…… 집 압헤 와서 운전수가 쌔어 집으로 들어오긴 하얏스나 하품은 련발이다

『아 — 졸립다! 한경아 내 삼십 분만 누엇다 일어날 테니 어대 가지 마라 아 졸립다!』

면후는 우통만 벗어던지고 누엇다 금시로 코를 드르렁 드르렁 곤다

한경이는 이게 웬일이냐고 속으로 손벽을 치며 조하하얏다

---

561 '한개'의 글자 배열 오류.
562 '(' 누락.

그러나 아모리 며츨 밤을 새엇기로 이러케 졸려하는 것은 이째까지 보지 못한 일이다 좀 이상타고 생각하얏다……